La raison dans l'histoire

Georg Wilhelm
Friedrich Hegel

La raison dans l'histoire

Introduction aux *Leçons sur la philosophie de l'histoire du monde*

TRADUCTION DE L'ALLEMAND,
NOTES ET PRÉSENTATION DE LAURENT GALLOIS

Éditions Points

ISBN 978-2-7578-1633-2

Présentation

Hegel a donné pour la première fois à l'université de Berlin un enseignement sur la philosophie de l'histoire au semestre d'hiver 1822-1823, enseignement qu'il a répété tous les deux ans jusqu'au semestre d'hiver 1830-1831. Mais cet enseignement n'a pas abouti à une publication de son vivant : même si Hegel s'orientait vraisemblablement, vers la fin de sa vie, vers un tel projet[1]. C'est seulement après la mort de Hegel que ses *Leçons sur la philosophie de l'histoire* ont fait l'objet de publications, selon deux lignes éditoriales.

L'une est ancienne, remontant à la Société pour la publication des œuvres de Hegel, réunissant des amis du philosophe. Cette ligne éditoriale obéit à un unique principe : produire un « texte synthétique[2] » en construisant un texte unique, un « tout » ayant la structure d'un « livre »[3]. Le procédé en est celui de

1. Cf. F. Hespe, « Hegels Vorlesungen zur "Philosophie der Weltgeschichte" », *Hegel-Studien*, 26, 1991, p. 84.

2. *Ibid.*

3. K. H. Ilting, K. Brehmer, H. N. Seelmann, in Hegel, *Vorlesungen über die Philosophie der Weltgeschichte*, *Berlin*

la compilation de manuscrits commencés par Hegel lui-même, mais aussi de notes prises en cours par différents auditeurs sur la période où ces leçons furent données. Une première édition fut faite par E. Gans (1797-1839) en 1837. Une deuxième en 1840, par Karl Hegel, fils du philosophe, sur la base du travail d'E. Gans[1] et rééditée en 1848 : l'édition de 1840 fut de nombreuses fois republiée[2]. Une quatrième édition fut faite par Georg Lasson en 1917, enrichissant le texte de Karl Hegel avec de nouveaux matériaux sans

---

1822-1823, *Anhang*, *Zur Edition*, Hambourg, Felix Meiner Verlag, 1996, t. XII, p. 528-529.

1. E. Gans utilise, outre les manuscrits fragmentaires amorcés par Hegel (des esquisses d'introduction à son cours de 1830-1831), les notes du cours prises lors des cinq années où il fut donné, dont celles de H. G. Otho et K. G. J. von Griesheim (semestre d'hivers 1822-1823), de Karl Hegel (1830-1831), qui sont à ce jour conservées (voir F. Hespe, « Hegels Vorlesungen… », *op. cit.*, p. 79-82). Dans la Préface à son édition de 1840, Karl Hegel reconnaît que le résultat obtenu par E. Gans rend bien compte des leçons telles qu'elles ont été données en 1830-1831 – auxquelles il a lui-même assisté, d'ailleurs. Il y a néanmoins, selon Karl Hegel, un oubli dans le travail de Gans, à savoir le développement du concept philosophique : le développement de ce par quoi l'Esprit se pense en s'objectivant, le dernier degré de son objectivation étant l'État. L'entreprise de Karl Hegel entend rétablir ce développement en donnant plus de poids aux notes prises lors des cours donnés en 1822-1823 et en 1824-1825 : les notes du cours de 1830-1831 servant de fondement ; les autres notes y apportant des compléments selon son hypothèse de travail.

2. Jusqu'en 1970 par E. Moldenhauer et K. M. Michel, in Hegel, *Werke*, t. XII, Francfort-sur-le-Main, Suhrkamp, 1970, 20 vol.

en préciser l'origine[1], remaniant profondément la structure d'ensemble sans s'en expliquer. Enfin, la cinquième et dernière édition est celle de J. Hoffmeister, publiant en 1955 l'« Introduction » à ces leçons sous le titre *La Raison dans l'histoire* : le reproche fait au travail de G. Lasson, en termes d'identification des matériaux, peut être aussi adressé à cette dernière édition. Toute cette manière de faire éditoriale relève d'un unique principe : mettre en forme un livre qui traduirait la pensée de Hegel, aboutie, sur la philosophie de l'histoire.

L'autre ligne éditoriale, plus récente, consiste à publier de manière séparée chaque cours donné entre 1822-1823 et 1830-1831, afin de mieux rendre compte de l'évolution de la pensée de Hegel sur la période écoulée[2]. C'est en ce sens que le cours de 1822-1823 fut reconstruit par K. H. Ilting, H. N. Seelmann et K. Brehmer[3].

De vives critiques ont été adressées à la première ligne éditoriale. Un livre est certes produit, mais il l'est par un travail de compilation qui laisse à l'arrière-plan, voire néglige, la propre évolution de la pensée de Hegel sur la philosophie de l'histoire entre 1822-1823 et 1830-1831, évolution néanmoins attestée

1. Voir F. Hespe, « Hegels Vorlesungen… », *op. cit.*, p. 83.

2. Cf. Walter Jaeschke, « Eine neue Phase der Hegel-Edition », *Hegel-Studien*, 36, 2001.

3. Hegel, *Vorlesungen über die Philosophie der Weltgeschichte, Berlin 1822-1823, Nachschriften von K.G. von Griesheim, H.G. Otho und F.C.H.V. von Kelher,* in *Ausgewählte Nachschriften und Manuskripte*, t. XII, Hambourg, Felix Meiner Verlag, 1996.

par les différences, d'une part, entre les manuscrits ébauchés par Hegel, d'autre part, entre les diverses notes de cours prises sur toute cette période[1]. Le travail de compilation et de synthèse procède des choix de l'éditeur[2]. Il ne manque pas ainsi de se signaler par de profondes divergences entre, par exemple, les fragments de manuscrit esquissés par Hegel pour son cours de 1830-1831 et l'édition publiée comme livre reconstruit par Karl Hegel[3].

Mais si on se tourne vers l'autre ligne éditoriale, soucieuse de publier chaque cours de manière séparée en établissant par reconstruction un texte fiable, cette ligne s'expose à des critiques analogues. En effet, quand il s'agit de reconstruire un cours, par exemple celui de 1822-1823, sur la base de notes prises par différents étudiants, le procédé engagé reprend ni plus ni moins l'« hypothèse de travail » de Karl Hegel : faire d'un ensemble de notes prises pour le cours de 1822-1823 une sorte de « texte principal » – les notes de H. G. Otho, en ce cas, complétées et enrichies par des passages extraits des autres ensembles de notes (celles de K. G. J. von Griesheim et de F. von Kehler), dans la perspective d'exhumer une sorte de « source

1. Cf. F. Hespe, « Hegels Vorlesungen... », *op. cit.*, p. 85. Voir aussi A. Grossmann, « Weltgeschichtliche Betrachtungen in systematischer Absicht », *Hegel-Studien*, 31, 1996, p. 29-32.

2. Voir A. Grossmann, « Weltgeschichtliche Betrachtungen... », *op. cit.*, p. 29.

3. Sur le rapport entre État et religion, entre autre, selon F. Hespe, « Hegels Vorlesungen... », *op. cit.*, p. 85-86. De toute façon, un fragment esquissé est très éloigné, en termes de valeur de son contenu, d'un texte qui a franchi le seuil de la décision, par son auteur, d'être publié.

primitive, le Hegel originaire et authentique», en position fondamentale par rapport à des «sources secondes»; comme si, subrepticement, avec une telle hypothèse de travail, on laissait accroire qu'un accès «aux *ipsissima verba* du philosophe» s'ouvrait grâce à un cours enfin restitué. C'est une «illusion»[1].

De telles critiques devraient naturellement conduire à renvoyer dos à dos ces deux manières de faire éditoriales – encore que, pour la première, Karl Hegel ait soumis le résultat de son travail à l'approbation de trois des membres de la Société pour l'édition des œuvres de Hegel, dont H. G. Otho – et à ignorer les *Leçons sur la philosophie de l'histoire du monde* pour tout travail de réception et d'interprétation de la philosophie hégélienne sur la question de l'histoire. Or ce serait oublier que, «pour Hegel, un enseignement n'est pas une production périphérique», située à côté «de ses publications», mais bien le «lieu en lequel sa philosophie trouve la forme de sa pensée et prend figure»[2]. Selon quelle méthode, alors, aborder et lire ces *Leçons* pour y discerner le penser, en travail, de Hegel sur l'histoire tout en gardant à l'esprit qu'elles n'ouvrent aucun accès aux *ipsissima verba* du philosophe, quel que soit le procédé d'édition dont elles ont fait l'objet?

Pour aborder et lire ces *Leçons*, il convient au préalable de se pencher sur l'emploi du terme

1. Voir A. Grossmann, «Weltgeschichtliche Betrachtungen...», *op. cit.*, p. 33.

2. W. Jaeschke, «Das Geschriebene und das Gesprochene, Wilhem und Karl Hegel über den Begriff der Philosophie der Weltgeschichte», *Hegel-Studien*, 44, 2010, p. 13.

Weltgeschichte (« histoire du monde ») dans l'œuvre publiée du vivant de Hegel. Plus précisément : dans la *Phénoménologie de l'esprit* (1807), les *Principes de la philosophie du droit* (1820), l'*Encyclopédie des sciences philosophiques* (1827 et 1830).

Ce terme paraît une première fois discrètement dans la *Phénoménologie de l'esprit* (1807), science de l'expérience de la conscience. L'expérience s'y dit du passage de la conscience par chacun des moments d'un parcours qui la conduit de la certitude sensible immédiate jusqu'au savoir absolu, moment où l'esprit se pense et se sait lui-même dans la forme qui lui est le plus ajustée, la philosophie, celle-ci se réalisant alors comme système de la science : l'« esprit du monde » ayant eu « la patience de parcourir ces formes dans la longue extension du temps et d'entreprendre l'immense labeur de l'histoire du monde »[1] ; la conscience, « entre l'esprit universel et sa singularité ou la conscience sensible » ayant pour « moyen terme le système des figurations de la conscience en tant que vie de l'esprit s'ordonnant en vue du tout – le système qui est ici considéré » étant celui de la science de l'expérience de la conscience : il a « comme existence objective l'histoire du monde »[2]. L'histoire du monde, dès la *Phénoménologie de l'esprit*, s'annonce ainsi comme lieu de labeur et milieu d'objectivation de l'esprit, dans un long procès qui amène l'esprit à la pensée et au savoir de soi, en la forme qui lui est la plus adaptée : la philosophie.

1. Hegel, *Phénoménologie de l'esprit*, trad. J. Hyppolite, Paris, Aubier, 1939, I, 27 ; Hegel, *Werke*, Francfort-sur-le-Main, Suhrkamp, t. III, p. 33-34.

2. *Ibid.*, t. III, p. 247, p. 225.

Le terme *Weltgeschichte* revient, ensuite, massivement dans les *Principes de la philosophie du droit* (1820) où il paraît au terme de la troisième partie de l'ouvrage consacrée à la morale effective. Celle-ci est développée en trois moments, la famille, la société civile, l'État : ils correspondent à la réalisation, dans le monde, de l'idée de liberté, la liberté étant l'essence de l'esprit pour Hegel. En achevant ce troisième moment de la morale effective, l'histoire du monde couronne la philosophie du droit, celle-ci situant alors le lieu systématique de l'enracinement et du traitement de l'histoire du monde à la place qui lui revient dans le système de la science tel que l'*Encyclopédie des sciences philosophiques* (1827 et 1830) l'expose d'ailleurs[1]. Le terme *Weltgeschichte* y paraît en effet de nouveau, significativement dans des développements consacrés à la morale effective et, à l'intérieur de ceux-ci, très précisément à l'État : car c'est à travers l'histoire du monde que l'idée de liberté se réalise et que, par elle, l'esprit se manifeste comme esprit objectif dans la dernière figure qui est la sienne, l'État, avant d'accéder à la pensée et au savoir de soi, comme esprit absolu, par l'art, la religion et la philosophie, forme qui lui est, ultimement, la plus appropriée. La philosophie aura alors soin de rendre compte de la place de l'histoire du monde dans le système de la science, et d'en rendre compte en l'inscrivant dans le « parcours de l'esprit (et il s'agit de l'esprit qui ne plane pas seulement sur l'histoire comme il plane sur les eaux, mais de l'esprit qui tisse ses fils en elle et qui

1. Et que Hegel lui destinait dès l'*Encyclopédie des sciences philosophiques* de Heidelberg, publiée en 1817.

est seul ce qui met en mouvement) » ; un parcours où la « liberté, c'est-à-dire le développement déterminé par le concept de l'esprit », s'impose comme « ce qui détermine » et où « seul le concept de l'esprit » est « à lui-même la fin ultime, c'est-à-dire la vérité, parce que l'esprit est conscience » : un parcours où s'atteste qu'il y a de la « raison dans l'histoire » ; ce qui est, « pour une part », certes, « au moins une croyance plausible, mais, pour une autre part, une connaissance de la philosophie »[1]. La philosophie se devra alors de rendre compte de la place de l'histoire du monde dans le système de la science et du résultat qu'elle en connaît. Elle le fera comme philosophie de l'histoire du monde, dont elle a d'emblée en main le résultat : il y a de la « raison dans l'histoire ».

Hegel a donc donné un cours sur la philosophie de l'histoire du monde, répété cinq fois, n'ayant pas fait l'objet d'une publication de son vivant, mais après sa mort, selon les deux procédés d'éditions dont il fut question. Aborder et lire ces éditions – et en particulier l'« Introduction » aux *Leçons sur la philosophie de l'histoire du monde*, ici traduite à partir de l'édition de Karl Hegel en 1840 telle qu'elle fut publiée par H. Glockner en 1928 (*Sämtliche Werke. Jubilaeums-Ausgabe*, t. XI, Stuttgart, Fr. Frommans Verlag) – pour un travail de réception et d'interprétation de la philosophie hégélienne sur la question de l'histoire demandent alors de respecter deux conditions.

1. *Encyclopédie des sciences philosophiques. Philosophie de l'esprit* [1827 et 1830], trad. B. Bourgeois, Paris, Vrin, p. 331, § 549 ; Hegel, *Werke*, Francfort-sur-le-Main, Suhrkamp, t. X, p. 550.

La première regarde l'enracinement de l'histoire du monde dans la philosophie du droit, et plus particulièrement du point de vue de son lien avec la question de l'État traitée dans les développements de la morale effective, tels qu'ils prennent place dans les *Principes de la philosophie du droit* (1820) et reviennent dans la *Philosophie de l'esprit*, de l'*Encyclopédie des sciences philosophiques* (1827 et 1830). La philosophie du droit livre ainsi le milieu de réception et d'interprétation de la philosophie hégélienne sur la question de l'histoire, les *Principes de la philosophie du droit* et la *Philosophie de l'esprit* situant les deux rivages entre lesquels ce travail de réception et d'interprétation doit être conduit et à partir desquels tout acte de lecture sur cette question doit être tranché.

La seconde regarde l'enracinement de l'histoire du monde dans le système de la science tel qu'il se présente dans l'*Encyclopédie des sciences philosophiques* et dont il faut tenir compte. En effet, si l'enracinement de l'histoire du monde se trouve bien dans la philosophie du droit et, plus précisément, dans le traitement de la question de l'État, cet enracinement a valeur de moment systématique dans la philosophie hégélienne, puisque l'histoire du monde y situe le lieu de réalisation de l'idée de liberté comme objectivation de l'esprit dans l'État, dernière des figures de son objectivation, avant que l'esprit n'accède à la pensée et au savoir de soi comme esprit absolu par l'art, la religion, la philosophie – philosophie qui connaît le résultat de l'histoire du monde quant à sa valeur de moment systématique dans le système de la science : il y a de la *raison dans l'histoire*. Cette expression proprement hégélienne, mise en exergue comme sous-titre à la traduction de l'« Introduction » des *Leçons sur la philosophie de l'histoire du monde*, ici présentée, s'offre comme principe et horizon de leur lecture.

Les notes de traduction et de commentaires, situées à la fin de cet ouvrage, ont été rédigées avec le souci de respecter ces deux conditions.

Les numéros entre parenthèses indiqués dans le cours du texte reprennent les pages de l'édition publiée par H. Glockner en 1928.

Indications bibliographiques

Joseph Schmidt, *« Geist », « Religion »* *und « absolutes Wissen ». Ein Kommentar zu den drei gleichnamigen Kapiteln aus Hegels Phänomenologie des Geistes*, Stuttgart/Berlin, Kohlhammer, 1997.

Christophe Bouton, *Le Procès de l'histoire*, Paris, Vrin, 2004.

Jean-Louis Vieillard-Baron, *Hegel. Systèmes et structures théologiques*, Paris, Cerf, 2006.

Gilbert Gérard, *Le Concept hégélien de l'histoire de la philosophie*, Paris, Vrin, 2008.

La raison dans l'histoire*

* Les notes de bas de page appelées par une lettre sont celles de Hegel.

Les notes placées en fin de volume appelées par des numéros ont été rédigées par Laurent Gallois pour la présente édition. [N.d.E.]

(25) L'objet de ce cours est l'histoire philosophique du monde[1]. Il ne s'agit pas de réflexions générales que nous en aurions dégagées et que nous voudrions illustrer par des exemples tirés de son contenu. Il s'agit au contraire de l'histoire elle-même du monde[a]. Et pour porter au jour ce qu'elle est, il paraît avant tout nécessaire de passer en revue les autres manières de traiter l'histoire.

Les manières de traiter l'histoire[2]

Des manières pour examiner l'histoire, il y en a, de façon générale, trois : l'histoire originaire[3] ; l'histoire réfléchissante[4] ; l'histoire philosophique.

a. Je ne peux prendre appui sur aucun *compendium*. J'ai, du reste, dans mes *Principes de la philosophie du droit*, § 341-360, déjà donné un concept plus précis d'une telle histoire du monde, de même que les principes ou les périodes selon lesquels se divise l'examen de cette histoire.

L'histoire originaire

Pour ce qui est de cette première manière de considérer l'histoire, je pense en donner de suite une illustration précise avec les noms d'Hérodote, de Thucydide, par exemple, et avec d'autres historiens de même veine. Ils décrivirent surtout les actes, les événements et les situations qu'ils ont eus devant les yeux, à l'esprit desquels ils ont été eux-mêmes attentifs. Ils firent passer dans le royaume de la représentation de l'esprit[5], ce qui était extérieur à eux, là, donné. (26) Le phénomène extérieur est ainsi traduit dans la représentation intérieure. Le poète élabore de la même manière, d'ailleurs, la matière qu'il a dans son impression sensible en vue de la représenter. Les historiens de l'immédiat ont, eux, il est vrai, trouvé des comptes rendus et des narrations faits par d'autres (il n'est pas possible qu'un homme seul voie tout). Mais ils les ont trouvés seulement à la façon du poète qui dispose, à titre d'ingrédient, de la langue formée à laquelle il doit tant. Les historiens lient ensemble ce qui bruit en passant fugitivement et ils le déposent dans le temple de Mnémosyne, pour l'immortalité. Il faut exclure de l'histoire de ce genre, originaire, les légendes, les chants populaires et les traditions car ce sont des modes encore confus de l'histoire et propres aux représentations de peuples eux-mêmes confus. Ici, nous avons affaire à des peuples qui savaient ce qu'ils étaient et ce qu'ils voulaient. Le terrain de la réalité effective saisie dans l'intuition ou à saisir dans l'intuition[6] fournit un fondement plus ferme que le terrain du passé sur lequel légendes et poèmes ont poussé, et qui ne constituent plus l'élément historique de peuples parvenus à une ferme individualité.

De tels historiens, du genre originaire, transforment en une œuvre de représentation les événements, les actes et les situations qui leur sont contemporains[7]. Le contenu de telles histoires ne peut donc pas être de grande ampleur (que l'on considère Hérodote, Thucydide, Guichardin !). Ce qui est contemporain et vit autour d'eux constitue, en effet, leur matériau essentiel : la formation culturelle de l'auteur et celle des événements dont il produit une œuvre, l'esprit de celui qui compose et l'esprit des actions dont il fait le récit ne font qu'un. Il décrit ce à quoi il a plus ou moins pris part, du moins ce qu'il a vécu en même temps. Ce sont des époques brèves, des figurations individuelles d'hommes et d'événements : ce sont des traits singuliers, non réfléchis, à partir de quoi il compose son tableau afin de mettre à disposition de la représentation que la postérité se fera l'image aussi déterminée que celle qu'il a eue, sous les yeux, dans l'intuition ou dans des narrations données à son intuition (27). Il n'a pas à réfléchir car il vit dans l'esprit de la Chose[8] et il n'est pas encore au-delà d'elle. Si même, il appartient, comme César, à l'ordre social des chefs d'armée ou des hommes d'État, ce sont alors ses fins elles-mêmes qui entrent en scène, et cela comme fins historiques. Quand on dit qu'un historien de cette sorte ne réfléchit pas mais que les personnes elles-mêmes et les peuples eux-mêmes viennent sur le devant de la scène, les discours, qu'on peut lire par exemple chez Thucydide et dont on peut affirmer qu'ils n'ont pas été tenus ainsi, semblent contredire ce que l'on dit ici. Toutefois, les discours sont des actions entre les hommes et même des actions essentiellement efficaces. Les hommes disent, certes, souvent que ce ne sont que des discours : et ils veulent dans cette mesure en montrer le caractère innocent. Un discours de ce type n'est que du bavardage et ce bavardage a le grand avantage d'être innocent. Mais des discours de peuples à peuples ou adressés à des peuples ou à des princes sont parties intégrantes et constitutives de l'histoire. Or il se peut que des discours de ce type, comme par exemple ceux de Périclès, l'homme d'État le plus profondément formé à la culture de son temps, le plus authentique et le plus noble, aient été élaborés, aussi, par Thucydide. Ils ne sont pourtant pas étrangers à Périclès. Dans ces discours, ces hommes expriment les maximes de leur peuple, de leur propre personnalité, la conscience de leur situation politique comme la conscience de leur nature éthique[9] et de leur tournure d'esprit, les principes de leurs objectifs et de leurs modes d'actions. Ce que l'historien fait parler, ce n'est pas une conscience empruntée mais au contraire la propre formation culturelle de ceux qui parlent.

De ces historiens que l'on doit étudier par une fréquentation assidue, si l'on veut vivre avec leur nation comme en s'y immergeant ; de ces historiens auprès de qui on n'a pas à chercher seulement une grande érudition mais un plaisir profond et vrai : il n'y en a pas tant qu'on pourrait peut-être le penser. On a déjà nommé Hérodote, le père, c'est-à-dire le créateur de l'histoire, et Thucydide (28). La *Retraite des dix mille* de Xénophon est aussi un livre de genre originaire. Les commentaires de César sont le pur chef-d'œuvre d'un grand esprit. Dans l'Antiquité, ces historiens étaient nécessairement de grands capitaines et de grands hommes d'État. Au Moyen Âge, à l'exception des évêques qui se tenaient au centre des actions politiques, les moines relèvent de ces historiens de genre originaire, mais comme chroniqueurs naïfs qui étaient autant coupés des actions politiques que ces hommes-là de l'Antiquité s'y trouvaient liés. À l'époque moderne, tous les rapports ont changé. Notre culture est essentiellement formée pour se saisir des faits et elle transforme aussitôt tous les événements pour les représenter dans des comptes rendus. Nous en avons d'éminents, de simples et de précis sur des événements militaires, qui ne déparent pas à côté de ceux de César et qui sont plus instructifs encore par la richesse de leur contenu et par l'indication donnée à propos des moyens et des circonstances des événements relatés. Les Mémoires français en relèvent. Ils sont souvent écrits par des esprits intellectuellement armés et ils contiennent la plupart du temps nombre d'anecdotes, mais de telle sorte que le fonds en est maigre; même s'ils sont aussi, souvent, d'authentiques chefs-d'œuvre historiques, tels ceux du cardinal de Retz [10]. Ces derniers couvrent un champ historique plus ample. En Allemagne, on trouve rarement de tels maîtres. Frédéric le Grand (*Histoire de mon temps*) constitue une exception honorable. De tels hommes doivent être, à vrai dire, haut placés. De fait, c'est seulement quand on se tient au sommet que l'on peut exactement embrasser toutes les choses et les saisir chacune en particulier: non quand le regard va de bas en haut, par un petit trou.

L'histoire réfléchissante

Nous pouvons nommer histoire réfléchissante[11] la deuxième manière de considérer l'histoire. C'est l'histoire dont la présentation n'a pas de rapport avec l'époque de l'historien mais qui, en ce qui concerne l'esprit, est au-delà de ce qui lui est présent. Il faut distinguer quatre types d'histoire réfléchissante tout à fait différents au sein de ce deuxième genre.

Du premier type, on attend, en général, une vue d'ensemble (29) de toute l'histoire d'un peuple ou d'un pays, ou du monde ; en un mot, ce que nous appelons : écrire l'histoire universelle. La tâche principale est ici l'élaboration du matériau historique que le travailleur aborde avec son esprit, différent de l'esprit du contenu. Pour cela, les principes que l'auteur se forge lui-même, soit des contenus et des fins des actions elles-mêmes et des événements eux-mêmes qu'il décrit, soit de la manière dont il veut rédiger l'histoire, seront particulièrement importants. Chez nous, Allemands, la réflexion et l'adresse dans le jugement sont variées. Et en particulier, chaque historien s'est mis en tête sa propre façon de faire. Les Anglais et les Français savent, en général, comment on doit écrire l'histoire : ils se situent davantage au niveau de la formation et de la culture générale et nationale. Chez nous, chacun se fait d'une particularité une argutie et, au lieu d'écrire l'histoire, nous nous efforçons toujours de chercher comment l'histoire doit être écrite. S'il n'a pas d'autre fin que de présenter le tout de l'histoire d'un pays, ce premier type au sein de l'histoire réfléchie se rattache au genre précédent. Si elles sont bien faites, des compilations de ce genre (les histoires de Tite-Live, de Diodore de Sicile, l'*Histoire de la Suisse* de Jean de Müller[12], en relèvent) sont hautement méritoires. C'est bien meilleur, à vrai dire, quand les historiens se rapprochent de ceux du premier genre, quand ils écrivent de manière telle que le lecteur peut intuitivement se représenter entendre des contemporains ou des témoins oculaires raconter les événements. Mais souvent, le ton unique que doit avoir un individu appartenant à une formation culturelle déterminée ne varie pas au gré des époques parcourues par une histoire de ce type, et l'esprit, qui parle par l'historien, est un esprit autre que celui de ces époques parcourues. Ainsi, Tite-Live fait tenir aux anciens rois de Rome, aux consuls et aux chefs d'armées des discours comme il incombe à un avocat adroit de son temps de les tenir : des discours qui, de leur côté, sont en très fort contraste avec les légendes (30) authentiques conservées de l'Antiquité, comme, par exemple, la fable de Menenius Agrippa[13]. De même, comme s'il en avait été le témoin, Tite-Live nous donne des descriptions de combats dont on peut utiliser les traits pour les combats de tous les temps et dont la précision est, encore une fois, en contraste avec le manque de cohérence et l'inconséquence qui, dans d'autres passages, dominent souvent à propos de situations majeures. De fait, la différence entre un compilateur de ce type et un historien de genre originaire se reconnaît le mieux en comparant Polybe, sur des périodes où son œuvre est préservée, avec la façon dont, de son côté, Tite-Live utilise, fait des extraits et abrège l'histoire de Polybe. En faisant effort pour être fidèle, dans ses descriptions, aux époques qu'il dépeint, Jean de Müller, pour sa part, a donné à son histoire un tour raide, guindé et pédant. On lit plus volontiers de telles choses dans le vieux Tschudi[14]: tout y est plus naïf et naturel que dans ce style antique purement contrefait et affecté.

Une histoire de ce type, qui veut embrasser de longues périodes ou l'histoire entière du monde, doit renoncer à la présentation individuelle de ce qui, en fait, est effectif et doit s'abréger par des abstractions, non seulement au sens où des événements et des actions sont mis de côté, mais encore au sens où la pensée est le plus puissant abréviateur. Une bataille, une grande victoire, un siège ne sont plus eux-mêmes ce qu'ils furent mais sont seulement résumés en des déterminations simples. Quand Tite-Live livre le récit des guerres avec les Volsques, il écrit parfois de manière abrégée, sous la forme: cette année, la guerre fut conduite contre les Volsques.

Le deuxième type d'histoire réfléchissante est ensuite l'histoire pragmatique. Quand nous avons affaire au passé et nous nous occupons d'un monde éloigné, alors un présent se déplie pour l'esprit, présent que ce dernier, à partir de sa propre activité, a pour salaire de sa peine (31). Les événements sont divers, mais l'universel et l'intérieur, l'enchaînement des événements sont un. Cet enchaînement dépasse[15] le passé et rend l'événement présent. En fait, aussi abstraites soient-elles, des réflexions pragmatiques sont alors le présent et elles donnent vie, pour la vie contemporaine, aux récits du passé. Or, que de telles réflexions soient effectivement intéressantes et vivantes, cela dépend de l'esprit propre à l'écrivain. Il faut, en particulier, faire ici mention des réflexions morales et de l'enseignement moral qu'il s'agit d'acquérir par l'histoire; enseignement en vue duquel l'histoire fut souvent élaborée. S'il faut dire aussi que des exemples du bien élèvent l'esprit humain et furent utilisés pour le cours de morale des enfants afin d'imprimer en eux ce qui est excellent, les destins des peuples et des États, leurs intérêts, leurs situations et leurs développements relèvent d'un autre domaine. On renvoie, ainsi, de préférence gouvernants, hommes d'État et peuples au fait de s'instruire par l'expérience de l'histoire. Mais ce que l'expérience et l'histoire nous enseignent, c'est ceci : les peuples et les gouvernements n'ont jamais appris quoi que ce soit de l'histoire et ils n'ont jamais agi selon des enseignements qui en auraient été tirés. Chaque époque connaît des circonstances si particulières, constitue une situation si individuelle, que l'on doit et que l'on peut seulement décider dans cette situation, en fonction de cette situation même. Dans le tumulte des événements du monde, ni un principe universel ni le fait de se souvenir de situations semblables n'est un secours, car une chose telle qu'un pâle souvenir n'a pas de force contre la vitalité et la liberté du présent. Rien n'est, de ce point de vue, plus insipide que la référence souvent faite aux exemples grecs et romains, comme cela fut si fréquemment le cas à l'époque de la Révolution, chez les Français. Rien n'est plus différent que la nature de ces peuples et la nature de nos époques. Jean de Müller avait de telles intentions morales pour préparer, aussi bien dans son histoire universelle que dans son histoire suisse, des enseignements moraux de ce genre (32) destinés aux princes, aux gouvernements et aux peuples, et particulièrement au peuple suisse (il a composé un recueil de préceptes personnels et de réflexions et il indique souvent dans sa correspondance le nombre exact de réflexions qu'il a produites dans la semaine). Mais il ne doit pas compter ceci pour le meilleur qu'il ait produit. C'est seulement l'intuition solide, libre et englobante des situations et le sens profond de l'idée (comme par exemple, dans *De l'esprit des lois* de Montesquieu) qui peuvent donner de la vérité et de l'intérêt aux réflexions. C'est pourquoi une histoire réfléchissante prend la relève de l'autre. Les matériaux sont à la disposition de chaque écrivain et chacun peut facilement se considérer comme apte à les ordonner et à les élaborer : chacun peut faire valoir, dans ces matériaux, son esprit en tant qu'esprit des temps. Saturé de telles histoires réfléchissantes, on en est fréquemment revenu à l'image circonscrite d'un événement, à partir de tous les points de vue. Ces points de vue ont, en tout état de cause, quelque valeur, mais ils n'offrent la plupart du temps que du matériau. Nous, Allemands, nous en contentons. Mais les Français, en revanche, se forgent avec beaucoup esprit une époque présente et rapportent le passé à la situation présente.

Le troisième type d'histoire réfléchissante est l'histoire critique. Nous devons la mentionner car elle correspond à la manière particulière dont l'histoire est, à notre époque, traitée en Allemagne. Ce n'est pas l'histoire elle-même qui est dans ce cas exposée mais une histoire de l'histoire, une appréciation des récits historiques et une enquête sur leur vérité et leur crédibilité[16]. Le caractère extraordinaire qui se trouve et doit se trouver en elle consiste dans la perspicacité de l'écrivain qui extrait quelque chose de ces récits, non dans les choses de l'histoire. Les Français ont livré, en ce domaine, de nombreux travaux solides et réfléchis. Ils n'ont cependant pas voulu valoriser ce procédé critique en tant que procédé historique. Mais ils ont composé leur évaluation sous la forme de traités critiques (33). Chez nous, la soi-disant critique supérieure s'est saisie aussi bien de la philologie en général que des livres d'histoire. Cette critique supérieure a dû ensuite céder ses prérogatives à tous les produits possibles non historiques, issus d'une imagination vaine. Ceci est une autre manière d'atteindre le présent dans l'histoire, quand des traits subjectifs inspirés se substituent à des données historiques – des traits qui valent d'autant plus fortement qu'ils sont téméraires, c'est-à-dire, qu'ils reposent sur des circonstances d'autant plus indigentes qu'elles contredisent ce qu'il y a de décisif dans l'histoire.

Le dernier type d'histoire réfléchissante est celui qui se présente d'emblée comme quelque chose de partiel. Il procède, certes, à une abstraction mais, parce qu'il adopte des points de vue généraux (par exemple, l'histoire de l'art, l'histoire du droit, l'histoire de la religion), façonne un passage à l'histoire philosophique du monde. Cette manière de concevoir l'histoire a été davantage développée et soulignée à notre époque. De telles subdivisions s'inscrivent dans un rapport avec le tout d'une histoire d'un peuple, et tout tient seulement au fait de savoir si la connexion du tout est montrée ou si elle est cherchée dans des rapports extérieurs seulement[17]. En ce dernier cas, ces subdivisions apparaissent comme étant des singularités, totalement contingentes, de peuples. Or si l'histoire réfléchissante en est arrivée à suivre des points de vue généraux, il faut alors remarquer que, s'ils sont de nature véritable, ces points de vue ne constituent pas simplement le fil extérieur et un ordre extérieur, mais l'âme intérieure qui dirige les événements et les actes eux-mêmes. Car semblable à Mercure, qui guide les âmes, l'idée[18] est en vérité ce qui conduit les peuples et le monde, et c'est l'esprit, sa volonté raisonnable et nécessaire, qui ont guidé et guident les événements du monde : apprendre à le connaître, dans cette manière de guider qui est la sienne, est la fin que nous poursuivons. Ce qui amène au troisième genre de l'histoire : l'histoire philosophique[19].

L'histoire philosophique

Si, relativement aux deux genres précédents (34), nous n'avions de prime abord rien à expliquer parce que le concept se comprenait de lui-même, il en va autrement avec l'histoire philosophique. En effet, cette dernière semble avoir besoin, de fait, d'un éclaircissement ou d'une justification. D'un point de vue général, la philosophie de l'histoire ne signifie rien d'autre que la considération pensante de l'histoire. Nous ne pouvons donc pas, à ce titre, négliger l'acte de penser. C'est par là que nous nous distinguons de l'animal : il y a du penser dans la sensation, dans la connaissance et la reconnaissance, dans les tendances et dans la volonté, ceci dans la mesure où elles sont le fait de l'homme. Or, à cause de cela, en appeler ici à l'acte de penser peut apparaître insuffisant. En effet, dans l'histoire, l'acte de penser est subordonné à ce qui est donné et à ce qui est, qu'il a pour fondements et qui le dirigent. Au contraire, des pensées propres sont imputées à la philosophie, pensées que la spéculation produirait d'elle-même, sans égard pour ce qui est. Si la philosophie se rapportait avec de telles pensées à l'histoire, alors elle la traiterait à la façon d'un matériau et ne la laisserait pas telle qu'elle est, mais, au contraire, elle lui donnerait une orientation selon ce qu'elle pense, elle, la philosophie, et elle la construirait[20] donc, comme on le dit, *a priori*. Or parce que l'histoire a seulement à appréhender ce qui est et ce qui fut, les événements et les actes, et parce qu'elle reste d'autant plus vraie qu'elle s'en tient davantage à ce qui est donné, alors le métier de la philosophie semble être en contradiction avec ce travail de l'histoire. Cette contradiction et le reproche qui en naît contre la spéculation[21] doivent être ici expliqués et réfutés, sans vouloir pour autant entrer dans la rectification de représentations biaisées, infiniment nombreuses et spéciales, en vogue sur la fin, les intérêts et les traitements de ce qui est historique et de son rapport à la philosophie, ou toujours à nouveau découvertes comme neuves.

Or l'unique pensée que la philosophie porte avec elle est la simple pensée de la raison : pensée que la raison domine le monde ; qu'il en est, donc, allé rationnellement aussi dans l'histoire du monde. Cette conviction et cette intelligence des choses sont (35) une présupposition relative à l'histoire en tant que telle en général. Mais dans la philosophie elle-même, ce n'est pas une présupposition. En effet, par le moyen de la connaissance spéculative, on montre, en philosophie, que la raison – nous pouvons ici en rester à cette expression, sans discuter plus avant de la relation et du rapport à Dieu – est la substance tout comme elle est la puissance infinie ; elle est pour elle-même la matière infinie de toute vie naturelle et propre à l'esprit tout comme elle est la forme infinie, la manifestation active de ce contenu qui est sien. La raison est la substance, c'est-à-dire, ce par quoi et en quoi toute réalité effective a son être et sa consistance – elle est la puissance infinie, en tant que la raison n'est pas impuissante au point de ne parvenir qu'à l'idéal, au devoir, et de n'être présente qu'en dehors de la réalité effective, nul ne sait où, comme quelque chose de particulier, dans la tête de quelques hommes. La raison est le contenu infini, elle est toute essence et toute vérité ; et elle est à elle-même sa matière, matière qu'elle donne à élaborer à son activité. En effet, la raison n'a pas besoin, à la manière de l'agir fini, des conditions d'un matériau extérieur, de moyens donnés d'où elle recevrait aliments et objets pour son activité. La raison se nourrit d'elle-même[22] et elle est pour elle-même le matériau qu'elle élabore. De même que la raison est seulement pour elle-même sa propre présupposition et la fin ultime absolue, de même, depuis ce qui est intérieur, elle est elle-même manifestation en acte et production de cette fin absolue dans l'ordre phénoménal, non seulement de l'univers naturel mais encore de l'univers de l'esprit – dans l'histoire du monde. Qu'une telle idée soit le vrai, l'éternel, l'absolument puissant, que cette idée se manifeste dans le monde et que dans le monde ne se manifeste rien qu'elle, son honneur et sa splendeur, c'est, comme on l'a dit, ce qui est prouvé en philosophie et qui est ici présupposé en tant que prouvé.

La raison dans l'histoire et la foi

À ceux parmi vous, Messieurs, qui n'avez pas de familiarité avec la philosophie, je pourrais demander de prendre place pour cet exposé sur l'histoire du monde avec la foi en la raison, avec le désir, la soif de connaître la raison (36) : et ce qu'il faut présupposer comme besoin subjectif dans l'étude des sciences, c'est assurément le désir de saisir rationnellement par l'intelligence, de connaître et non pas simplement d'amasser des connaissances. À vrai dire, si on n'apporte pas déjà la pensée, la connaissance de la raison à l'histoire du monde, alors, au moins, on doit avoir la foi solide, invincible, que la raison est dans cette histoire ; et on doit avoir aussi la foi que le monde de l'intelligence et du vouloir conscient de soi n'est pas livré au hasard mais qu'il doit au contraire se montrer dans la lumière de l'idée se sachant elle-même[23]. De fait, je n'ai pas à réclamer, par avance, une telle foi[24]. Ce que j'ai dit, en préliminaire, et dirai encore, n'est pas à prendre seulement, même par rapport à notre science, comme présupposition, mais comme vue d'ensemble du tout, en tant que résultat de l'examen que nous avons à entreprendre, un résultat[25] qui m'est connu parce que je connais déjà le tout. De la considération de l'histoire elle-même du monde doit alors d'abord résulter qu'il en est allé rationnellement dans cette histoire, qu'elle fut le cours rationnel, nécessaire de l'esprit du monde, de l'esprit dont la nature est, certes, toujours une et la même, mais qui explicite, dans l'existence du monde, cette nature une qui est la sienne. Ceci doit être, comme on l'a dit, le résultat de l'histoire. Mais nous avons à prendre l'histoire telle qu'elle est : nous avons à procéder de manière historique, empirique. Entre autres, nous ne devons pas nous laisser égarer par les historiens de métier, car ces derniers, les Allemands en particulier, qui jouissent d'une grande autorité, font ce qu'ils reprochent aux philosophes, à savoir : ils font, en histoire, des trouvailles *a priori*. Par exemple, c'est une fable largement répandue qu'il y aurait eu un peuple primitif et très ancien, instruit immédiatement par Dieu dans une intelligence et une sagesse parfaites, dans une connaissance pénétrante de toutes les lois de nature et de toute vérité relevant de l'esprit ; ou qu'il y aurait eu tels ou tels peuples de prêtres (37) ; ou, pour citer quelque chose de précis, qu'il y aurait eu une épopée romaine d'où les historiens romains ont tiré l'histoire la plus ancienne, etc.[26]. Nous voulons abandonner de telles trouvailles *a priori* aux talentueux historiens de métier, parmi lesquels elles n'ont rien d'inhabituel chez nous.

Comme première condition, nous pourrions formuler celle d'appréhender fidèlement ce qui est historique. Seulement voilà, l'ambiguïté se niche dans des expressions générales telles que « fidèlement » et « appréhender ». Même l'historien ordinaire et moyen, qui estime peut-être et prétend procéder seulement par réceptivité, en s'en remettant seulement à ce qui est donné, n'est pas, par l'acte de penser, passif. Il apporte ses catégories et il voit à travers elles ce qui existe, là, devant lui. En particulier, pour tout ce qui doit être scientifique, il n'est pas permis à la raison de dormir et il faut user de la réflexion. Celui qui considère le monde par et avec la raison, le monde le considère aussi par et avec la raison : il y a détermination réciproque des deux. Mais, ici, les différentes manières de réfléchir, d'avoir des points de vue ou de juger de la seule importance ou non importance des faits, comme première catégorie immédiatement disponible, n'entrent pas en ligne de compte.

Le règne de la raison dans le monde et dans l'histoire du monde : deux points de vue

Je vais rappeler seulement deux formes ou deux points de vue concernant la conviction générale selon laquelle la raison a régné et règne dans le monde aussi bien que dans l'histoire du monde. En effet, ces formes et ces points de vue nous offrent en même temps l'occasion de toucher au plus près ce qui fait principalement difficulté et d'indiquer ce dont nous ferons ultérieurement mention.

Le premier point de vue se prend de l'histoire : le Grec Anaxagore a, le premier, dit que le νοῦς, l'intelligence en général ou la raison gouverne le monde – non pas une intelligence en tant que raison consciente de soi, non pas un esprit en tant que tel : deux choses à rigoureusement distinguer l'une de l'autre. Le mouvement du système solaire suit des lois invariables : ces lois sont la raison de ce système, mais ni le Soleil, (38) ni les planètes qui tournent autour du Soleil, en vertu de ces lois, en sont conscients. De même, que la raison soit dans la nature et que la nature soit régie de manière invariable par des lois universelles, cette pensée ne nous choque pas : nous y sommes habitués et nous ne nous en préoccupons guère. De fait, j'ai mentionné ce donné historique pour attirer l'attention sur ceci : l'histoire enseigne que ce qui peut nous sembler trivial ne l'a pas toujours été dans le monde ; qu'une pensée de ce genre fait bien plutôt date dans l'histoire de l'esprit humain. Aristote dit d'Anaxagore, en tant que créateur de cette pensée-là[27], qu'il apparut comme un homme ayant toute sa tête au milieu d'hommes ivres. Socrate reprend la pensée d'Anaxagore à son compte, et, à l'exception d'Épicure qui attribua tous les événements au hasard, elle s'est aussitôt imposée comme pensée dominante en philosophie : « je me réjouissais de cette pensée » – fait dire Platon à Socrate[28] – « et j'espérais avoir trouvé un maître qui m'expliquerait la nature selon la raison, me désignerait dans le particulier la fin particulière du particulier, dans le tout, la fin universelle : je n'aurais renoncé à cet espoir pour rien au monde. Mais que je fus déçu quand je me mis avec zèle aux écrits d'Anaxagore et trouvai qu'il ne mentionne que des causes externes, comme l'air, l'éther, l'eau et autres choses semblables, au lieu de la raison. » On le voit, le caractère insuffisant que Socrate a trouvé dans le principe d'Anaxagore ne concerne pas le principe lui-même mais ce qui fait défaut quant à son application à la nature concrète, à savoir : la nature concrète n'est pas comprise, n'est pas conçue à partir de ce principe ; ce principe est, de manière générale, resté abstrait ; la nature n'est pas saisie en tant que développement de ce principe, en tant qu'organisation produite par la raison. Or dès maintenant, j'attire l'attention ici sur la différence entre une détermination, un principe, une vérité maintenus avec fermeté à un niveau seulement abstrait ou bien conduits vers une détermination plus précise et vers un développement concret. (39) Cette distinction est décisive. Nous y reviendrons, entre autres choses, surtout au terme de notre histoire du monde, en saisissant ce qu'est l'état[29] politique le plus moderne.

En outre, et c'est le second point de vue, cette apparition de la pensée que la raison gouverne le monde se rattache à une autre application qui nous est bien connue – à vrai dire sous la forme de la vérité religieuse selon laquelle le monde n'est pas livré au hasard ou à des causes extérieures contingentes, mais une Providence gouverne le monde. Je déclarais plus haut[30] que je ne voulais pas en appeler à votre foi en ce principe mentionné, la raison; que je pourrais cependant en appeler à la foi en lui, sous cette forme religieuse, pour peu que le caractère propre à la science de la philosophie accordât de reconnaître une valeur à ce que l'on présuppose ou, dit autrement, parce que la science dont nous voulons traiter doit tout d'abord donner elle-même la preuve, sinon de la vérité, du moins de la justesse de ce principe[31]. Or la vérité qu'une Providence, et certes la Providence divine, préside aux événements du monde correspond au principe mentionné. En effet, la Providence divine est la sagesse douée d'une puissance infinie, sagesse qui rend effectives ses fins, c'est-à-dire la fin ultime du monde, absolue et rationnelle: la raison est l'acte entièrement libre du penser se déterminant soi-même. Pourtant, la différence, et même l'opposition, de cette foi et de notre principe se présente de la même façon que la requête de Socrate à l'égard du principe d'Anaxagore. Cette foi-là est à vrai dire indéterminée tout comme le principe d'Anaxagore. Elle est ce que l'on nomme foi en la Providence en général et ne va pas jusqu'à ce qui est déterminé, jusqu'à l'application au Tout, jusqu'au cours de l'histoire du monde : un cours saisissant tout. Or expliquer l'histoire, cela signifie dévoiler les passions de l'homme, leur génie, leurs forces agissantes : et on nomme habituellement plan de la Providence cette déterminité de la Providence (40). Mais c'est ce plan qui doit être dissimulé à notre regard, qu'il doit être présomptueux de vouloir connaître. L'ignorance d'Anaxagore à propos de la façon dont l'entendement se manifeste dans la réalité effective était naturelle : en lui, et en général, en Grèce, la conscience de la pensée n'était pas allée plus loin. Anaxagore n'était pas encore en mesure d'appliquer son principe universel au concret, de connaître ce concret à partir de ce principe[32]. En effet, Socrate a, le premier, fait un pas pour saisir l'union du concret et de l'universel. Anaxagore n'était donc pas opposé à une telle application de ce principe. Mais cette foi en la Providence est, du moins, opposée à l'application d'ensemble de ce principe ou à la connaissance du plan de la Providence. En effet, on fait valoir, en particulier, ici et là, ce principe quand des esprits pieux reconnaissent dans des cas singuliers, non pas simplement ce qui est de l'ordre du hasard, mais au contraire des coups de la Providence : par exemple, quand un secours est arrivé de manière inattendue à un homme dans un grand embarras et dans une grande nécessité. Toutefois, ces fins de la Providence sont elles-mêmes limitées, car elles sont seulement les fins particulières de cet individu. Or nous avons affaire dans l'histoire du monde à des individus qui sont des peuples, à des totalités qui sont des États. Nous ne pouvons donc pas en rester, pour ainsi dire, à ces petites tractations de la foi en la Providence, et moins encore à la foi purement abstraite, indéterminée, qui veut avancer jusqu'à parvenir au fait universel qu'il y aurait une Providence, mais sans aller aux actes déterminés de cette Providence. Nous avons bien plutôt à prendre au sérieux ces actes, à reconnaître les chemins de la Providence, les moyens et les manifestations phénoménales de la Providence dans l'histoire : et nous avons à rapporter tout ceci à ce principe universel.

La possibilité de connaître Dieu et la tâche de la philosophie

Mais en faisant mention de la connaissance du plan de la Providence divine en général, j'ai fait revenir une question de la plus haute importance à notre époque : la possibilité de connaître Dieu, ou plutôt, étant donné que cela a cessé d'être une question, (41) la doctrine, devenue préjugé, qu'il est impossible de connaître Dieu. Maintenant, le fait de nier ce qui est dit dans les Écritures mêmes, à savoir que c'est l'esprit qui introduit à la vérité, qu'il connaît toutes choses, qu'il pénètre même les profondeurs de la divinité, l'emporte en s'opposant directement à ce qui est commandé dans les Écritures saintes comme devoir suprême de non seulement aimer Dieu mais encore de le connaître. En situant l'être divin au-delà de notre connaissance et des choses humaines en général, on s'octroie du même coup la commodité de s'en remettre à ses propres représentations. On est libéré de mettre sa connaissance en relation avec le divin et le vrai. Au contraire, la vanité de cette connaissance et le sentiment subjectif ont par eux-mêmes leur parfaite justification. Et l'humilité dévote, évitant de se compromettre avec la connaissance de Dieu, sait très bien ce qu'elle y gagne du point de vue de son arbitre et de ses vaines menées.

C'est pourquoi je n'ai pas voulu m'abstenir de mentionner que notre proposition, selon laquelle la raison gouverne et a gouverné le monde, se lie à la question de la possibilité de la connaissance de Dieu : afin de ne pas échapper au soupçon que la philosophie a peur ou doit avoir peur de rappeler les vérités religieuses, et qu'elle se tient à distance d'elles, parce qu'elle n'a pas, pour ainsi dire, bonne conscience vis-à-vis de ces vérités. Bien plutôt, on en est arrivé, à l'époque moderne, à ce point où la philosophie doit prendre en charge le contenu religieux, ceci à l'encontre de certains types de théologie[33]. Dans la religion chrétienne, Dieu s'est révélé, c'est-à-dire, il a donné à l'homme de connaître ce qu'il est, de telle sorte qu'il n'est plus quelque chose d'inaccessible, de secret. Et avec cette possibilité de connaître Dieu, il nous est alors imposé le devoir de le connaître. Dieu ne veut pas pour enfants des cœurs étroits et des têtes vides mais il veut des enfants dont l'esprit est pauvre par soi-même mais riche de le connaître : des enfants qui mettent toute valeur dans cette connaissance de Dieu seulement. Le déploiement de l'esprit qui pense[34], (42) déploiement parti de ce fondement de la Révélation de l'être divin, doit aboutir, au terme, à la saisie par la pensée de ce qui fut d'abord mis sous les yeux de l'esprit qui sent et représente. Il doit être temps, enfin, de comprendre aussi cette riche production de la raison créatrice : l'histoire du monde. Il fut une époque où la mode était de s'émerveiller de la sagesse de Dieu dans les animaux, les plantes, les destinées singulières. Si on accorde que la Providence se révèle dans de tels objets et de telles matières, pourquoi pas aussi dans l'histoire du monde ? Mais cette matière semble être trop grande. Or la sagesse divine, c'est-à-dire la raison, est une et identique, dans ce qui est grand comme dans ce qui est petit. Nous ne devons donc pas tenir Dieu comme étant trop faible pour employer sa sagesse à de grandes choses. Notre connaissance vise à acquérir par l'intelligence que ce qui est poursuivi comme fin par la sagesse éternelle s'est produit aussi bien sur le terrain de la nature[35] que sur le terrain de l'esprit effectif et actif dans le monde[36]. Notre examen de l'histoire est, dans cette mesure, une théodicée, une justification de Dieu, que Leibniz a métaphysiquement tentée, à sa façon, dans des catégories encore indéterminées, abstraites, de telle sorte que les maux dans le monde devaient être compris et l'esprit pensant devait être réconcilié avec le mal moral. En fait, nulle part ailleurs que dans l'histoire du monde ne se trouve plus grande exigence pour une telle connaissance réconciliatrice. Cette réconciliation peut seulement être atteinte par la connaissance de l'affirmatif et en lequel ce négatif[37] disparaît dans ce qui est subordonné et surmonté : ceci, d'une part, par la conscience de ce que la fin ultime du monde est en vérité, d'autre part, par la conscience que cette fin ultime a été effectivement réalisée dans le monde et que, en fin de compte, le mal moral ne s'est pas fait valoir à côté de la fin ultime.

Or ici, la simple foi au νοῦς et en la Providence ne suffisent encore en aucune façon. La raison, dont on dit qu'elle gouverne dans le monde, est un terme aussi indéterminé que la Providence l'est – on parle toujours de la raison sans même pouvoir indiquer ce qu'est (43) sa détermination, ce qu'est son contenu, c'est-à-dire à partir de quoi nous pouvons juger si quelque chose est de raison ou sans raison. La première affaire à traiter est donc de saisir la raison en sa détermination. Autrement, si on s'en tient à la raison en général, il n'y a là que des mots. Avec ces indications, nous passons au second point que nous voulions examiner dans cette introduction.

Détermination de l'esprit dans l'histoire du monde

Dans la mesure où la raison se rapporte au monde, la question de la détermination de la raison en elle-même coïncide avec la question de savoir ce qu'est la fin ultime du monde. Plus précisément, dans cette expression, la fin ultime[38] du monde, il y a le fait que cette fin ultime doit être réalisée, doit être rendue effective. Il faut alors examiner deux choses ici avec soin : le contenu de cette fin ultime ; la détermination elle-même, en tant que telle, et sa réalisation.

Nous devons tout d'abord retenir que notre objet, l'histoire du monde, se déroule dans le domaine propre à l'esprit. Le monde comprend la nature physique et psychique en soi. La nature physique s'immisce également dans l'histoire du monde et nous serons attentifs, pour commencer, aux conditions fondamentales de la détermination naturelle[39]. Or l'esprit et le cours de son développement sont ce qui est substantiel[40]. Nous n'avons pas ici à considérer la nature, la manière dont elle est également en elle-même un système de la raison, dans un milieu particulier et qui lui est propre. Mais nous avons seulement à considérer la nature relativement à l'esprit. Or sur le théâtre où nous le considérons, l'esprit, dans l'histoire du monde, est dans sa réalité effective la plus concrète. Mais en dépit de cela, ou plutôt, afin de saisir aussi l'universel à partir de ce type de réalité effective concrète qui est la sienne, nous devons préalablement donner quelques déterminations abstraites quant à la nature de l'esprit. Cela ne peut toutefois se faire que selon un mode affirmatif et ce n'est pas le lieu, ici, de développer spéculativement l'idée de l'esprit. En effet, ce qui peut être dit dans une introduction est en général à prendre selon un tracé historique, comme on l'a déjà remarqué, en tant que présupposition qui, ou bien a été développée dans le détail et prouvée ailleurs, (44) ou bien doit seulement recevoir sa confirmation dans la suite de l'exposé traitant de la science de l'histoire.

Nous avons donc à aborder ici : les déterminations abstraites de la nature de l'esprit ; les moyens que l'esprit utilise pour réaliser son idée ; au terme, il faut examiner la figure qui est la réalisation complète de l'esprit dans l'existence – l'État[41].

Les déterminations abstraites de la nature de l'esprit

La nature de l'esprit se laisse reconnaître par le moyen de ce qui lui est son parfait opposé. De même que la substance de la matière est la pesanteur[42], de même, devons-nous dire, la substance, l'essence de l'esprit est la liberté[43]. Chacun croit immédiatement que l'esprit possède, entre autres propriétés, la liberté. Or la philosophie nous enseigne que toutes les propriétés de l'esprit subsistent seulement par la liberté, qu'elles sont seulement des moyens pour la liberté, qu'elles cherchent toutes et produisent toutes seulement la liberté. C'est une connaissance de la philosophie spéculative que la liberté est l'unique vérité de l'esprit. La matière est pesante dans la mesure où elle tend vers un centre : elle est par essence composée, elle subsiste dans l'extériorité mutuelle de ce qui la compose, elle cherche son unité et elle cherche donc à se dépasser elle-même, elle cherche son contraire. Si elle y parvenait, alors elle ne serait plus matière mais elle serait anéantie. Elle tend vers l'idéalité car elle est idéelle dans l'unité. Au contraire, l'esprit est exactement ceci : avoir le centre en soi. L'esprit n'a pas l'unité en dehors de lui mais il l'a trouvée. Il est en lui-même et auprès de lui-même. La matière a sa substance en dehors d'elle. L'esprit est l'être auprès de soi-même. Et ceci même est la liberté. En effet, si je suis dépendant, je me rapporte à un autre que je ne suis pas, je ne peux pas être sans quelque chose d'extérieur à moi. Je suis libre quand je suis auprès de moi-même. Cet être auprès de soi-même de l'esprit est conscience de soi, la conscience de soi-même.

Deux choses sont toutefois à distinguer dans la conscience. Tout d'abord, (45) le fait que je sais. Ensuite, ce que je sais. Les deux coïncident dans la conscience de soi, car l'esprit se sait lui-même : il est acte de juger sa propre nature et il est en même temps activité de venir à soi et ainsi de se produire, de faire de soi ce qu'il est en soi. Selon cette détermination abstraite, on peut dire de l'histoire du monde qu'elle est la présentation de l'esprit, de la manière dont il se façonne le savoir de ce qu'il est en soi. Et, de même que le germe porte en soi la nature entière de l'arbre, le goût et la forme des fruits, de même, les premières traces de l'esprit contiennent déjà, virtuellement, l'histoire entière. Les Orientaux ne savent pas encore que l'esprit ou l'homme en tant que tel est libre en soi. Et parce qu'ils ne le savent pas, ils ne le sont pas. Ils savent seulement qu'un seul est libre. Mais à cause de cela, une telle liberté n'est qu'arbitraire, sauvagerie, sottise de la passion, ou bien n'est que douceur, docilité de la passion qui est elle-même seulement un accident de la nature ou un caprice. – Cet individu unique n'est pour cela qu'un despote, il n'est pas un homme libre. La conscience de la liberté s'est levée, pour la première fois, chez les Grecs, et c'est pourquoi ils furent libres. Mais les Grecs tout comme les Romains savaient seulement que quelques-uns sont libres, non l'homme, en tant que tel. Cela, Platon et Aristote eux-mêmes ne le surent pas. C'est pourquoi, non seulement les Grecs ont eu des esclaves dont leur vie et l'existence de leur belle liberté dépendaient, mais encore leur liberté elle-même était, pour une part, une fleur contingente, passagère et bornée, pour une autre part une servitude rigoureuse de ce qui est propre à l'homme, de ce qui est humain. – Les premières, les nations germaniques en sont venues, dans le christianisme, à la conscience que l'homme en tant qu'homme est libre, que la liberté de l'esprit constitue ce qu'il y a de plus propre à la nature de l'homme. Cette conscience est d'abord apparue dans la religion, dans la région la plus intérieure de l'esprit. Mais donner forme à ce principe dans ce qui constitue le monde[44] fut une autre tâche qui, pour la résoudre et l'exécuter, exige un long et lourd travail de formation et de culture[45]. (46) Par exemple, avec l'adoption de la religion chrétienne, l'esclavage n'a pas immédiatement cessé. Moins encore, la liberté s'est-elle mise à dominer aussitôt dans les États, et les gouvernements et les constitutions furent-ils organisés sur un mode propre à la raison ou entièrement fondés sur le principe de la liberté. Cette application du principe de la liberté aux affaires du monde, la transformation culturelle et l'imprégnation de l'état du monde par ce principe sont le long processus qui constitue l'histoire elle-même. J'ai déjà attiré l'attention sur cette différence entre le principe comme tel et son application[46], c'est-à-dire, son introduction et son accomplissement dans la réalité effective de l'esprit et de la vie : cette différence est une détermination fondamentale dans notre science, il est essentiel de l'avoir en tête. Or, de même que l'on a ici, au préalable, signalé cette différence eu égard au principe chrétien, à la conscience de soi de la liberté, de même on trouve aussi cette différence de manière essentielle en ce qui concerne le principe de la liberté en général. L'histoire du monde est le progrès dans la conscience de la liberté, – un progrès que nous avons à connaître en sa nécessité.

Avec ce que j'ai dit sur la distinction entre le savoir et la liberté en général et avant tout, certes, en l'énonçant sous la forme que les Orientaux ont seulement su qu'un seul homme est libre, que les mondes grec et romain ont su que quelques-uns sont libres, mais que nous savons que tout homme en soi, c'est-à-dire l'homme en tant qu'homme, est libre, une indication sur la division de l'histoire du monde est du même coup donnée et sur la façon dont nous la traiterons. Nous faisons seulement, au passage, cette remarque. Nous avons, au préalable, quelques concepts à expliciter encore.

On a donc désigné en tant que détermination du monde propre de l'esprit la conscience qu'a l'esprit de sa liberté et, par conséquent, (47) la réalité effective de cette liberté et, comme le monde propre de l'esprit est le monde substantiel et que le monde physique lui demeure subordonné, ou, en termes spéculatifs, qu'il n'a pas de vérité face à lui : en tant que fin ultime du monde. Mais que cette liberté, telle qu'elle a été désignée, soit encore indéterminée ; qu'elle soit un terme infiniment équivoque ; qu'elle entraîne avec elle à l'infini, alors qu'elle est ce qu'il y a de plus élevé, beaucoup de méprises, de confusions et d'erreurs ; qu'elle comprenne en elle tous les dérèglements possibles : c'est quelque chose dont on n'a jamais été mieux conscient et que l'on n'a jamais mieux éprouvé qu'à l'époque actuelle. Toutefois, nous nous en tiendrons ici à cette détermination générale-là. De plus, on a fait attention à l'importance de la différence infinie entre ce qui est seulement en soi et ce qui est effectif. En même temps, la liberté en elle-même renferme en soi la nécessité infinie de se porter à la conscience – car elle est, selon son concept, savoir de soi – et de prendre donc effectivement réalité : elle est à elle-même la fin, qu'elle conduit à son accomplissement, l'unique fin de l'esprit. Cette fin ultime est ce en vue de quoi l'histoire du monde a été travaillée, ce pour quoi tous les sacrifices ont été accomplis sur le large autel de la terre et dans le long écoulement du temps. Cette fin ultime est la seule fin qui se poursuive et s'accomplisse, ce qui seul est permanent dans le cours changeant des événements et des situations, ce qui seul est véritablement actif en eux. Cette fin ultime est ce que Dieu veut du monde. Or Dieu est ce qu'il y a de plus parfait. Pour cela, il ne peut rien vouloir d'autre que soi-même, que sa propre volonté. Or la nature de sa volonté, c'est-à-dire sa nature en général, c'est ce que nous nommons ici l'idée de liberté[47], étant donné que nous en saisissons la représentation religieuse par la pensée. De sorte que la question immédiate qu'il faut maintenant poser peut être la suivante : quels moyens l'idée de liberté utilise-t-elle pour sa réalisation ? Cela est le second point qu'il faut ici examiner.

Les moyens de la réalisation de son idée

Cette question des moyens, par lesquels la liberté se produit pour un monde, nous conduit au phénomène même de l'histoire. Si la liberté en tant que telle est tout d'abord le concept intérieur, alors les moyens sont en revanche ce qui est d'ordre extérieur, (48) ce qui apparaît, ce qui entre immédiatement en scène et se présente dans l'histoire. La première manière de voir l'histoire nous convainc que les actions des hommes procèdent de leurs besoins, de leurs passions, de leurs intérêts, de leurs caractères et de leurs talents, et ceci de telle sorte que, dans ce spectacle de l'activité, ce sont seulement ces besoins, ces passions et ces intérêts qui paraissent en tant que mobiles et opèrent comme ce qui est principalement efficace. S'y trouvent bien, aussi, des fins générales, une volonté de faire le bien, le noble amour de la patrie. Mais ces vertus[48] et le caractère général de ces fins se tiennent dans une proportion insignifiante en regard du monde et de ce qui le crée. Nous pouvons bien voir la détermination de la raison réalisée dans les sujets eux-mêmes de ces vertus et dans les cercles de leur activité, mais ils sont en faible proportion en regard de la masse du genre humain, tout comme l'espace pour l'existence effective de ces vertus est, corrélativement, d'extension restreinte. Les passions, en revanche, les fins de l'intérêt particulier, le contentement de l'égoïsme sont ce qu'il y a de plus puissant. Ils ont leur force dans le fait de ne respecter aucune des bornes que le droit et la moralité veulent leur assigner, dans le fait que ces puissances naturelles se trouvent bien plus proches de l'homme que l'éducation disciplinaire artificiellement et ennuyeusement dispensée en vue de l'ordre et de la modération, du droit et de la moralité. Quand nous examinons ce spectacle des passions et regardons les conséquences de leur violence, de la déraison qui s'associe non seulement aux passions, mais encore, et surtout, à ce que sont de bons desseins, des fins légitimes ; lorsque nous y voyons les maux, le mal, la chute des empires les plus florissants que l'esprit de l'homme ait produits : nous ne pouvons qu'être remplis de tristesse sur le caractère éphémère du passé et, alors que cette ruine est non seulement une œuvre de la nature mais encore de la volonté de l'homme, en arriver, à la vue d'un tel spectacle, à une affliction morale, à une rébellion du bon esprit, si un tel esprit est en nous (49). On peut, sans exagération oratoire, dresser le tableau le plus terrifiant qui soit de ces conséquences, simplement par une combinaison exacte du malheur souffert par ce qu'il y a de plus excellent dans le processus de formation des peuples et des États comme dans les vertus privées, et faire croître l'impression ressentie jusqu'à la tristesse la plus profonde, la plus embarrassée, contre laquelle aucun résultat consolant ne peut faire contrepoids ; tristesse contre laquelle nous ne pouvons nous affermir ou dont nous ne pouvons sortir qu'en pensant : il en a été ainsi ; c'est un destin ; rien ne peut en être changé ; et ensuite, revenus de l'ennui que cette réflexion de tristesse pourrait susciter en nous, qu'en nous retirant dans notre sentiment de la vie, dans l'actualité de nos fins et de nos intérêts, bref, dans l'égoïsme qui se tient sûr les rivages tranquilles, et, de là, jouit de manière plus assurée du regard lointain porté sur la masse confuse des décombres. Mais, alors que nous considérons l'histoire comme cet autel sur lequel le bonheur des peuples, la sagesse des États, la vertu des individus ont été conduits au sacrifice, la question de savoir pour qui, à quelle fin ultime ces sacrifices les plus monstrueux ont été faits s'impose nécessairement à l'esprit. C'est de là que vient, d'ordinaire, la question que nous avons prise comme point de départ général de notre examen[49] ; de là, que nous avons déterminé aussitôt les événements offerts par ce tableau[50], à notre sensation trouble et à la réflexion qui s'y applique, comme domaine où nous voulons seulement voir les moyens de ce que nous affirmons être la détermination substantielle[51], la fin ultime absolue. Ou ce qui revient au même : le vrai résultat de l'histoire du monde. Dès le début, nous avons, de façon générale, évité de prendre le chemin des réflexions, de nous élever de cette image du particulier à l'universel. D'ailleurs, ce n'est pas l'intérêt de ces réflexions pleines de sentiments de s'élever vraiment au-dessus de ces impressions et de résoudre les énigmes de la Providence qui (50) sont déposées dans ces considérations. C'est bien plutôt l'essence de ces réflexions que de se complaire mélancoliquement dans les choses sublimes, vides et infécondes de ce résultat négatif[52]. Nous revenons donc au point de vue que nous avons pris et les moments que nous voulons y indiquer contiendront les déterminations essentielles pour la réponse aux questions qui peuvent surgir de ce tableau.

En premier lieu, nous remarquons ce que nous avons souvent dit, déjà, mais qui, dès que l'on en vient à la chose de l'histoire, ne saurait être suffisamment répété : ce que nous avons nommé principe, fin ultime, détermination, ou bien la nature ou le concept de l'esprit, c'est seulement quelque chose de général, d'abstrait. Le principe, tout comme la proposition fondamentale, la loi : c'est quelque chose d'intérieur, qui, comme tel, aussi vrai soit-il en lui-même, n'est pas complètement effectif. Des fins, des propositions fondamentales, etc. sont dans notre pensée. Elles sont d'abord dans nos intentions intérieures, mais pas encore dans la réalité effective. Ce qui est en soi est une possibilité, une faculté, mais qui, de son intériorité, n'en est pas encore venu à l'existence. Un deuxième moment doit, en effet, s'ajouter pour sa réalité effective, et ce moment est la manifestation active, l'acte de réalisation effective, dont le principe est la volonté, l'activité de l'homme en général. C'est seulement par cette activité que ce concept[53] aussi bien que les déterminations en soi sont réalisés, sont rendus effectifs, car ce concept et ces déterminations ne valent pas immédiatement par eux-mêmes. L'activité, qui les pose dans l'œuvre et dans l'existence, est le besoin, l'instinct, l'inclination et la passion de l'homme. Cela compte beaucoup pour moi de produire l'acte de quelque chose et de le porter à l'existence : je dois y être présent ; je veux être satisfait par son accomplissement. Une fin, pour laquelle je dois agir, doit aussi être, d'une quelconque manière, ma fin. Je dois en même temps satisfaire ma fin, quand la fin, pour laquelle je suis actif, a encore de nombreux autres aspects qui ne me concernent pas. C'est le droit infini du sujet de se trouver lui-même satisfait dans son activité et dans son travail. (51) Si les hommes doivent s'intéresser à quelque chose, alors ils doivent s'y engager eux-mêmes et y trouver leur amour-propre satisfait. On doit ici éviter un malentendu : on blâme un individu et on dit à bon droit de lui, mais en un mauvais sens, qu'il est, de manière générale, intéressé, c'est-à-dire, qu'il ne cherche que son propre avantage. Quand nous blâmons ceci, nous estimons qu'il cherche ce bénéfice personnel sans se préoccuper de la fin générale, vis-à-vis de laquelle il ne se met en peine que pour lui, ou même, qu'il la sacrifie. Or celui qui se montre actif pour une affaire, celui-ci n'est pas seulement intéressé, en général, mais il s'y intéresse. La langue exprime de manière juste cette différence. Il n'arrive donc rien, rien n'est accompli sans que les individus, qui sont actifs à cette occasion, se satisfassent aussi. Ils sont des hommes particuliers, c'est-à-dire, ils ont des besoins, des instincts, des intérêts qui leur sont propres. Parmi ces besoins, il y a non seulement ce qui relève du besoin propre et de la volonté, mais encore le besoin de voir par l'intelligence, de la conviction, ou du moins le besoin de tenir ferme dans l'opinion, si, entre autres choses, le besoin de raisonner et de comprendre, de la raison s'est éveillé. Ensuite, les hommes attendent aussi, quand ils doivent agir en vue d'une chose, que celle-ci leur convienne en général, qu'elle puisse être en phase avec leur opinion, qu'il s'agisse soit de la bonté de cette affaire, de son droit, de son avantage, de son utilité. En particulier, ceci correspond à un moment essentiel de notre époque, où les hommes sont beaucoup moins attirés vers quelque chose par la confiance et par l'autorité mais veulent consacrer la part de leur activité à une affaire, avec leur propre entendement, avec une conviction indépendante et une aptitude à avoir des avis.

Nous disons donc que rien, en général, n'est arrivé sans l'intérêt de ceux qui y ont collaboré par leur activité. Et, dans le temps même où nous nommons un intérêt passion dans la mesure où l'individualité entière (52), avec la mise à l'arrière-plan de tous les autres intérêts et de toutes les autres fins que l'on a aussi et que l'on peut avoir, se consacre, avec toutes les fibres inhérentes à son vouloir, à un objet et concentre tous ses besoins et toutes ses forces à la seule fin de cet objectif, nous devons alors dire, en général, que rien de grand ne fut accompli dans le monde sans passion. Ce sont ici ces deux moments qui entrent dans notre objet : l'un est l'idée, l'autre, les passions humaines ; l'un est la chaîne, l'autre la trame du grand tapis de l'histoire du monde étendue devant nous. Le centre concret et l'unification de ces deux moments sont la liberté morale effective[54] dans l'État. Il fut question de l'idée de liberté en tant que nature de l'esprit et de la fin ultime absolue de l'histoire. La passion est considérée comme quelque chose qui n'est pas juste, qui est plus ou moins mauvaise : l'homme ne doit pas avoir de passions. Aussi, passion n'est pas du tout le terme approprié pour ce que je veux ici exprimer. J'entends ici, de manière générale, l'activité de l'homme à partir d'intérêts particuliers, de fins spéciales, ou, si l'on veut, de desseins égoïstes, et ceci de telle sorte que les hommes mettent dans ces fins l'énergie entière de leur vouloir et de leur caractère, qu'ils leur sacrifient quelque chose d'autre qui peut être aussi une fin, ou plutôt leur sacrifient tout ce qui est autre. Ce contenu particulier est à ce point un avec la volonté de l'homme qu'il constitue la déterminité entière de l'homme et est inséparable de lui : l'homme est par là ce qu'il est. Car l'individu est tel qu'il est, là, non pas homme en général, mais comme homme déterminé. Le caractère exprime de même cette déterminité de la volonté et de l'intelligence. Or le caractère comprend en général toutes les particularités en soi, la manière de se comporter dans les rapports privés, etc. : il n'est pas cette déterminité comme déterminité mise en œuvre et en acte. Je dirai donc passion et entendrai par là la déterminité particulière du caractère, dans la mesure où ces déterminités du vouloir ont non seulement (53) un contenu privé, mais encore sont ce qui pousse à agir et ce qui agit de façon efficiente dans les actes universels. La passion est, d'abord, la face subjective, et dans cette mesure, formelle, de l'énergie, de la volonté et de l'activité, dont le contenu ou la fin reste encore indéterminé ; il en va de même du fait d'être convaincu, de l'intelligence et de la conscience morale propre. Il s'agit toujours de savoir quel contenu ma conviction, ma fin, ma passion ont ; de savoir si l'une ou l'autre est de nature vraie. Inversement, si le contenu ou la fin est de nature vraie, alors il lui appartient de venir à l'existence, d'être effectif.

De cette explication relative au second moment essentiel de la réalité effective historique d'une fin en général[55], il s'ensuit, en portant au passage attention à l'État, que, sous cet aspect, un État est en soi bien constitué et plein de force quand l'intérêt privé des citoyens s'unit avec la fin universelle de l'État, quand l'un trouve dans l'autre sa satisfaction et sa réalisation effective – une proposition par elle-même hautement importante. Or dans un État, on a besoin de nombreux organes administratifs, de nombreuses créations, d'institutions conformes à sa fin, et bien sûr, tout ceci au fil de longs combats de la faculté de penser jusqu'à ce que l'État rende conscient de ce qui est conforme à cette fin. De même, les combats avec l'intérêt particulier et les passions ont besoin d'une longue et difficile discipline, jusqu'à ce que cette unification de la fin universelle de l'État et de l'intérêt privé de chacun soit produite. Le moment d'une telle unification situe la période de la floraison de l'État, de sa vertu, de sa force et de son bonheur. Or l'histoire du monde ne commence pas avec un objectif conscient quelconque, comme dans les cercles particuliers d'activités humaines. Le simple instinct de la vie des hommes en commun contient déjà la fin consciente de la sauvegarde de leur vie et de leur propriété et, alors que cette vie commune a pris corps, cette fin consciente s'élargit. L'histoire du monde ne commence avec sa fin universelle – à savoir que le concept de l'esprit soit satisfait – qu'en soi, c'est-à-dire qu'en tant que nature : cette fin est l'impulsion intérieure, l'impulsion la plus intérieure (54), sans conscience ; et la tâche entière de l'histoire du monde est, comme on l'a rappelé plus haut, de travailler pour amener cette fin à la conscience. De même que ce qui se présente sous la forme de l'être naturel, de la volonté naturelle est ce qui fut nommé l'aspect subjectif, le besoin, l'instinct, la passion, l'intérêt particulier, de même l'opinion et la représentation subjective sont ce qui existe aussitôt, là, par soi-même. Cette masse non mesurable de vouloirs, d'intérêts, d'activités sont les instruments et les moyens de l'esprit du monde, pour accomplir sa fin, l'élever à la conscience et la réaliser de manière effective : et cette fin, c'est se trouver soi-même, venir à soi-même et se considérer soi-même en tant que réalité effective. Or que ces éléments-là de la vitalité des individus et des peuples, cherchant et satisfaisant ce qui leur est propre, soient en même temps les moyens et les instruments de quelque chose de supérieur et de plus large dont ils ne savent rien, qu'ils accomplissent sans la conscience de ce que c'est : c'est ce qui pourrait être objet de questions, le fut aussi ; c'est ce qui fut nié aussi souvent que décrié et soupçonné comme rêverie et philosophie. Mais sur ce point, je me suis expliqué dès le début et j'ai soutenu cette présupposition (qui ne devrait se donner que comme résultat, au terme du parcours) et cette foi, qui sont nôtres, que la raison gouverne le monde et, donc, a gouverné aussi l'histoire du monde. Par rapport à cet universel et à ce substantiel en et pour soi, tout le reste est subordonné, en le servant et en en étant le moyen. De plus, cette raison est immanente dans l'existence historique, elle s'accomplit en et par celle-ci. L'union de l'universel qui est en et pour soi, en général, et du singulier[56], du subjectif ; que cette union seulement soit la vérité : ceci est de nature spéculative et est traitée en cette forme universelle dans la logique. Or dans le cours de l'histoire elle-même du monde, en tant que cours encore compris comme en progrès, la pure fin dernière de l'histoire n'est pas encore le contenu du besoin et de l'intérêt, et, tandis que (55) ce besoin et cet intérêt n'en sont pas conscients, l'universel est cependant présent dans les fins particulières et s'accomplit par ces fins. Cette même question prend aussi la forme de l'union de la liberté et de la nécessité alors que nous considérons comme ce qui est nécessaire le cheminement interne en et pour soi de l'esprit et que, par contre, nous attribuons à la liberté ce qui apparaît dans la volonté consciente des hommes comme étant son intérêt. Parce que l'enchaînement métaphysique, c'est-à-dire l'enchaînement dans le concept, de ces déterminations appartient à la logique, nous ne pouvons pas ici en traiter dans le détail. Seuls les moments principaux, qui comptent, sont à mentionner.

En philosophie, on a montré que l'idée avance vers l'opposition infinie entre : l'idée, en son mode libre et universel où elle demeure près de soi, et l'idée, en tant que réflexion en soi purement abstraite, qui est être-pour-soi formel, le Moi[57], la liberté formelle qui revient seulement à l'esprit. Ainsi, l'idée universelle existe comme plénitude substantielle, d'une part, comme ce qui est abstrait du libre arbitre, d'autre part. Cette réflexion en soi est la conscience de soi singulière, elle est l'autre face à l'idée en général, et donc dans le fini absolu. Cet autre est même, à ce titre, le fini, la déterminité, pour l'universel absolu : il est le côté de son existence, le terrain de sa réalité formelle et le terrain de l'honneur de Dieu. – Saisir l'enchaînement absolu de cette opposition est la tâche profonde de la métaphysique. En outre, toute particularité est posée avec ce fini. La volonté formelle se veut, ce Moi doit être en tout ce que cette volonté vise comme fin et fait. Aussi, l'individu pieux veut être sauvé et bienheureux. Cet extrême existant pour soi, différent de l'essence universelle, absolue, est un être particulier : cet extrême sait la particularité et veut cette particularité ; il est, en général, au point de vue du phénomène. Ici, les fins particulières entrent en ligne de compte pendant que les individus se posent dans leur particularité, l'accomplissent et (56) la réalisent de manière effective. Ce point de vue phénoménal est, en outre, aussi celui du bonheur et du malheur. Heureux est celui qui a conformé son existence à son caractère particulier, à son vouloir et à son arbitre et a ainsi joui de lui-même durant son existence. L'histoire du monde n'est pas le terrain du bonheur. Les périodes du bonheur sont des pages vierges en elle car elles sont les périodes de concorde où l'opposition fait défaut. La réflexion en soi, cette liberté[58] est, en général, de manière abstraite, le moment formel de l'activité de l'idée absolue. L'activité est le moyen terme du syllogisme, dont un extrême est l'universel, l'idée, qui repose dans le puits intérieur de l'esprit, et dont l'autre extrême est l'extériorité en général, la matière objective. L'activité est le moyen terme qui transpose[59] cet universel et cet intérieur dans l'objectivité.

Je veux tenter d'illustrer et de clarifier ce qui vient d'être dit par des exemples.

Une construction de maison constitue d'abord une fin intérieure et un dessein. Des éléments particuliers se posent à titre de matériaux, tels le fer, le bois ou la pierre, comme moyens en face de cette fin et de ce dessein. Les éléments sont employés pour travailler ces matériaux : le feu, pour fondre le fer ; l'air, pour attiser le feu ; l'eau, pour mettre en mouvement les roues, découper le bois, etc. Le résultat est que l'air, qui fut une aide, est arrêté par la maison, tout comme l'écoulement d'eau de la pluie et l'action funeste du feu, dans la mesure où la maison résiste au feu. Les pierres et les poutres obéissent à la pesanteur, elles tendent vers le bas et, grâce à elles, de hauts murs sont érigés. Ainsi, les éléments sont utilisés conformément à leur nature et concourent à produire ce par quoi ils sont limités. De la même manière, les passions se satisfont, elles se réalisent elles-mêmes et accomplissent leur fin selon leur détermination naturelle : et elles produisent l'édifice de la société humaine où elles ont conféré au droit et à l'ordre le pouvoir contre elles-mêmes. – L'enchaînement (57) ci-dessus indiqué entre la liberté et la nécessité implique, en outre, que, par les actions des hommes, quelque chose d'autre que ce que les hommes ont pour objectif et atteignent, quelque chose d'autre que ce qu'ils savent et veulent immédiatement survient encore dans l'histoire du monde : ils accomplissent leur intérêt, mais il se produit avec cela quelque chose de plus, qui s'y trouve intérieurement et n'était pas dans leur conscience ou dans leur dessein. Par analogie, nous donnons l'exemple d'un homme qui, par vengeance, peut-être justifiée, c'est-à-dire à cause d'une offense injuste, met le feu à la maison d'un autre : ici se manifeste déjà un lien entre l'acte immédiat et d'autres circonstances, elles-mêmes extérieures cependant, qui n'appartiennent pas à cet acte immédiatement pris pour soi. Cet acte est, comme tel, de tenir une petite flamme contre un petit segment de poutre. Ce qui n'a pas encore été fait à ce stade arrive ensuite par soi-même. En effet, le petit segment enflammé de la poutre est solidaire des sections plus éloignées de la poutre, celle-ci de la charpente de la maison entière, et cette maison, liée aux autres maisons. Un immense incendie naît alors, il dévore la propriété et tout l'avoir de nombreux hommes autres que celui contre qui la vengeance était tournée : et même, coûte la vie à de nombreux hommes. Or ceci ne figurait ni dans l'acte immédiat[60], ni dans le dessein de celui qui s'est lancé dans une telle entreprise. Toutefois, l'action contient encore une autre détermination universelle : en termes d'objectif de l'agent, elle était seulement une vengeance contre un individu, par la destruction de sa propriété ; or elle est, en outre, plus largement un crime, ce qui appelle alors la punition de ce crime. Cela n'a pas pu être présent à la conscience de l'agent, encore moins à sa volonté, mais c'est en soi son acte : c'est l'universel, le substantiel de cet acte qui est accompli par l'acte lui-même[61]. De cet exemple, il faut seulement retenir que quelque chose de plus large peut se trouver dans l'action immédiate que ce qui se trouve dans la conscience et dans la volonté de l'agent. Cet exemple a toutefois (58) en lui quelque chose de plus encore : la substance de l'action et, donc, l'action en général se retournent contre celui qui l'a accomplie ; elles deviennent un contrecoup qui le brise. Cette union des deux extrêmes, la réalisation de l'idée universelle en effectivité immédiate et l'élévation de la singularité dans la vérité universelle, a d'abord lieu sous la présupposition de la distinction et de l'indifférence mutuelle des deux côtés[62]. Ceux qui agissent ont dans leur activité des objectifs finis, des intérêts particuliers, mais ils sont aussi des agents qui savent et qui pensent. Le contenu de leur objectif est entremêlé de déterminations universelles, essentielles du droit, du bien, du devoir, etc. Car le seul désir, la sauvagerie et la grossièreté du vouloir tombent en dehors du théâtre et de la sphère de l'histoire du monde. Ces déterminations universelles, qui sont en même temps des lignes rectrices pour les fins et les actions, sont d'un contenu déterminé. Car quelque chose d'aussi vide que le bien par amour du bien n'a pas, de manière générale, de place dans la réalité effective vivante. Si on veut agir, on doit non seulement vouloir le bien, mais encore on doit savoir si ceci ou cela est le bien. Or que tel contenu soit bon ou ne soit pas bon, juste ou injuste : ceci est donné, pour les cas ordinaires de la vie privée, dans les lois et les mœurs d'un État. Et il n'y a pas de grande difficulté à le savoir. Tout individu a, en effet, une position sociale, il sait ce qu'est une manière d'agir légitime et honnête. En ce qui concerne les relations privées ordinaires, quand on déclare comme étant si difficile de choisir le droit et le bien et quand on tient pour une excellente moralité d'y trouver maintes difficultés et de se faire maints scrupules : alors il faut bien plutôt l'imputer à la volonté mauvaise et maligne qui cherche à échapper à ses devoirs, qu'il n'est même pas difficile de connaître, ou, à tout le moins, il faut le tenir pour un passe-temps de l'intériorité portée à réfléchir, à laquelle sa volonté mesquine ne donne guère à moudre, et qui, alors, (59) se met à agir en soi et se répand dans la complaisance morale.

Il en va autrement dans les grandes relations historiques. C'est ici exactement que surgissent les grandes collisions entre les devoirs, les lois et les droits existants et reconnus et entre les possibilités qui sont opposées à ce système, lui portent atteinte, et qui ont en même temps un contenu qui peut aussi paraître bon, avantageux dans l'ensemble, essentiel et nécessaire. Or ces possibilités deviennent historiques ; elles comprennent en elles un universel d'un autre type que l'universel qui constitue la base de ce en quoi consiste un peuple ou un État. Cet universel est un moment de l'idée productrice, un moment de la vérité qui aspire à elle-même et tend vers elle-même. Les hommes historiques, les individus de l'histoire du monde sont ces individus dans les fins desquels un tel universel se trouve.

À ce titre, César relève essentiellement de ces hommes historiques : il fut exposé au danger de perdre la situation, sinon encore pas de prédominance, du moins d'égalité à laquelle il s'était élevé aux côtés d'autres hommes qui se tenaient à la tête de l'État et de succomber à ceux qui étaient en train de devenir ses ennemis. Ces ennemis, qui avaient en tête ce qui touchait en même temps à leurs fins personnelles, disposaient, en leur faveur, de la constitution formelle de l'État et de la force de l'apparence juridique. César combattait dans l'intérêt de conserver sa situation, son honneur et sa sécurité, et la victoire sur ses adversaires fut en même temps la conquête de l'Empire entier puisque leur puissance dominait sur les provinces de l'Empire romain : ainsi, en maintenant la forme de la constitution de l'État, César devint le dépositaire individuel du pouvoir dans l'État. Mais ce qui lui valut réalisation de son objectif d'abord négatif, la domination entière sur Rome, fut en soi en même temps une détermination nécessaire dans l'histoire de Rome et du monde, de telle sorte que cette détermination ne fut pas seulement son gain particulier, mais encore (60) un instinct qui accomplit ce qui était en et pour soi dans le temps. Les grands hommes dans l'histoire sont ceux dont les fins particulières contiennent ce qui est substantiel : la volonté de l'esprit du monde. Il faut, dans cette mesure, les nommer héros, en tant qu'ils ont puisé leurs objectifs et leur vocation, non seulement dans le cours paisible des choses, ordonné et consacré par le système existant, mais encore dans une source dont le contenu est caché et n'est pas encore venu à l'existence présente, dans l'esprit intérieur qui est encore souterrain, qui bat contre le monde extérieur comme si le monde était une coquille, et le brise, parce que l'esprit est un tout autre noyau que le noyau de cette coquille – des hommes qui semblent donc puiser en eux-mêmes et dont les actes ont produit un état et des rapports dans le monde qui semblent être leur affaire et leur œuvre.

De tels individus n'avaient pas dans ces objectifs, qui étaient les leurs, la conscience de l'idée en général. Mais ils étaient de vrais hommes pratiques et politiques. Toutefois, ils étaient en même temps des hommes qui pensaient et qui avaient la capacité intellectuelle de voir ce qui était nécessaire et d'époque. C'est même la vérité de leur époque et de leur monde, pour ne pas dire le genre nouveau, qui existait déjà, là, intérieurement. Leur affaire était de savoir cet universel, le prochain degré, nécessaire, de leur monde, d'en faire leur objectif et d'y mettre leur énergie. Les hommes de l'histoire du monde, les héros d'une époque, sont, pour cela, à reconnaître en tant qu'hommes éclairés : leurs actions, leurs discours sont ce qu'il y a de mieux à leur époque. De grands hommes ont voulu : pour se satisfaire, non pour satisfaire autrui. Ce qu'ils auraient expérimenté des autres en termes de desseins et de conseils bien intentionnés aurait été plutôt quelque chose de plus borné et biaisé. En effet, les grands hommes sont ceux qui ont le mieux compris les choses, et tous les autres hommes l'ont ensuite appris d'eux et l'ont trouvé bon ou s'y sont du moins adaptés. En effet, l'esprit qui va plus avant est l'âme intérieure de tous les individus, en tant qu'intériorité sans conscience, (61) mais que les grands hommes portent à leur conscience. C'est pourquoi les autres hommes suivent ces guides des âmes, car ils sentent le pouvoir irrésistible de leur propre esprit intérieur qui vient s'opposer à eux.

Si, ensuite, nous jetons un regard sur le destin de ces individus de l'histoire du monde, qui avaient vocation à être guides dans les affaires de l'esprit du monde, alors ce destin ne fut pas heureux. Ils ne parvinrent pas à en goûter paisiblement les fruits, leur vie entière fut travail et peine, leur nature entière fut leur seule passion. Et s'ils atteignent leur objectif, ils tombent, telle l'enveloppe vide de la graine. Ils meurent tôt, tel Alexandre ; ils sont assassinés, tel César ; ils sont déportés à Sainte-Hélène, tel Napoléon. Cette consolation horrible que les hommes historiques n'ont pas été ce que l'on nomme heureux, ce dont est seulement capable la vie privée qui peut avoir pour cadre des circonstances extérieures très différentes, – cette consolation, donc, ceux qui en ont besoin peuvent la tirer de l'histoire. Or l'envie que contrarie ce qui est grand et éminent, l'envie qui s'efforce d'amoindrir ce qui est grand et éminent et de lui trouver un défaut : cette envie a besoin de cette consolation. Aussi, a-t-on suffisamment montré, à une époque récente, que les princes, en général, ne sont pas heureux sur leur trône[63], qu'on ne leur envie donc pas, et qu'on trouve supportable de ne pas, nous, y être assis mais au contraire, eux. – L'homme libre n'est, du reste, pas envieux. Il reconnaît volontiers ce qui est grand et sublime et se réjouit que ce qui est grand et sublime soit.

Ces hommes historiques sont donc à considérer selon ces moments généraux qui constituent l'intérêt et avec lui les passions des individus. Ce sont, même, de grands hommes parce qu'ils ont voulu quelque chose de grand et non quelque chose d'imaginé, de présumé, mais au contraire quelque chose de juste et de nécessaire. Cette façon de voir ces hommes exclut l'examen soi-disant psychologique, qui, en desservant au mieux l'envie, (62) sait expliquer toutes les actions dans les profondeurs de l'âme et les traduire par un trait subjectif, en sorte que leurs auteurs auraient tout fait à partir d'une passion petite ou grande quelconque, d'un ardent désir, et, compte tenu de ces passions ou de ces désirs, ils n'auraient pas été des hommes moraux. Alexandre de Macédoine a conquis en partie la Grèce, ensuite l'Asie : il a donc eu la fièvre de la conquête. Il a agi à partir de la fièvre de la gloire, de la conquête ; et la preuve que ces fièvres l'ont poussé, c'est qu'il a agi de telle sorte que cela lui apporta la gloire. Quel maître d'école n'a pas démontré, au sujet d'Alexandre le Grand, de Jules César, que ces hommes furent poussés par ce type de passions, et donc qu'ils ont été des hommes immoraux ? D'où il suit que lui, le maître d'école, serait un homme de plus grande excellence que ces hommes-là, parce qu'il ne serait pas en proie à de telles passions. Et il en donnerait la preuve par le fait qu'il ne conquiert pas l'Asie, qu'il ne vainc pas Darius, Porus, mais qu'il vit, à vrai dire, bien et laisse vivre aussi. – Ces psychologues s'attachent, ensuite, de préférence à l'examen des particularités des grandes figures historiques, particularités qui leur reviennent comme à des personnes privées. L'homme doit manger et boire, est en relation avec des amis et des personnes de sa connaissance, il a les sensations et les emportements de l'instant. Il n'y a pas de héros pour le valet de chambre, dit un proverbe connu ; j'ai ajouté – et Goethe l'a répété dix ans plus tard – non parce que le maître n'est pas un héros, mais parce que le valet de chambre est son valet de chambre. Ce dernier retire ses bottes au héros, l'aide à aller au lit, sait qu'il préfère boire du champagne, etc. Les personnages historiques servis dans l'écriture de l'histoire par de tels valets psychologues s'en sortent mal : ils sont mis au même niveau que leurs valets de chambre, situés sur la même ligne ou, plutôt, quelques degrés au-dessous de la moralité de ces fins connaisseurs de l'humanité. Le Thersite d'Homère[64], qui gourmande les rois, est une figure persistante à travers tous les temps. Certes, il ne reçoit pas à toutes les époques des coups, (63) c'est-à-dire des bastonnades avec une canne solide, comme à l'époque d'Homère, mais son envie, son obstination est l'épine qu'il porte en sa chair : et le tourment de voir ses intentions excellentes et ses lamentations rester vraiment sans effet dans le monde est le ver immortel qui le ronge. On peut aussi ressentir de la joie maligne au destin du thersitisme.

Un individu historique de l'histoire du monde n'a pas la sobriété de vouloir simplement ceci ou cela, de manifester beaucoup d'égards, mais au contraire, il se donne entièrement et sans retenue à un objectif unique. C'est aussi le cas, quand son vouloir et ses égards se portent avec légèreté sur d'autres intérêts, grands, voire sacrés : c'est une façon de faire qui encourt à vrai dire un blâme moral. Et une grande figure de ce genre doit nécessairement piétiner maintes fleurs innocentes, détruire maintes choses sur son chemin.

L'intérêt particulier de la passion est donc inséparable de la manifestation active de l'universel[65] : car l'universel résulte de ce qui est particulier et déterminé et de sa négation[66]. C'est le particulier qui se combat en entrant en conflit avec un autre particulier et dont une partie tombe en ruine. L'idée universelle n'est pas ce qui s'expose à l'adversité et au conflit, ce qui se met en danger : l'idée universelle se garde hors de l'attaque, à l'arrière-plan, saine et sauve. C'est ce qu'il faut nommer ici ruse de la raison[67] : elle laisse agir à sa place les passions, en sorte que se pose dans l'existence ce qui, par elle, souffre des pertes et des dommages[68]. Car ceci est le phénomène, dont une partie est vaine, une partie, affirmative. Le particulier est la plupart du temps trop petit face à l'universel : les individus sont sacrifiés et abandonnés. L'idée paie le tribut de l'existence et de ce qui est passager, non à partir d'elle-même mais à partir des passions des individus.

Si nous acceptons de voir les individualités, leurs objectifs et la satisfaction de ces objectifs, sacrifiés, leur bonheur en général abandonné au règne de la contingence dont il relève ; si nous acceptons de considérer en général les individus sous la catégorie (64) des moyens : alors il y a cependant en eux un aspect que nous hésitons à saisir sous cet angle seulement, même en face à ce qu'il y a de plus élevé. C'est en effet quelque chose qui n'est absolument pas subordonné mais qui est au contraire en eux éternel en soi, divin en soi. Ce quelque chose est la moralité, la morale effective, la religiosité. Déjà, alors qu'on parlait de la réalisation active de la fin de la raison par les individus en général, on a mis en avant le côté subjectif des individus, leur intérêt, celui de leurs besoins et de leurs instincts, de leur aptitude à tenir une opinion et de leur intelligence ; et on l'a mis en avant comme côté formel, mais un côté formel qui a un droit infini :

celui de devoir être satisfait. Et quand nous parlons de moyen, alors nous nous représentons d'abord ce moyen comme quelque chose d'extérieur à la fin seulement, comme quelque chose qui n'a pas part à cette fin. Or, en fait, les choses naturelles, en général, même la chose la plus commune, sans vie, utilisée en tant que moyen, doivent être de constitution telle qu'elles correspondent à la fin : elles doivent avoir en elles quelque chose qui leur est commun avec cette fin. Et en ce sens tout à fait extérieur, les hommes sont ce qui se comporte le moins comme moyens ordonnés à la fin de la raison. En effet, non seulement ils donnent satisfaction avec cette fin, et à l'occasion de cette fin, aux objectifs liés à leur particularité et différents, quant à leur contenu, de la fin de la raison, mais encore ils ont part à cette fin elle-même de la raison et ils sont mêmes par là des fins en soi[69]. – Fins en soi : non seulement d'un point de vue formel, à la manière du vivant en général, dont la vie individuelle est, quant à la teneur, quelque chose de déjà subordonné à la vie humaine et utilisée à bon droit comme moyen ; mais les hommes sont aussi des fins en soi selon le contenu lui-même de la fin. Ce que nous exigeons devoir être retranché de la catégorie de moyens tombe sous le coup de cette détermination : la moralité, la morale effective, la religiosité. En effet, l'homme est fin en lui-même seulement par le divin qui est en lui, par ce que, dès le début, on a nommé raison et, dans la mesure où elle est active et qu'elle se détermine elle-même, liberté. Et nous disons, sans ici pouvoir (65) entrer dans un développement plus large, que la religiosité, la morale effective, etc. ont ici même leur terrain et leur source et sont élevées au-dessus de la nécessité externe et de la contingence en soi. Or il faut dire ici que les individus, dans la mesure où ils sont renvoyés à leur liberté, ont la responsabilité de la ruine morale et religieuse et de l'affaiblissement de la morale effective et de la religion. C'est le sceau de la haute détermination absolue de l'homme qu'il sache ce qui est bien et mal et que cette détermination soit même le vouloir, soit du bien, soit du mal – en un mot, que l'homme puisse avoir la responsabilité : non seulement du mal, mais encore du bien, non seulement de ceci, de cela et de tout, mais encore la responsabilité du bien et du mal qui relève de sa liberté individuelle. Seul l'animal est véritablement irresponsable. Mais cela exige un long débat, aussi long que celui sur la liberté elle-même, pour couper ou écarter toutes les méprises se produisant d'habitude, à savoir : ce qui est nommé innocent signifie l'ignorance elle-même du mal.

En considérant le destin que la vertu, la morale effective et aussi la religiosité ont dans l'histoire, nous ne devons pas tomber dans la litanie des plaintes selon laquelle cela va, si souvent ou la plupart du temps, mal pour les gens bons et pieux sur terre, et, en revanche, bien pour les gens méchants et mauvais. Sous l'expression « cela va bien », on a l'habitude de comprendre des choses bien diverses, comme la richesse, l'honneur extérieur et ce qui est semblable. Mais quand il est question de la fin existant en et pour soi, on ne peut et on ne doit pas faire de ce qui va bien ou mal pour tel ou tel individu singulier un moment de l'ordre rationnel du monde. On exige de la fin propre à l'univers que les fins bonnes, moralement effectives, juridiques, cherchent sous elle et en elle leur réalisation et leur sauvegarde ; et ceci, on l'exige de la fin propre à l'univers à meilleur droit que de la chance ou que des circonstances favorables aux individus, seulement. Ce qui rend les hommes (66) moralement mécontents (et c'est un mécontentement dont ils tirent quelque bien), c'est qu'ils trouvent que le présent ne correspond pas aux fins qu'ils tiennent pour ce qui juste et bon (en particulier, de nos jours, les idéaux d'institutions politiques) : ils opposent à une telle existence leur devoir, le devoir de ce qui serait le droit de la Chose[70]. Ici, ce n'est pas l'intérêt particulier, ni la passion, qui exigent satisfaction, mais la raison, le droit, la liberté, et pourvue de ce titre, l'exigence dresse la tête et elle est, facilement, non seulement mécontente quant à l'état du monde mais encore indignée. Pour apprécier la valeur d'un sentiment et des points de vue de ce genre, il faudrait pousser plus avant l'enquête sur les exigences posées, sur les opinions très affirmatives. À aucune autre époque que la nôtre, on n'a, à ce sujet, émis des propositions et des pensées générales avec plus grande prétention. Si, la plupart du temps, l'histoire semble se présenter comme une lutte de passions, elle montre à notre époque, bien que les passions ne manquent pas, soit la lutte prépondérante de pensées qui se justifient les unes contre les autres, soit la lutte de passions et d'intérêts subjectifs, mais essentiellement sous le couvert de ces justifications supérieures. Ces revendications du droit qui doivent exister au nom de ce qui a été invoqué comme détermination de la raison valent même, par là, comme fins absolues, tout comme la religion, la morale effective, la moralité. Comme on l'a dit, rien n'est plus commun en nos jours que la plainte selon laquelle les idéaux produits par l'activité de l'imaginaire ne sont pas réalisés, que ces rêves splendides sont détruits pas la froide réalité effective. Ces idéaux, qui s'écroulent, en se brisant dans le cours de la vie sur l'écueil de la rude réalité effective, peuvent d'abord n'être que des idéaux subjectifs et relever de l'individualité de tout un chacun, individualité qui se prend pour ce qu'il y a de plus élevé et de plus intelligent. Ces idéaux ne nous retiennent pas, ici. Car ce que l'individu, en sa singularité, se figure pour lui-même ne peut pas valoir en tant que loi pour la réalité effective universelle, (67) tout comme la loi de l'univers n'existe pas que pour les individus singuliers qui peuvent fort bien ne pas s'y retrouver. Or, par idéal, on entend aussi l'idéal de la raison, du bien, du vrai. Des poètes, comme Schiller[71], ont présenté des idéaux de ce genre de manière très touchante et pleine de sensibilité, en ressentant une profonde tristesse de ce que de tels idéaux ne soient pas capables de trouver leur réalisation effective. En revanche, si nous disons que la raison universelle se réalise, alors cela n'a absolument rien à voir avec ce qui est empiriquement singulier. En effet, ce dernier peut être meilleur ou pire, parce que, ici, le hasard, la particularité reçoivent du concept la puissance d'exercer leur droit immense[72]. Il y aurait ainsi beaucoup à redire quant aux singularités du phénomène. Mais cette manière subjective de blâmer qui a sous les yeux seulement le singulier et ses déficiences sans y reconnaître la raison universelle, est aisée, et, alors qu'elle met en avant l'assurance d'une intention bonne quant au bien du tout et se donne l'apparence d'un cœur bon, elle peut faire l'important et se rengorger. Il est plus facile de pénétrer les déficiences des individus, des États, de la conduite du monde, que leur véritable teneur. Car avec une critique négative, on joue l'important et on se tient avec fière allure au-dessus de la Chose en question[73], sans l'avoir pénétrée, c'est-à-dire, sans l'avoir elle-même saisie et ce qui y est positif. En général, la vieillesse rend plus indulgent ; la jeunesse est toujours insatisfaite. C'est ce qui fait, dans la vieillesse, la maturité du jugement qui ne consent pas, seulement par absence d'intérêts, à ce qui est mauvais mais qui est instruit plus en profondeur par le sérieux de la vie et reconduit à ce qui substantiel, au donné solide de l'affaire. – Or l'intelligence à laquelle la philosophie, à l'opposé de ces idéaux, doit conduire est que le monde effectif est tel qu'il doit être, que le vrai bien, la raison divine universelle sont aussi la puissance de s'accomplir soi-même. Ce bien, cette raison, dans leur représentation concrète : c'est Dieu. Dieu gouverne le monde : le contenu de son gouvernement du monde, la réalisation de son plan, c'est l'histoire du monde. (68) La philosophie veut saisir ce plan. Car seul ce qui est réalisé à partir de ce plan a de la réalité effective : ce qui n'est pas conforme à ce plan n'est qu'une existence gâtée. Devant la pure lumière de cette idée divine qui n'est pas un simple idéal[74], l'apparence que le monde est une succession d'événements insensés et fous disparaît. La philosophie veut connaître le contenu, la réalité effective de l'idée divine et justifier celle qui est dépréciée. Car la raison est la faculté de percevoir l'œuvre divine. Mais en ce qui concerne le dépérissement, l'altération et la ruine des fins et des situations liées à la religion, à la morale effective et à la moralité, on doit dire alors qu'elles sont assurément, du point de vue de ce qui leur est interne, infinies et éternelles, mais que leurs configurations peuvent être de nature limitée, et que par là, elles se trouvent dans un processus d'enchaînement naturel et sous le commandement du hasard. C'est pourquoi ces fins et ces situations sont éphémères et exposées au dépérissement et à l'altération. La religion et la morale effective ont, en tant qu'essentialités universelles en soi, la propriété d'être présentes de manière conforme à leur concept, donc véritablement dans les âmes individuelles, même si elles n'ont, dans les âmes, ni l'extension de la formation culturelle ni l'application à des rapports développés. La religiosité et la morale effective d'une vie bornée – d'un pasteur, d'un paysan – à leur intériorité concentrée et la restriction à des rapports peu nombreux mais tout à fait simples de la vie ont une valeur infinie et la même valeur que la religiosité et la morale effective d'une connaissance formée et d'une riche existence en relations et en actions. Ce centre intérieur, cette région simple du droit de la liberté subjective, le foyer du vouloir, du décider et de l'agir, le contenu abstrait du savoir, ce en quoi la responsabilité et la valeur de l'individu sont comprises : tout cela reste intact et entièrement soustrait à la clameur bruyante de l'histoire du monde et aux changements non seulement extérieurs et temporels mais encore aux changements que l'absolue nécessité du concept lui-même de liberté[75] entraîne avec soi. (69) Mais, en général, il faut fermement tenir que ce qui est fondé en droit dans le monde en tant que noble et splendide a, au-dessus de soi, quelque chose de plus élevé. Le droit de l'esprit du monde va au-delà de tous les droits particuliers octroyés.

Cela est suffisant, en ce qui concerne les moyens dont l'esprit du monde se sert pour la réalisation de son concept[76]. L'activité des sujets est simple et abstraite : la raison existe, là, en eux en tant qu'elle est leur essence substantielle en soi, mais en tant qu'elle est leur fondement d'abord obscur, encore caché à eux. Mais l'objet devient plus intriqué et plus difficile quand nous prenons les individus non seulement en tant qu'ils sont actifs, mais encore de manière plus concrète avec le contenu déterminé de leur religion et leur morale effective : déterminations qui ont part à la raison, donc à son privilège absolu. Ici, la relation du simple moyen à la fin disparaît et les principaux points de vue soulevés sur l'état de la fin absolue de l'esprit ont été ainsi brièvement examinés.

La figure de la réalisation de l'esprit : l'État

Le troisième point regarde maintenant la fin à accomplir par ces moyens, c'est-à-dire la figuration de cette fin dans la réalité effective. On a parlé de moyens. Mais à propos de l'accomplissement d'une fin subjective finie, il nous reste encore le moment du matériau : ce qui doit être à disposition ou fourni pour la réalisation effective de cet accomplissement. La question serait donc : quel est le matériau, dans lequel la fin ultime rationnelle est réalisée ? En premier lieu, il s'agit, de nouveau, du sujet lui-même, des besoins de l'homme, de la subjectivité en général. Dans le savoir et le vouloir humains, le rationnel en vient à son existence comme dans un matériau. On a examiné la volonté subjective, la manière dont elle a une fin qui est la vérité d'une réalité effective et ceci, dans la mesure où elle est une grande passion historique dans le monde. En tant que volonté subjective limitée à ses passions, elle est dépendante et (70) elle trouve à satisfaire ses fins particulières seulement à l'intérieur de cette dépendance. Mais la volonté subjective a aussi une vie substantielle, une réalité effective où elle se meut dans ce qui est essentiel et elle a cet essentiel lui-même pour fin de son existence. Cet essentiel est lui-même la réunion de la volonté subjective et de la volonté rationnelle[77] : il est le tout en son effectivité morale – l'État, qui est la réalité effective en laquelle l'individu a sa liberté et jouit de sa liberté, mais en tant que l'individu est le savoir, le croire et le vouloir de l'universel. Toutefois, ceci n'est pas à prendre comme si la volonté subjective de l'individu singulier parvenait à sa réalisation et à la jouissance de soi par le moyen de la volonté universelle et comme si cette dernière était un moyen pour la volonté subjective : comme si le sujet, à côté d'autres sujets, limitait sa liberté[78] de telle sorte que cette limitation commune, la gêne réciproque de tous face à chacun laisseraient une petite place en laquelle chacun pourrait se laisser aller. Bien plutôt, le droit, la morale effective, l'État, et seulement eux, sont la réalité effective positive et la satisfaction de la liberté. La liberté, limitée, est l'arbitre qui se rapporte à la dimension particulière des besoins.

La volonté subjective, la passion sont ce qui est actif, ce qui prend réalité de manière effective ; l'idée est l'intérieur ; l'État est la vie en son effectivité morale, la vie qui existe, là. Car l'État est l'unité du vouloir universel, essentiel et du vouloir subjectif, et ceci est la morale effective[79]. L'individu, qui vit dans cette unité, a une vie morale effective, une valeur qui consiste en cette substantialité seulement. Sophocle fait dire à Antigone[80] : les commandements divins ne sont ni d'hier ni d'aujourd'hui, non ; ils vivent sans avoir un terme, et personne ne saurait dire d'où ils sont venus. Les lois de la morale effective ne sont pas contingentes, mais elles sont, au contraire, le rationnel lui-même. Or que le substantiel vaille dans l'agir effectif des hommes, et dans leur disposition intérieure, qu'il soit présent et se conserve lui-même : c'est la fin de l'État. C'est l'intérêt absolu de la raison que ce tout (71) moral effectif existe ; et ici se trouvent le droit et le mérite des héros qui ont fondé des États, quelque rudimentaires que ces États aient été. Dans l'histoire du monde, il ne peut s'agir que de peuples qui forment un État. Car on doit savoir qu'un État de ce genre est la réalisation de la liberté, c'est-à-dire de la fin ultime absolue. On doit savoir que l'État n'existe que pour lui-même. En outre, on doit savoir que toute la valeur, toute la réalité effective propre à l'esprit que l'homme a : il l'a seulement par l'État. En effet, la réalité effective propre à l'esprit qui est la sienne est que son essence d'homme, le rationnel, soit ce qui se tient en face de lui, comme ce qu'il sait ; que son essence d'homme, le rationnel, ait pour lui une existence objective, immédiate[81]. C'est seulement ainsi que l'homme est conscience, qu'il est dans les mœurs, dans la vie juridique et la vie morale effective de l'État. Car le vrai est l'unité de la volonté subjective et de la volonté universelle[82] ; et dans l'État, l'universel est dans les lois, dans les déterminations universelles et rationnelles. L'État est l'idée divine telle qu'elle existe, là, sur terre[83]. Il est donc, de manière plus précise, l'objet déterminé de l'histoire du monde en général, dans laquelle la liberté reçoit son objectivité et vit dans la jouissance de cette objectivité. En effet, la loi est l'objectivité de l'esprit et la volonté dans sa vérité ; et seule la volonté, qui obéit à la loi, est libre, car elle obéit à elle-même et elle est auprès d'elle-même et libre. Alors que l'État, la patrie, constituent une communauté d'existence, alors que la volonté subjective des hommes se soumet aux lois, l'opposition de la liberté et de la nécessité disparaît[84]. Le rationnel en tant qu'il est le substantiel[85] est nécessaire et nous sommes libres si nous reconnaissons le rationnel comme loi et si nous le suivons comme substance de notre propre être : la volonté objective et la volonté subjective sont alors réconciliées et sont un et même tout sans mélange. En effet, la morale effective de l'État n'est pas ce qui est moral, ce qui est réfléchi et en quoi domine la conviction propre à chacun : cette conviction est davantage accessible au monde moderne, alors que la conviction vraie et antique s'enracine dans le fait que chacun s'en tient à son devoir. (72) Un citoyen athénien faisait quasiment d'instinct ce qui lui incombait. Mais si je réfléchis sur l'objet de mon agir, alors je dois avoir conscience que ma volonté y est agrégée. Or la morale effective est le devoir, le droit substantiel, la seconde nature[86], comme on l'a appelée à bon droit, car la première nature de l'homme est son être immédiat, animal.

Théories en cours comme vérités instituées sur la constitution de l'État

Le développement détaillé de l'État est à conduire dans la philosophie du droit. Toutefois, on doit rappeler ici que, dans les théories de notre temps, de multiples erreurs sur l'État circulent : des théories qui valent comme vérités instituées et qui sont devenues des préjugés. Nous voulons seulement en mentionner quelques-unes, en privilégiant celles qui ont rapport à la fin de notre histoire.

1) L'état de nature et l'État

Tout d'abord, comme exact contraire de notre concept selon lequel l'État est la réalisation effective de la liberté, nous rencontrons le point de vue suivant : l'homme est libre par nature, mais dans la société, et dans l'État, où il entre en même temps par nécessité, il doit limiter cette liberté naturelle. Que l'homme soit libre par nature est exact au sens où il l'est selon son concept, mais en ce sens précis où il l'est seulement selon sa détermination, c'est-à-dire : il l'est seulement en soi ; la nature d'un objet ne signifiant pas autre chose que son concept. Mais en même temps, on entend la manière d'être de l'homme dans son existence seulement immédiate et naturelle : et on l'introduit dans ce concept. En ce sens, on admet un état de nature en général, où l'homme est représenté en tant qu'il est en possession de ses droits naturels, dans l'exercice illimité et la jouissance de sa liberté. Cette acception n'a absolument pas de valeur historique. Et si on voulait la traiter sérieusement, il serait difficile de démontrer d'un tel état de nature qu'il existe à l'époque présente ou qu'il ait quelque part existé dans le passé. (73) On peut, à vrai dire, attester qu'il y a des états de sauvagerie. Mais ils se montrent liés aux passions de la brutalité et aux actes de violences, et, ces états de sauvagerie, même s'ils sont encore ceux de l'inculture, se montrent eux-mêmes rattachés à des institutions sociales qui, dit-on, limitent la liberté. Cette acception est une de ces compositions nébuleuses telles que la théorie les produit, une représentation nécessaire qui en découle : représentation à laquelle, ensuite, la théorie attribue aussi une existence, sans se justifier ici sur ce qui est historique.

Tel que nous trouvons empiriquement un état de nature de ce genre dans l'existence, tel il est selon son concept. La liberté, comme idéalité de l'immédiat et du naturel, n'existe pas comme quelque chose d'immédiat et de naturel[87] mais elle doit bien plutôt être acquise et gagnée, et ceci par la discipline du savoir et du vouloir. L'état de nature est donc plutôt l'état du non-droit, de la violence, de l'instinct naturel indompté, des actes et des sentiments inhumains. Une limitation se produit certainement par la société et l'État, mais une limitation de ces sentiments émoussés et de ces instincts brutaux, comme aussi, plus tard, du bon plaisir réfléchi de l'arbitre et de la passion. Ce fait de limiter tombe sous le coup de la médiation par laquelle la conscience et le vouloir de la liberté telle qu'elle est en vérité, c'est-à-dire rationnellement et selon son concept, sont d'abord produits. Selon ce concept, le droit et la morale effective relèvent de la liberté et ils sont en et pour soi des essentialités universelles, des objets et des fins. Ces essentialités, objets et fins ne doivent être trouvés que par l'activité du penser qui se différencie de la sensibilité et se développe en face d'elle et ils doivent à leur tour prendre forme et corps pour la volonté tout d'abord sensible et, ceci, contre la volonté elle-même. La méprise éternelle sur la liberté est de n'avoir un savoir d'elle qu'au sens formel, subjectif, abstrait des objets et des fins qui lui sont essentiels. Ainsi, on prend pour une limitation de la liberté (74) la limitation de l'instinct, du désir, de la passion qui appartient seulement à l'individu particulier en tant que tel, de l'arbitre et du bon plaisir. Or une telle limitation est simplement la condition dont procède la libération ; et la société et l'État sont les états dans lesquels la liberté est bien plutôt rendue effective.

2) L'état patriarcal et l'État

En second lieu, il faut mentionner une autre représentation qui va à l'encontre du développement du droit en une forme légale. L'état patriarcal est considéré, soit pour le tout, soit pour quelques branches singulières, comme un ordre de relations où l'élément moral effectif et intérieur trouverait sa satisfaction en concomitance avec l'élément juridique et où la justice elle-même ne serait véritablement exercée selon son contenu qu'en lien avec ces éléments. Le rapport familial se trouve au fondement de l'état patriarcal. Ce rapport développe en conscience la toute première morale effective que l'État rejoint en tant que morale effective seconde. L'ordre patriarcal est l'état d'un passage où la famille est déjà devenue une tribu ou un peuple. Et le lien a donc déjà cessé d'être un lien d'amour et de confiance pour devenir une relation de service. Il faut d'abord parler ici de la morale effective familiale. La famille est seulement une personne : les membres de la famille ont, ou bien mutuellement renoncé (les parents) à leur personnalité (donc à leur rapport de droit, comme aux autres intérêts particuliers et aux égoïsmes), ou bien ils ne l'ont pas atteinte (les enfants, qui sont d'abord dans l'état de nature précédemment mentionné). Les membres de la famille sont donc, les uns envers les autres, dans une unité de sentiment, d'amour, de confiance, de foi : dans l'amour, un individu a conscience de soi dans la conscience de l'autre ; il est dépouillé de soi et dans cette désappropriation réciproque de soi, l'individu s'est conquis (aussi bien l'autre que lui-même en tant qu'un avec l'autre). (75) Les autres intérêts des besoins, des affaires externes de la vie, tout comme l'éducation à l'intérieur de la famille elle-même, en ce qui concerne les enfants, constituent une fin commune. L'esprit de la famille, les Pénates, forment aussi bien un être substantiel que l'esprit d'un peuple dans l'État, et la morale effective consiste pour les deux dans le sentiment, dans la conscience et dans le vouloir, non pas de la personnalité et des intérêts individuels, mais de la personnalité commune à tous les membres de la famille[88]. Or, dans la famille, cette unité est essentiellement sentie, elle est intérieurement cantonnée au mode naturel. L'État doit, au plus haut point, respecter la piété de la famille. En effet, grâce à cette piété, l'État compte au nombre de ses membres des individus qui, en tant que tels, sont déjà par eux-mêmes effectivement moraux (ce qu'ils ne sont pas en tant que personnes, en effet) et qui apportent avec eux, pour l'État, la base solide de s'éprouver comme faisant un avec un tout. Or l'extension de la famille en un tout patriarcal va au-delà du lien de parenté par le sang et des implications naturelles de cette base solide : les individus doivent passer, par-delà cette parenté et ces implications, à l'état de la personnalité. Considérer la relation patriarcale en son extension ultérieure conduirait à vrai dire à examiner la forme de la théocratie : le chef de la tribu patriarcale en est aussi le prêtre. De manière générale, quand la famille n'est pas encore distinguée de la société civile et de l'État, alors la séparation de la religion d'avec la famille ne s'est pas encore produite, et ceci d'autant moins que la piété elle-même de la famille est un sentiment intériorisé.

3) Le principe de la liberté individuelle au fondement de la liberté politique

Nous avons considéré deux côtés de la liberté, la liberté objective et la liberté subjective. Or si on entend par liberté le fait que les individus singuliers donnent leur assentiment, il est alors facile de voir qu'il ne s'agit ici que du moment subjectif. La conséquence naturelle de ce principe est qu'aucune loi ne peut valoir, excepté si tous s'accordent. On en vient aussitôt à cette détermination (76) que la minorité doit céder à la majorité : la majorité décide donc. Jean-Jacques Rousseau[89] a remarqué qu'alors aucune liberté n'existe plus, car la volonté de la minorité n'est plus prise en considération. À la Diète polonaise, tout individu singulier devait donner son approbation, et, au nom de cette liberté, l'État est allé à sa perte. En outre, que le peuple seul ait de la raison et de la perspicacité et sache le droit, c'est une présupposition dangereuse et fausse : car toute faction du peuple peut prétendre être le peuple ; or ce qui constitue l'État est affaire de connaissance ayant pris forme et non chose du peuple.

Si on pose au fondement de la liberté politique le principe de la volonté individuelle comme unique détermination, à savoir que, pour tout ce qui arrive par l'État et pour l'État, tous les individus singuliers doivent donner leur assentiment : alors il n'y a pas du tout de constitution existant de fait[90]. L'unique organe institutionnel dont il y aurait besoin serait un centre privé de volonté, qui prendrait en considération ce qui lui semblerait être les besoins de l'État et ferait connaître son opinion, et ensuite, le mécanisme de convocation des individus, de leur votation, de l'opération arithmétique de décompte et de comparaison de l'ensemble des voix pour les différentes propositions, par quoi la décision serait déjà déterminée. L'État est quelque chose d'abstrait. Il n'a sa réalité elle-même universelle que dans les citoyens. Mais l'État est effectif et l'existence seulement universelle doit se destiner à la volonté individuelle et à l'activité. Entrent ici en scène le besoin de gouvernement et d'administration de l'État, une sélection et une mise à part de ceux qui ont à être au timon des affaires publiques, de ceux qui en décident et en déterminent le mode d'exécution et commandent aux citoyens la mise en œuvre. Si, par exemple, dans les démocraties, le peuple se résout à une guerre, alors un général doit être mis à la tête, qui conduise l'armée. La constitution politique est ce par quoi la dimension abstraite de l'État (77) vient à la vie et à la réalité effective, et donc, avec elle, la distinction entre ceux qui commandent et ceux qui obéissent prend place. Toutefois, obéir ne semble pas être conforme à la liberté, et ceux qui commandent semblent eux-mêmes faire le contraire de ce qui correspond au fondement de l'État, au concept de liberté. Or si la distinction entre commander et obéir est, on le dit, nécessaire, parce que, sinon, l'affaire ne pourrait pas marcher – et ceci semble à vrai dire être un état de besoin, une nécessité extérieure à la liberté, si cette dernière est prise d'un point de vue abstrait, et même une nécessité qui s'oppose à elle –, alors : on doit au moins rencontrer la structure institutionnelle telle qu'elle soit aussi peu que possible simplement obéie par les citoyens et livrée à des ordres aussi peu arbitraires que possible ; telle que le contenu de ce pour quoi l'acte de commander devient nécessaire soit lui-même déterminé et décidé, en ce qui concerne les affaires principales, par le peuple, la volonté de beaucoup ou de tous les individus singuliers ; mais telle que, en même temps, l'État, en tant que réalité effective et unité individuelle, doive cependant avoir, pour sa part, force et puissance.

La toute première détermination est, en général : la différence des gouvernants et des gouvernés ; et, à bon droit, on a réparti, en général, les constitutions en monarchie, en aristocratie et en démocratie[91]. On doit ensuite noter que la monarchie elle-même doit être divisée à son tour en despotisme et en monarchie comme telle ; qu'à propos de toutes les divisions tirées du concept, seule la détermination fondamentale[92] est mise en évidence et qu'on ne veut pas dire, avec cela, que cette détermination, comme figure, genre ou espèce, doive être épuisée dans sa réalisation concrète ; mais que surtout, ces types de constitution admettent aussi une foule de modifications particulières, non seulement de ces ordres constitutionnels en eux-mêmes généraux, mais encore des mélanges de plusieurs de ces ordres essentiels, mais tels qu'ils donnent lieu à des configurations constitutionnelles sans forme, insoutenables en soi, inconséquentes. Dans cette collision, la question est donc celle de la meilleure constitution, c'est-à-dire, de savoir par quelle institution, organisation ou par quel mécanisme du pouvoir politique (78), la fin de l'État est le plus sûrement atteinte. Cette fin, à vrai dire, peut être appréhendée de différentes manières : par exemple comme jouissance paisible de la vie civile, comme bonheur général. De telles fins ont donné lieu à des idéaux, dit-on, de gouvernements politiques, et à leur suite, à des idéaux d'éducation, en particulier des princes (Fénelon[93]) ou des gouvernants, comme en général de l'aristocratie (Platon[94]). En effet, on a consacré le principal de l'affaire à la qualité propre des sujets qui se tiennent à la tête, et, avec de tels idéaux, on n'a pas du tout pensé au contenu des institutions organiques de l'État. La question de la meilleure constitution est souvent posée en ce sens, comme si, non seulement la théorie pouvait être en la matière une affaire de conviction subjective et libre, mais encore comme si l'introduction effective d'une constitution reconnue comme étant la meilleure absolument ou la meilleure par rapport à une autre pouvait être la conséquence d'une décision prise de manière tout à fait théorique, et le type de constitution, une affaire de choix entièrement libre et large, non de choix déterminé par la réflexion. En ce sens entièrement naïf, ce n'est pas le peuple perse mais bien les grands de ce peuple, conjurés pour abattre le faux Smerdis et les mages, qui débattirent, après le succès de leur entreprise, à propos de la constitution qu'ils devaient introduire en Perse, et ceci parce que plus aucun rejeton de la famille royale n'existait encore. Et Hérodote fait un récit tout aussi naïf de cette délibération[95].

État comme liberté rationnelle se sachant objectivement elle-même

La constitution d'un pays et d'un peuple n'est pas présentée, de nos jours, comme étant remise à un choix aussi libre. La détermination de la liberté, qui se trouve au fondement de la constitution mais qui y est tenue d'un point de vue abstrait, a pour conséquence que, de manière très générale, la république vaut en théorie pour être la constitution la seule juste et authentique, et que même une foule d'hommes occupant dans les constitutions monarchiques des positions élevées dans l'administration de l'État ne sont pas opposés à un tel point de vue mais au contraire s'y dévouent ; ils pressentent seulement qu'une telle constitution, fût-elle vraiment la meilleure, (79) ne pourrait pas être introduite en tout lieu dans la réalité effective et que, tels que sont les hommes, on doit se contenter d'une moindre liberté, en sorte que la constitution monarchique est la plus utile, compte tenu de ces données de fait et de l'état moral du peuple. Aussi, selon ce point de vue, on fait dépendre de l'état des choses la nécessité d'une constitution politique déterminée comme la nécessité d'une contingence seulement extérieure. Semblable représentation se fonde sur la séparation que la réflexion de l'entendement fait entre le concept et la réalité du concept, alors même que cette réflexion ne s'en tient qu'à un concept abstrait et donc non vrai, qu'elle ne saisit pas l'idée, ou qu'elle n'a pas une intuition concrète d'un peuple et d'un État, que ce soit selon le contenu, sinon selon la forme, ce qui revient au même. Il faut encore montrer, plus loin, que la constitution d'un peuple constitue avec sa religion, avec son art et sa philosophie, ou du moins avec ses représentations et ses pensées, avec sa formation culturelle en général (pour ne pas mentionner plus largement les autres puissances externes, comme le climat, les voisins, la situation du monde) une substance une, un esprit. Un État est une totalité individuelle dont on ne peut pas extraire un aspect particulier pris pour lui-même, bien que hautement important, comme la constitution politique ; un aspect particulier au sujet duquel, en l'isolant de tout le reste, on peut débattre et faire un choix selon un examen qui le concerne seulement. Or, non seulement la constitution est quelque chose qui est intimement lié aux autres puissances relevant de l'esprit et dépend de ces puissances, mais encore la déterminité de toute l'individualité relevant de l'esprit, avec l'ensemble des puissances de cette individualité, n'est qu'un moment dans l'histoire du tout et est prédéterminée : ce qui constitue la sanction souveraine aussi bien que sa nécessité souveraine.

La première production d'un État est brusque et instinctive. Mais l'obéissance et la violence, la crainte à l'égard d'un maître sont déjà un lien de la volonté. Dans des États primitifs (80), il se trouve déjà que la volonté particulière des individus ne compte pas, que l'on renonce à la particularité, que la volonté générale est l'essentiel. Cette unité de l'universel et du singulier est l'idée elle-même[96], qui existe, là, en tant qu'État et qui se développe ensuite ultérieurement en soi. Le parcours abstrait mais cependant nécessaire suivi dans le développement d'États véritablement autonomes est le suivant : ils commencent par la royauté, que celle-ci soit patriarcale ou guerrière. Sur cette base, la particularité et la singularité doivent se présenter – dans l'aristocratie et dans la démocratie. La soumission de cette particularité à une puissance unique achève le syllogisme ; une puissance unique qui ne peut en aucune manière être autre qu'une puissance telle que, en dehors d'elle, les sphères particulières ont leur autonomie : la monarchie. Il faut alors distinguer entre une première et une seconde royauté. – Ce parcours est un parcours nécessaire, de telle sorte que, chaque fois, la constitution doit s'y installer : une constitution qui n'est pas affaire de choix, mais seulement la constitution exactement adaptée à l'esprit du peuple.

La configuration de l'état de raison, c'est-à-dire politique en soi ; la libération des moments du concept[97] de telle sorte que les pouvoirs particuliers se différencient, atteignent par eux-mêmes leur perfection mais aussi collaborent dans la liberté en vue d'une fin unique ; qu'ils soient maintenus par cette fin, c'est-à-dire qu'ils forment un tout organique : tout ceci compte en matière de constitution. Alors, l'État est la liberté rationnelle, se sachant objectivement elle-même et étant pour elle-même. Car l'objectivité de la liberté est ceci même : que ses moments ne soient pas idéels mais au contraire qu'ils existent, là, dans la réalité qui lui est propre, et qu'ils passent, dans leur activité efficace se réglant sur la liberté elle-même, à l'activité efficace par laquelle le tout, l'âme, l'unité individuelle sont produits et sont résultat.

L'État est l'idée, relevant de l'esprit, dans l'extériorité de la volonté humaine et de la liberté de celle-ci (81). C'est dans l'État que, en général, le changement de l'histoire se fait essentiellement; et les moments de l'idée sont dans l'État comme des principes différents. Les constitutions, dans lesquelles les peuples de l'histoire du monde ont atteint leur état florissant, sont propres à ces peuples; elles ne sont pas un fondement universel tel que la diversité des constitutions consisterait seulement en un type déterminé de configuration et de développement, mais au contraire cette diversité consiste en celle des principes. C'est donc le cas pour ce qui est de la comparaison des constitutions des anciens peuples de l'histoire du monde où, pour ainsi dire, rien ne se laisse apprendre d'elles sur le dernier principe de constitution, celui de notre époque. Il en va tout autrement avec la science et l'art; par exemple, la philosophie des Anciens est le fondement de la philosophie des modernes, de telle sorte qu'elle doit être contenue en celle-ci et en constitue le sol. Le rapport entre elles apparaît ici comme un développement ininterrompu du même édifice dont la première pierre, les murs et le toit sont encore restés les mêmes. En art, l'art grec lui-même, tel qu'il est, est le modèle le plus élevé. Mais en ce qui concerne la constitution, il en va tout autrement: ici, ce qui est antique et ce qui est moderne n'ont pas de principe essentiel en commun. Des déterminations abstraites et des doctrines sur le gouvernement juste selon lesquelles l'intelligence et la vertu devraient guider l'autorité en charge sont assurément communes. Mais rien n'est plus malhabile que de vouloir adopter, pour des fondations constitutionnelles de notre époque, des exemples tirés des Grecs ou des Romains ou des Orientaux. De beaux tableaux de situation patriarcale, de gouvernement paternel, de dévotion des peuples se laissent prendre de l'Orient ; des fresques de liberté populaire, des Grecs et des Romains. En effet, chez ces derniers, nous trouvons le concept d'une constitution libre comprise de telle sorte que tous les citoyens doivent prendre part aux délibérations et aux résolutions portant sur les affaires générales et sur les lois. C'est aussi l'opinion générale à notre époque, avec cette variante seulement que, parce que nos États sont trop grands, le nombre de personnes si élevé, que ces dernières (82) n'ont pas à donner directement leur volonté pour la résolution portant sur des affaires publiques, mais indirectement par des représentants ; c'est-à-dire : pour les lois, le peuple doit, en général, être représenté par des députés. La constitution dite représentative est la détermination à laquelle nous lions la représentation d'une constitution libre, de telle sorte que ceci est devenu un préjugé ferme. On sépare par là peuple et gouvernement. Mais il y a un vice dans cette opposition, qui est un artifice de la volonté mauvaise, comme si le peuple était le tout. En outre, le principe de la singularité, du caractère absolu de la volonté subjective est au fondement de cette représentation, ce dont il a déjà été plus haut question. – L'affaire principale est que la liberté, telle qu'elle est déterminée par le concept, n'a pas pour principe la volonté subjective ou l'arbitre mais au contraire l'intelligence de la volonté universelle et que le système de la liberté est libre développement de ses moments. La volonté subjective est une volonté entièrement formelle, dans laquelle ne se trouve pas du tout ce que la volonté veut[98]. Or la volonté rationnelle est cet universel qui se détermine et se développe en soi-même et qui expose ses moments comme membres organiques. Les antiques n'ont rien su de cet édifice aux allures de cathédrale gothique.

État et religion

Nous avons établi, plus tôt, les deux moments, l'un : l'idée de liberté comme fin ultime absolue, l'autre : le moyen de cette idée, la face subjective du savoir et du vouloir avec sa vitalité, son mouvement et son activité. Nous avons ensuite reconnu l'État en tant que tout de la morale effective et réalité de la liberté, et donc en tant qu'unité objective de ces deux moments. En effet, si, pour l'examen, nous distinguons les deux côtés, il faut bien remarquer qu'ils se lient exactement et que ce lien se trouve dans chacun des deux si nous les considérons isolément. Nous avons, d'une part, reconnu l'idée dans sa déterminité, en tant que liberté se sachant et se voulant, n'ayant qu'elle-même pour fin : c'est en même temps (83) le concept simple de la raison et, également, ce que nous avons nommé le sujet, la conscience de soi, l'esprit existant dans le monde. Si nous considérons, d'autre part, la subjectivité, nous trouvons que la volonté subjective et le vouloir sont le penser. Mais, tandis que, au moment où je pense, je sais et je veux, je veux l'universel, le substantiel de ce qui est en et pour soi rationnel. Nous voyons donc une unification se faire en soi, entre le côté objectif, le concept et le côté subjectif. L'existence objective de cette unification est l'État, qui est donc le fondement et le centre des autres dimensions concrètes de la vie du peuple, de l'art, du droit, des mœurs, de la religion, de la science. Tout agir relevant de l'esprit n'a pour fin que celle de devenir conscient de cette unification, c'est-à-dire, de sa liberté. La religion se tient en tête des figures conscientes de cette unification. En elle, l'esprit existant, l'esprit du monde devient conscient de l'esprit absolu, et dans cette conscience de l'essence qui est en et pour soi, la volonté de l'homme renonce à son intérêt particulier : dans la dévotion où le particulier ne lui importe plus, l'homme met cet intérêt particulier de côté. Par le sacrifice, l'homme exprime qu'il se dépouille de sa propriété, de sa volonté, de ses sensations particulières. La concentration religieuse de l'esprit humain se manifeste comme sentiment, mais elle se convertit cependant à la réflexion : le culte est une extériorisation de la réflexion. La deuxième figure de l'unification de ce qui est objectif et de ce qui est subjectif dans l'esprit est l'art : l'art entre davantage dans la réalité effective et la sensibilité que la religion ; dans son geste le plus digne, l'art a à présenter, certes, non pas l'esprit de Dieu mais la figure de Dieu ; puis ce qui est divin et relevant de l'esprit en général. Le divin doit, par l'art, devenir susceptible d'être saisi par l'intuition : l'art le présente à l'activité de l'imaginaire et à l'intuition. – Toutefois, le vrai n'accède pas seulement à la représentation et au sentiment, comme dans la religion, et seulement à l'intuition, comme dans (84) l'art, mais encore il accède à l'esprit pensant : par quoi nous touchons à la troisième figure de l'union de ce qui est objectif et de ce qui est subjectif – la philosophie. La philosophie est, dans cette mesure, la figuration la plus haute, la plus libre et la plus sage. Nous ne pouvons pas avoir ici pour dessein d'examiner de manière plus précise ces trois figurations : on a seulement dû les mentionner, parce qu'elles se situent sur le même terrain que l'objet dont nous traitons ici – l'État.

L'universel qui se présente et est su dans l'État, la forme sous laquelle tout ce qui est, est divulgué, c'est, de manière générale, ce qui constitue la formation et la culture d'une nation. Mais le contenu déterminé, qui reçoit la forme de l'universalité et se tient dans la réalité effective concrète qu'est l'État, est l'esprit du peuple lui-même. L'État effectif est animé par cet esprit dans ses affaires particulières, guerres, institutions, etc. Mais l'homme doit aussi avoir connaissance de cet esprit qui est le sien et de son essence elle-même, et il doit se donner la conscience de l'unité avec l'esprit : unité qui est originaire. En effet, nous avons dit que ce qui est moralement effectif est l'unité de la volonté subjective et de la volonté universelle. Or l'esprit a à se donner une conscience expressive de cette unité, et le centre de ce savoir est la religion. Art et science sont seulement des dimensions et des formes diverses d'un même contenu. – Pour ce qui est l'examen de la religion, cela a de l'importance qu'elle ne connaisse le vrai, l'idée que dans sa séparation ou dans son unité vraie, – dans sa séparation : si Dieu, en tant qu'être souverain, seigneur du ciel et de la terre, est au-delà et hors de la réalité humaine effective, – dans son unité : Dieu, en tant qu'unité de l'universel et du singulier, alors que le singulier est positivement objet d'intuition en lui, dans l'idée de l'incarnation. La religion est le lieu où un peuple se donne la définition de ce qu'il tient pour vrai. La définition contient tout ce qui appartient à l'essentialité de l'objet, en quoi (85) sa nature est ramenée à une simple déterminité fondamentale, en tant que miroir pour toute déterminité, en tant qu'âme universelle de tout ce qui est particulier. La représentation de Dieu constitue donc le fondement universel d'un peuple.

Toujours en ce qui concerne la religion, celle-ci se tient dans le plus étroit rapport avec le principe de l'État. La liberté ne peut être que là où l'individualité est connue comme quelque chose de positif dans l'être divin. En outre, ce rapport consiste en ceci : l'être relevant du monde est comme être temporel, se mouvant dans des intérêts singuliers, un être de relation et non justifiée ; il ne reçoit son droit que dans la mesure où l'âme universelle de cet être, le principe, est absolument justifiée et ceci n'advient qu'en tant que ce principe est connu comme déterminité et existence de Dieu. C'est pour cela que l'État s'appuie sur la religion. Cela, nous l'entendons souvent répéter à notre époque et à ce sujet on n'a rien d'autre en tête, la plupart du temps, que les individus, en tant qu'ils craignent Dieu, sont plus enclins et plus empressés à observer leur devoir, parce que l'obéissance aux princes et à la loi se laisse aisément rattacher à la crainte de Dieu. À vrai dire, la crainte de Dieu, parce qu'elle élève l'universel au-dessus du particulier, peut aussi se tourner contre le particulier, devenir fanatique et avoir un effet de brasier, destructeur, contre l'État, ses structures et ses institutions. La crainte de Dieu doit, pense-t-on, être recueillie et gardée dans une certaine froideur, afin qu'elle ne se soulève pas contre ce qui doit être protégé et conservé par elle, et le submerge. Elle en a, du moins la possibilité, en elle-même.

Après s'être laissé gagné par cette juste conviction que l'État repose sur la religion[99], on établit celle-ci comme si un État existait, et désormais, pour le maintenir, comme s'il fallait y implanter la religion, par des seaux et en usant de boisseaux, afin qu'elle s'imprime dans les esprits humains. Il est tout à fait exact que les hommes doivent être éduqués en vue de la religion, mais non dans la religion comme ce qui n'existe pas encore. (86) En effet, s'il faut dire que l'État se fonde sur la religion, qu'il y a ses racines, ceci signifie alors essentiellement que l'État en est provenu et qu'il en provient maintenant et toujours, c'est-à-dire que les principes de l'État doivent être considérés en tant qu'ils valent en et pour eux-mêmes, et ils ne deviennent tels que dans la mesure où ils sont connus comme déterminations de la nature divine elle-même. De la manière dont la religion est créée, l'État et sa constitution le sont également. L'État est effectivement issu de la religion et ceci de telle façon que l'État athénien, l'État romain ne furent possibles que dans le paganisme de ces peuples ; de telle façon qu'un État catholique a un autre esprit et une autre constitution qu'un État protestant.

Comme il paraît souvent, si cet appel et cette agitation pour implanter la religion devaient être un cri d'angoisse et de misère en lequel le danger de la disparition ou de la totale prochaine disparition de la religion dans l'État trouve son expression, ce serait alors mauvais et pis que ce que ce cri d'angoisse porte. En effet, ce dernier croit encore avoir dans le fait d'implanter et d'inculturer la religion un moyen pour contrer le mal. Or, en général la religion n'est pas quelque chose qui se fait ainsi : se faire, pour la religion, cela a beaucoup plus de profondeur.

Une autre stupidité, opposée, que nous rencontrons à notre époque, est de vouloir découvrir et réaliser des constitutions d'État indépendamment de la religion. La confession catholique, bien que commune avec la religion protestante à l'intérieur de la religion chrétienne, n'admet pas la justice interne et la morale effective de l'État qui se trouvent au cœur du principe protestant. Cet arrachement du droit politique, de la constitution est nécessaire relativement à ce qui est propre à cette religion qui ne reconnaît pas le droit et la morale effective comme ce qui est en soi et substantiel ; mais, ainsi arrachés à l'intériorité, à l'ultime sanctuaire de la conscience morale, au lieu silencieux où la religion a son siège, (87) les principes du droit politique et les institutions ne se portent pas vers un centre effectif aussi facilement qu'ils en restent à l'abstraction et à l'indéterminité.

Si nous rassemblons, en un résultat, ce qui a été ci-dessus dit au sujet de l'État, alors la vitalité de l'État dans les individus fut nommée morale effective. L'État, ses lois, ses institutions constituent les droits des individus de l'État ; sa nature, son sol, ses montagnes, son air, ses eaux sont leur pays, leur patrie, leur propriété extérieure ; l'histoire de cet État, les faits de cette histoire et ce que leurs prédécesseurs ont commis dans cette histoire leur appartiennent et vivent dans leur souvenir. Tout est leur possession, de même qu'ils en sont possédés, car cela constitue leur substance, leur être. Leur représentation en est remplie et leur volonté est le vouloir de ces lois et de cette patrie. C'est cette communauté qui est une essence unique, l'esprit d'un peuple. Les individus lui appartiennent : chaque individu est le fils de son peuple et en même temps, dans la mesure où son État est conçu en son développement, le fils de son temps ; nul n'est en retard sur son temps, ni ne saute, encore moins, par-dessus son temps. Cet être relevant de l'esprit est le sien. Tout individu en est un représentant ; cet être est ce dont il procède et en quoi il se tient. Chez les Athéniens, Athènes avait une double signification : Athènes signifiait tout d'abord la communauté des institutions ; mais ensuite, la déesse qui présentait l'esprit du peuple, l'unité.

Cet esprit d'un peuple est un esprit déterminé et, comme cela fut dit plus haut, déterminé selon le degré historique de son développement. Cet esprit constitue le fondement et le contenu au cœur des autres formes de conscience que l'esprit a de soi et qui ont été indiquées. En effet, l'esprit, dans sa conscience de soi, doit être objectif pour lui-même, et l'objectivité contient immédiatement le surgissement de différences qui existent en général comme totalité de diverses sphères de l'esprit objectif (88), tout comme l'âme n'existe que dans la mesure où elle est le système de ses membres qui, en se rassemblant en leur simple unité, produisent l'âme. C'est donc une individualité unique qui, dans son essentialité, est représentée, honorée et goûtée en tant que Dieu, dans la religion, – qui, dans l'art, est présentée comme image et intuition, – qui, en philosophie, est reconnue et conçue comme pensée. En vertu de l'identité originaire de leur substance, de leur contenu et de leur objet, ces figurations sont dans une inséparable unité avec l'esprit de l'État. Telle forme d'État ne peut exister qu'avec telle religion, tout comme, dans tel État, ne peuvent exister que telle philosophie et tel art.

Il reste ensuite que l'esprit déterminé du peuple est lui-même seulement un individu unique dans le cours de l'histoire du monde. En effet, l'histoire du monde est la présentation du procès divin, absolu, de l'esprit dans ses plus hautes figures, de cette gradation selon laquelle il atteint sa vérité, la conscience de soi sur soi. Les figurations de ces degrés sont les esprits des peuples dans l'histoire du monde, la déterminité de leur vie moralement effective, de leur constitution, de leur art, de leur religion et science. Réaliser ces degrés est l'impulsion infinie de l'esprit du monde, sa soif irrésistible, car l'articulation de ces figurations tout comme la réalisation effective de cette articulation sont son concept. – L'histoire du monde montre maintenant comment l'esprit parvient, peu à peu, à la conscience et au vouloir de la vérité : le crépuscule tombe en lui, l'esprit trouve les points d'appui, il parvient au terme à la pleine conscience.

Après avoir appris à connaître les déterminations abstraites de la nature de l'esprit, les moyens que l'esprit utilise pour réaliser son idée et la figure qui est la réalisation complète de l'esprit dans l'existence, c'est-à-dire, l'État, il nous reste, pour cette introduction, à examiner le cours de l'histoire du monde.

Le cours de l'histoire du monde

Le changement abstrait, en général, qui opère dans l'histoire a (89) déjà, depuis longtemps et de manière générale, été saisi de telle sorte qu'il comporte un progrès vers le mieux, vers le plus parfait. Les changements dans la nature, aussi infiniment multiples soient-ils, montrent seulement un cercle qui se répète toujours : dans la nature, rien de nouveau n'arrive sous le soleil, et dans cette mesure, le jeu multiforme de ses figurations entraîne avec soi l'ennui. C'est seulement dans les changements qui ont lieu sur le terrain propre à l'esprit que quelque chose de nouveau vient au jour. Ce phénomène propre à la sphère de l'esprit a fait voir en général en l'homme une autre détermination que dans les choses simplement naturelles – où s'annonce toujours un caractère stable, unique et identique, où tout changement revient, – à vrai dire : une aptitude effective au changement et ceci vers le mieux – une tendance à la perfectibilité[100]. Ce principe qui fait du changement lui-même quelque chose de l'ordre d'une loi a été mal accueilli par des religions, comme la religion catholique, de même par des États, en tant qu'ils affirmaient comme étant leur droit véritable le fait d'être statiques ou au moins stables. Si on ajoute en général l'instabilité des choses du monde comme des États, alors : en partie, on exclut de cette instabilité la religion en tant que religion de la vérité, en partie, on laisse ouvert le fait d'imputer changements, révolutions et destructions d'états fondés en droit, au hasard, aux maladresses, mais surtout, à la frivolité et aux mauvaises passions de l'homme. En fait, la perfectibilité est une chose qui est presque aussi indéterminée que l'instabilité en général ; elle est sans fin et sans but, de même sans critère de mesure pour le changement : le meilleur, le plus parfait vers lequel elle doit aller est quelque chose d'entièrement indéterminé.

Le principe du développement

Le principe de développement contient ceci : au fondement du développement se trouve une détermination intérieure, une présupposition qui existe en soi, qui entre dans l'existence. Cette détermination formelle est essentiellement l'esprit qui a pour scène, possession et champ de sa réalisation effective l'histoire du monde (90). Il n'est pas un esprit tel qu'il s'agiterait çà et là dans le jeu extérieur des contingences. Mais il est bien plutôt ce qui détermine de manière absolue, et ceci de manière absolument ferme, à l'encontre des contingences qu'il domine et qu'il emploie à son usage. Or le développement est également dévolu aux organismes : leur existence ne se présente pas comme étant seulement une existence immédiate[101], sujette par l'extérieur au changement, mais au contraire une existence qui procède d'elle-même, par un principe intérieur invariable ; elle procède d'une essentialité simple dont l'existence en tant que germe est d'abord simple mais qui, à partir de lui-même, porte à l'existence des différences qui entrent en relation avec d'autres choses et vivent donc un processus continu de changements, un processus qui est également renversé en son contraire, et est bien plutôt transformé dans la conservation du principe organique et de ses figurations. Ainsi, l'individu organique se produit lui-même : il fait de lui-même ce qu'il est en soi ; de même, l'esprit est seulement ce qu'il fait de lui-même et il fait de soi ce qu'il est en soi. Ce développement se fait d'une manière immédiate, sans opposition, sans obstacles. Entre le concept et la réalisation du concept, la nature en soi du germe et la conformité de l'existence à cette nature, rien ne peut faire intrusion. Mais dans l'esprit, il en va autrement. Le passage de sa détermination à la réalisation effective de cette détermination est médiatisé[102] par le moyen de la conscience et de la volonté : celles-ci sont d'abord elles-mêmes englouties dans leur vie immédiate naturelle ; objet et fin sont, d'abord pour la conscience et la volonté elles-mêmes, la détermination naturelle comme telle, qui, parce que c'est l'esprit qui l'anime, est elle-même d'une exigence, d'une force et d'une richesse infinies. Ainsi, l'esprit est en lui-même opposé à lui-même ; il a à se surmonter lui-même comme vrai obstacle hostile à lui-même ; le développement qui, dans la nature, est acte paisible de surgissement, est, dans l'esprit, un rude combat infini contre soi-même[103]. Ce que veut l'esprit, c'est atteindre son propre concept (91), mais il se le dissimule à lui-même, il est fier et rempli de plaisirs dans cette séparation d'avec soi-même.

Le développement n'est pas, de cette façon, le simple acte de surgir insouciant et sans combat, comme le développement de la vie organique, mais le rude travail, à contrecœur, contre soi-même : et, en outre, ce développement n'est pas le processus simplement formel de l'acte de se développer en général, mais au contraire le fait de produire une fin de contenu déterminé. Nous avons posé cette fin dès le début : c'est l'esprit, et certes, selon son essence, le concept de liberté. Cela est l'objet fondamental, et pour cela aussi le principe recteur du développement, ce par quoi ce développement reçoit son sens et sa signification (tout comme dans l'histoire romaine, Rome est l'objet et donc ce qui dirige l'examen sur ce qui arrive) ; de même que, à l'inverse, ce qui est arrivé a procédé seulement de cet objet, et n'a de sens que dans le rapport à lui et de teneur consistante qu'en lui. Il y a, dans l'histoire du monde, plusieurs grandes époques qui sont passées les unes après les autres sans que le développement semble s'être prolongé, dans lesquelles tout l'énorme gain de la culture fut plutôt anéanti et après lesquelles, malheureusement, on a dû tout reprendre depuis le début avec un coût renouvelé et immense de forces et de temps, de délits et de douleurs, pour accéder, de nouveau, grâce, par exemple, aux vestiges rescapés de ces trésors de la culture humaine, à une des régions du développement depuis longtemps conquise par cette culture. De même, il y a des développements qui ont eu lieu de manière continue, des édifices et des systèmes de culture, riches et parachevés en tous leurs aspects, avec des éléments propres à ces systèmes. L'examen purement formel du développement en général ne peut ni attribuer une préférence à l'une des manières plutôt qu'à l'autre, ni rendre compréhensible la fin de cette chute des époques antérieures du développement. Au contraire, cet examen doit considérer de tels processus, et en particulier, les régressions en eux, comme des contingences extérieures, et il peut juger des préférences seulement (92) selon des points de vue indéterminés qui, avec le fait que le développement en tant que tel est la chose unique dont il soit question, sont des fins relatives et pas du tout absolues.

L'histoire du monde présente donc le parcours des degrés du développement du principe dont la teneur est la conscience de la liberté. La détermination plus précise de ces degrés est à donner, en sa nature universelle, du point de vue de la logique, mais en sa nature concrète, du point de vue de la philosophie de l'esprit[104]. Il faut seulement signaler ici que le premier degré est l'être de l'esprit, être déjà précédemment indiqué comme étant immergé dans la naturalité ; le deuxième degré est l'émergence de soi de l'esprit dans la conscience de sa liberté. Mais ce premier arrachement est imparfait et partiel, alors qu'il provient de la naturalité immédiate et est référé à elle ici, et qu'il est encore chargé de cette naturalité comme d'un moment. Le troisième degré est, à partir de cette liberté encore particulière, l'élévation dans la pure universalité de la liberté, dans la conscience de soi et le sentiment de soi de l'essence de ce qui est propre à l'esprit. Ces degrés sont les principes fondamentaux du processus universel. Mais chaque degré, à son tour, est à l'intérieur de lui-même un processus pour se donner une forme et la dialectique de son passage à un autre degré[105] : le détail du comment est réservé à un examen ultérieur.

Ici, il faut seulement indiquer que l'esprit commence par son infinie possibilité, mais seulement possibilité qui contient sa teneur absolue comme un en soi, comme la fin et comme le but qu'il n'atteint que dans son résultat, qui n'est ensuite que son effectivité. Ainsi, la marche de l'esprit apparaît dans l'existence comme progrès de l'imparfait vers ce qui est plus parfait, où ce qui est imparfait n'est pas à saisir dans l'abstraction seulement comme l'imparfait, mais au contraire en tant qu'un imparfait tel qu'il a en soi en même temps le contraire de soi-même, comme germe et comme tendance, le parfait, ainsi nommé. De même, la possibilité indique, de manière réfléchie tout au moins, quelque chose tel qu'il doit devenir effectif, et, plus précisément, elle est la *dynamis* aristotélicienne, (93) la *potentia* aussi, la force et la puissance. L'imparfait, comme contraire de soi en soi-même, est la contradiction qui existe bien, mais est tout autant dépassée et dissoute, la tendance, le stimulus de la vie ayant en elle-même la marque de l'esprit pour fendre la croûte de la naturalité, de la sensibilité et du caractère étranger à soi-même et pour venir à la lumière de la conscience, c'est-à-dire à soi-même.

Le commencement de l'histoire

La remarque sur la manière d'appréhender le commencement de l'histoire de l'esprit selon le concept a en général déjà été faite à propos de la représentation d'un état de nature où liberté et droit existent ou ont existé de manière parfaite. Toutefois, cet état de nature n'était que la conjecture d'une existence historique, faite au crépuscule d'une manière de réfléchir qui procède par hypothèses. Une prétention d'un tout autre type, non pas celle d'un acte conjectural procédant du penser, mais au contraire celle d'un fait historique et en même temps d'une attestation supérieure de ce fait, produit une autre représentation. Celle-ci est mise aujourd'hui en circulation par certains milieux. Ainsi, on a de nouveau adopté dans cette représentation le premier état paradisiaque de l'homme, état qui fut mis auparavant en image et à leur guise par des théologiens – par exemple que Dieu aurait parlé en hébreu avec Adam –, mais on l'a configuré pour correspondre à d'autres besoins. La haute autorité, qui est d'abord ici prise en compte est le récit biblique. Mais le récit biblique présente l'état primitif, existant et parfait, d'une part, seulement en des traits peu connus, d'autre part, ou bien dans l'homme en général – ce serait la nature humaine en général –, ou bien, dans la mesure où il faut prendre Adam comme nature individuelle et donc comme personne unique, dans cette personne unique ou dans un couple unique. Dans le récit biblique, ne se trouvent ni ce qui autorise la représentation d'un peuple et d'un état historique de ce peuple, qui aurait existé en cette forme primitive, ni, encore moins, ce qui autorise la mise en forme d'une pure (94) connaissance de Dieu et de la nature. La nature, telle qu'on se l'imagine ici, s'est au commencement tenue comme un miroir lumineux de la création de Dieu, ouverte et transparente au clair regard de l'homme[106], et la vérité divine lui a été de même ouverte ; il est certes indiqué, mais en même temps laissé dans une obscurité indéterminée, que ce premier état a été celui de la possession d'une connaissance indéterminée, en soi déjà étendue, de vérités religieuses et immédiatement révélées, qui plus est, par Dieu. Or toutes les religions seraient issues de cet état, en ce sens historique, mais de telle sorte qu'elles ont en même temps corrompu et recouvert cette première vérité avec tout ce qui naît de l'erreur et de l'absurdité. Dans toutes mythologies de l'erreur, des traces de cette origine et de ces premières doctrines de la religion seraient alors présentes et il faudrait les reconnaître. À l'étude de l'histoire ancienne des peuples, on concède essentiellement comme intérêt celui de remonter en elle jusqu'à atteindre le point où il faudrait trouver ces fragments de la première connaissance révélée, dans une plus grande pureté[a] (95). Nous sommes

a. Nous sommes redevables, à cet intérêt, de beaucoup de choses estimables en termes de découvertes sur la littérature orientale et d'une étude renouvelée de trésors tôt mis au jour sur les situations, la mythologie, les religions et l'histoire en Asie. Dans les pays catholiques cultivés, le gouvernement ne s'est pas soustrait plus longtemps aux exigences de la pensée et a senti le besoin de passer un pacte avec l'érudition et la philosophie. De manière éloquente et solennelle, l'abbé Lamennais a mis au nombre des critères de la religion véritable qu'elle doit être universelle, c'est-à-dire catholique, et la plus ancienne, et la Congrégation a en France travaillé avec empressement et application à ce que de telles affirmations ne s'imposassent plus à grand renfort d'effets de manche ou d'arguments d'autorité, comme cela suffisait en d'autres temps. En particulier, la religion, qui s'est tant diffusée, de Bouddha, un homme-dieu, a attiré l'attention sur elle. La Trimurti hindoue, comme abstraction chinoise de la Trinité, était par soi, plus claire en ce qui concerne son contenu. Les savants, M. Abel Rémurat et M. Saint-Martin, ont commis, de leur côté, les recherches les plus méritoires dans la littérature chinoise et, à partir de celle-ci, ensuite dans la littérature mongole, et autant que possible (95) dans la littérature tibétaine. De même, de son côté, le baron von Eckstein, à sa façon, c'est-à-dire avec des représentations redevables à l'intérêt de ces recherches de beaucoup de choses estimables, mais cette manière de chercher témoigne immédiatement contre elle-même car il s'agit d'attester d'abord historiquement ce qui est présupposé par elle comme étant historique. Aussi, tout ceci : cet état de la connaissance de Dieu, cet état des autres connaissances, scientifiques également, par exemple les connaissances astronomiques (imputées faussement aux Indiens)[107] ; qu'un tel état se soit trouvé au début de l'histoire du monde, ou encore, que les religions des peuples aient pris à partir de lui le point de départ de leur tradition et aient avancé dans leur configuration par dégénération et par détérioration (avec la représentation du système dit d'émanation, grossièrement conçu) – tout ceci n'est que présuppositions : celles-ci n'ont pas de fondement historique ; elles ne peuvent pas atteindre un tel fondement alors que nous pouvons opposer le concept à leur origine arbitraire issue de l'opinion subjective.

Il est approprié à l'examen philosophique et digne de lui de dégager seulement l'histoire là où la rationalité

---

et des manières de faire superficielles, extraites en Allemagne, de la philosophie de la nature, et dans le style et l'imitation de Fr. von Schlegel, mais avec plus d'esprit que ce dernier, a prêté main-forte, dans son journal *Le Catholique*, à ce catholicisme primitif. En particulier il a orienté le soutien du gouvernement vers la frange savante de la Congrégation afin qu'elle organisât même des voyages en Orient, pour découvrir là même des trésors encore cachés, dont on se promettait des éclaircissements ultérieurs sur les doctrines plus anciennes, en particulier sur l'Antiquité plus éloignée et les sources du bouddhisme, et promouvoir la cause du catholicisme par ce détour large, mais intéressant pour les savants.

commence à entrer dans l'existence du monde, non là où elle n'est encore qu'une possibilité, seulement en soi ; là où existe un état où la rationalité entre en scène dans la conscience, dans la volonté et dans les faits. L'existence inorganique de l'esprit, l'existence inorganique de la liberté, c'est-à-dire du bien et (96) du mal, et donc la torpeur, sans conscience, des lois ou, si l'on veut, l'excellence : ceci même n'est pas objet de l'histoire[108]. La morale effective naturelle et en même temps religieuse est la piété familiale. Ce qui est moralement effectif consiste, dans cette société, en ce que les membres ne se rapportent pas les uns aux autres en tant qu'individus de libre volonté, en tant que personnes ; c'est même à cause de cela que la famille en soi est soustraite à ce développement d'où l'histoire jaillit d'abord. Mais si l'unité de ce qui porte l'empreinte de l'esprit s'élève au-dessus de cette sphère du sentiment et de l'amour naturel, et parvient à la conscience de la personnalité, alors il existe ce centre obscur et rude dans lequel ni la nature ni l'esprit ne sont ouverts et limpides, et pour lequel la nature et l'esprit ne peuvent devenir ouverts et transparents que par le travail d'une formation culturelle ultérieure, très éloignée dans le temps, d'une volonté devenue consciente de soi. Seule la conscience est, assurément, l'ouvert et ce pour quoi Dieu et une chose quelconque peuvent se révéler. Et dans sa vérité, dans son universalité étant en et pour soi, cela ne peut se révéler qu'à la conscience devenue conscience qui réfléchit[109]. La liberté est seulement l'acte de savoir et de vouloir des objets universaux et substantiels tels que le droit et la loi, et de produire la réalité effective qui leur est conforme – l'État.

Des peuples peuvent avoir longtemps vécu sans État avant d'arriver à atteindre cette détermination qui est la leur et y être même parvenus dans certains domaines à un degré significatif de leur développement. Cette préhistoire se situe d'ailleurs, sur la base de ce qui a été indiqué, en dehors de l'objectif de notre travail : qu'une histoire effective ait pu s'ensuivre ou que les peuples ne soient pas arrivés à la formation d'un État. C'est une grande découverte, dans l'histoire, à la façon de la découverte d'un monde nouveau, que celle faite, depuis une vingtaine d'années et plus, de la langue sanscrite[110] et du lien des langues européennes avec elle. Cette découverte a, en particulier, ouvert le regard sur (97) le lien des peuplades germaniques avec les peuplades indiennes, un regard qui draine avec lui une assurance aussi grande qu'il est possible d'exiger en de telles matières. Encore actuellement, nous avons connaissance de peuplades qui forment à peine une société, encore moins un État, mais qui sont connues comme existant déjà depuis longtemps ; pour d'autres peuplades, dont le degré de formation cultuelle doit surtout retenir notre intérêt, la tradition va bien au-delà de l'histoire de la fondation de leur État et de nombreux changements ont eu lieu au-delà de cette époque. Nous avons sous les yeux, avec le lien mentionné des langues de peuples si éloignés les uns des autres, un résultat qui nous présente l'extension de ces nations d'Asie et l'évolution en même temps si disparate d'une parenté des premiers commencements comme un fait irréfutable : un fait qui ne relève pas de combinaisons arbitraires opérées par le raisonnement, entre des circonstances et des petits détails ; combinaisons qui ont enrichi l'histoire de tant de fictions publiées comme des faits, et qui continueront à l'enrichir. Or ce qui est arrivé là, semblant en soi si éloigné de nous, ne tombe pas sous le coup de l'histoire : il l'a précédée.

Histoire unit dans notre langue la face objective aussi bien que la face subjective et signifie aussi bien l'*historiam rerum gestarum* que la *res gestas* elle-même ; elle est le fait arrivé non moins que le récit historique. Nous devons considérer cette union des deux significations comme étant d'un ordre plus élevé que la contingence simplement extérieure : il faut tenir que le récit historique apparaît en même temps que les faits et les événements proprement historiques ; c'est un fondement intérieur commun qui leur donne une impulsion d'ensemble. La mémoire familiale, les traditions patriarcales ont un intérêt à l'intérieur de la famille et de la tribu ; le trajet uniforme de leur état n'est pas un objet de souvenir, mais des actes illustres ou des retournements du destin (98) peuvent pousser Mnémosyne à se saisir d'images de ce genre, de même que l'amour et les sentiments religieux peuvent pousser l'activité imaginaire à donner une forme à une aspiration qui commence sans forme. Mais l'État apporte avec soi un contenu qui n'est pas seulement propre à la prose de l'histoire mais qui la produit elle-même en même temps que lui. Au lieu d'ordres subjectifs du gouvernement, suffisants pour le besoin du moment, un corps commun, en devenir de lui-même, s'érigeant en État, exige des commandements, des lois, des déterminations universelles et universellement valables ; et il produit par là aussi bien un exposé qu'un intérêt porté à des actes et à des événements intelligibles, en eux-mêmes déterminés, durables en leur résultat :

des actes et des événements auxquels Mnémosyne est poussée à adjoindre la durée du souvenir, dans la visée de la fin permanente de la formation et de la constitution de l'État. Le sentiment plus profond, comme celui de l'amour, et ensuite l'intuition religieuse et leurs mises en images sont en eux-mêmes tout à fait actuels et satisfaisants. Mais l'existence de l'État, par ses lois rationnelles et ses mœurs, qui est en même temps une existence extérieure, est un moment présent incomplet dont l'entendement a besoin pour y intégrer la conscience du passé.

Les périodes, qu'il nous est permis de nous représenter séculaires ou millénaires, qui se sont écoulées pour des peuples avant l'écriture de l'histoire, et qui peuvent avoir été remplies de révolutions, de migrations, de changements les plus sauvages, sont, par là, sans histoire objective, parce qu'elles ne produisent pas de récit subjectif, de récit historique. Nous n'avons aucun récit historique de ces périodes, non parce qu'il se serait perdu sur ces périodes seulement pour des raisons de contingence, mais au contraire, parce que le récit historique n'a pas pu exister. Des actes clairs n'existent que dans l'État, avec la conscience des lois et, avec ces actes, la clarté d'une conscience existe à leur propos : clarté qui donne la capacité et le besoin de les conserver ainsi. Ce qui retient l'attention de quiconque commence à devenir familier avec les trésors de la littérature hindoue, c'est que (99) ce pays, si riche en productions marquées du sceau de l'esprit et plongeant même dans ce qu'il y a de plus profond, n'a pas d'histoire, et se situe tout aussitôt dans le contraste le plus fort avec la Chine, empire qui possède une si riche histoire, remontant aux temps les plus anciens.

L'Inde ne possède pas seulement des livres religieux et des œuvres brillantes de poésie, mais encore de vieux codes de droit, condition de formation de l'histoire[111] exigée plus haut : elle n'a cependant pas d'histoire. Mais dans ce pays, l'organisation amorcée en vue de marquer des différences au sein de la société s'est aussitôt pétrifiée, dans les castes, en déterminations naturelles de telle sorte que les lois concernent certes les droits civils mais rendent ces mêmes droits dépendants des différences naturelles et fixent principalement les compétences (non pas tant les droits que les non-droits) de ces castes les unes envers les autres : des castes supérieures envers les inférieures. De la sorte, l'élément de la morale effective est banni du faste de la vie indienne et de ses empires. Sur cette non-liberté de la ferme stabilité naturelle, tout rapport de société est arbitraire sauvage, impulsion éphémère ou plutôt poussée de fureur sans avoir le progrès et le développement comme fin ultime : ainsi, il n'y a pas ce à quoi penser, pas d'objet disponible pour Mnémosyne ; et une activité de l'imaginaire, bien que plus profonde, cependant seulement sauvage, s'agite sur la terre qui, pour se rendre apte à l'histoire, aurait dû avoir une fin appartenant à la réalité effective et en même temps à la liberté substantielle.

Au regard de cette condition de l'histoire, il est donc arrivé que cette œuvre si riche, même immense, de l'accroissement des familles en tribus, des tribus en peuples et de l'expansion de ces derniers par cet élargissement, expansion qui laisse elle-même supposer tant de complications, de guerres, de renversements, de ruines, n'a fait que s'accomplir, sans histoire ; bien plus, il est arrivé que l'expansion, liée à cela, et la formation progressive du règne des sons soient restées sans voix et muette, et (100) aient eu lieu dans l'ombre. C'est un fait gravé dans les monuments que les langues se sont au plus haut point formées à l'état inculte des peuples qui les ont parlées, que l'entendement, se développant de manière sensée, s'est investi sur ce terrain théorique dans le souci du détail. La grammaire déployée et cohérente est l'œuvre du penser, qui y met en évidence ses catégories[112]. En outre, c'est un fait que, avec la civilisation progressive de la société et de l'État, cette réalisation minutieuse et systématique de l'entendement se polit et la langue y devient plus pauvre et plus rudimentaire – c'est un phénomène caractéristique : le fait de progresser, relevant en soi davantage de l'esprit, faisant naître la rationalité et en lui donnant forme, prend peu de soin de ce souci intellectuel du détail et de cette intelligibilité, les trouve embarrassants et les rend superflus. La langue est l'acte de l'intelligence théorique au sens propre, car elle est l'expression extérieure de l'intelligence. Les opérations du souvenir et de l'activité imaginaire sont, sans la langue, des expressions immédiates[113]. Mais en général, cet acte théorique, comme le développement ultérieur de cet acte, et le fait concret, qui y est lié, de l'extension des peuples, de leur mutuelle séparation, mélange et migration, restent cachés dans l'opacité d'un passé mutique ; ce ne sont pas les actes de la volonté devenant consciente de soi, ni de la liberté se donnant une autre extériorité, une réalité effective qui lui soit propre. Ne relevant pas de ce milieu véritable de la volonté et de la liberté, ces peuples, malgré leur développement linguistique, n'ont pas accédé à l'histoire. Le caractère précoce de la langue et la tendance qu'ont les nations à aller de l'avant tout en se séparant en même temps n'ont gagné de sens et d'intérêt pour la raison concrète, en partie, qu'au contact des États, en partie, que par le propre commencement de la formation et de la culture politiques.

Après ces remarques sur la forme de commencement de l'histoire du monde et le préhistorique qu'il faut en exclure, on doit regarder de plus près quel est le type du cours de l'histoire ; mais, ici, seulement sous l'angle formel. (101) En déterminer, ensuite, le contenu concret est la tâche de la division.

Le cours de l'histoire : la vie de l'esprit

L'histoire du monde présente, comme on l'a précédemment établi, le développement de la conscience que l'esprit a de sa liberté, et de la réalisation effectivement produite par cette conscience. Ce développement comporte qu'il est lui-même une marche graduelle, une série de déterminations ultérieures de la liberté qui procèdent du concept de l'affaire en question. La nature logique et, plus encore, dialectique du concept en général[114] ; le fait qu'il se détermine lui-même, qu'il pose ses déterminations en lui-même et les dépasse de nouveau ; le fait qu'il gagne par ce dépassement lui-même une détermination concrète, affirmative et certes plus riche : cette nécessité et la série nécessaire des pures déterminations abstraites sont connues en logique. Nous avons ici seulement à accepter que chaque degré, en tant que différent de l'autre, a son propre principe déterminé. Un tel principe est, dans l'histoire, déterminité de l'esprit – un esprit, particulier, du peuple[115]. Dans cette déterminité, l'esprit, comme esprit concret, exprime toutes les facettes de sa conscience et de son vouloir, de son entière réalité effective ; elle est l'empreinte commune de sa religion, de sa constitution politique, de sa morale effective, de son système du droit, de ses mœurs, de sa science aussi, de son art, de son habileté technique. Ces propriétés caractéristiques spéciales sont à comprendre à partir de cette propriété caractéristique générale, à partir du principe particulier d'un peuple, de même que, inversement, ce général de la particularité est à exhumer du détail des faits, qui se trouve dans l'histoire. Qu'une particularité déterminée constitue en fait le principe propre à un peuple, ceci est l'aspect qui doit être empiriquement accepté et qui doit être prouvé de manière historique. Assumer cela présuppose non seulement une capacité exercée d'abstraction, mais encore une connaissance familière avec l'idée ; on doit être *a priori* familiarisé avec la sphère où les principes tombent, pour ainsi dire (102) ; et être aussi bien familiarisé que, pour citer le plus grand homme dans ce type de connaissances, Kepler[116] qui avait déjà, avant tout, dû être *a priori* familier des ellipses, des cubes et des carrés, des pensées de leurs rapports, avant de pouvoir découvrir, à partir de faits empiriques, ses lois immortelles qui consistent à déterminer ces sphères de représentations. Celui qui est ignorant quant à la connaissance de ces déterminations élémentaires universelles peut tout aussi peu comprendre ces lois qu'il aurait pu les découvrir quand bien même il contemplerait, aussi longtemps qu'il le voudrait, le ciel et le mouvement de ses étoiles.

Une partie des reproches adressés au traitement philosophique d'une science qui procède empiriquement provient, à cause de la prétendue apriorité et de l'importation d'idées dans cette matière historique, de cette non-familiarité avec les pensées relatives au processus, en son déploiement, de figuration de la liberté. Ces déterminations du penser apparaissent ensuite comme quelque chose d'un genre étranger, non comme quelque chose se trouvant dans l'objet. Elles sont sans doute quelque chose d'étranger à la formation subjective qui n'a pas la familiarité et l'habitude des pensées et elles ne se trouvent pas dans la représentation et dans l'intelligence qu'un tel manque de formation se fait de l'objet. D'où l'expression selon laquelle la philosophie n'entend rien à de telles sciences. La philosophie doit en fait concéder qu'elle ne dispose pas de l'entendement qui domine dans ces sciences, qu'elle ne procède pas selon les catégories d'un tel entendement, mais selon les catégories de la raison par quoi elle connaît alors cet entendement, sa valeur et sa position, aussi. Ce qui compte dans un tel procédé de l'entendement scientifique, c'est que l'essentiel doit être séparé et extrait de ce qui est soi-disant inessentiel. Mais pour être capable de cela, on doit connaître l'essentiel, et ceci, quand il faut considérer l'histoire du monde en son entier, c'est, comme on l'a indiqué plus haut, la conscience (103) de la liberté et, dans les développements de cette conscience, les déterminités de cette conscience. Prendre la direction de cette catégorie est prendre la route du véritable essentiel.

Une partie des instances et de la contradiction faite contre une déterminité appréhendée dans son universalité se produit habituellement faute de saisir et de comprendre ce que des idées sont. Quand, dans l'histoire naturelle, on exhibe comme instance un exemplaire monstrueux, mal formé ou une créature hybride contre les différents genres et classes qui se produisent, on peut alors appliquer à bon droit ce que l'on dit souvent de manière vague, à savoir que l'exception confirme la règle, c'est-à-dire : il faut montrer dans l'exception les conditions sous lesquelles elle arrive ou bien il faut montrer le défectueux, l'hybride qui se trouve dans la déviation du normal. L'impuissance de la nature[117] n'est pas capable de maintenir fermement ses classes et ses genres universels contre d'autres moments élémentaires. Mais par exemple, si l'organisation de l'homme est appréhendée en sa configuration concrète, et si cerveau, cœur et autres choses semblables sont indiqués en tant qu'appartenant de manière essentielle à sa vie organique, on peut alors donner en spectacle quelque triste avorton qui a, en soi, une figure humaine en général ou des parties de cette figure, qui fut aussi engendré dans un corps humain où il aurait vécu et qui, né de lui, aurait respiré, un avorton dans lequel ne se trouveraient ni cerveau ni cœur. Si on utilise une telle instance contre la constitution générale de l'homme au nom duquel et à la détermination superficielle duquel on en reste, alors on montre qu'un homme effectif, concret est à vrai dire quelque chose d'autre : un tel homme doit avoir un cerveau dans sa tête et un cœur dans sa poitrine.

On procède de la sorte quand on dit de manière juste que le génie, le talent, les vertus morales et les sentiments moraux, la piété peuvent se trouver en toutes latitudes, constitutions et situations politiques dont (104) quantité d'exemples pris au choix ne manqueront pas. Si, avec une telle assertion, on doit rejeter dans ces exemples la différence comme étant sans importance ou comme étant inessentielle, alors la réflexion s'en tient à des catégories abstraites et elle renonce au contenu déterminé pour lequel aucun principe n'existe en effet, là, dans de telles catégories. Le niveau de formation et de culture, qui anime de tels points de vue formels, garantit un champ immense à des questions subtiles, des considérations doctes et des comparaisons surprenantes, à des réflexions et à des déclamations paraissant profondes qui peuvent devenir d'autant plus brillantes que l'indéterminé se met plus à leurs ordres et qui peuvent être d'autant plus renouvelées et modifiées qu'il y a moins de grands résultats à gagner de leurs efforts et qu'on peut moins aboutir à quelque chose de solide et de raisonnable. En ce sens, on peut comparer les épopées hindoues connues avec les épopées homériques[118] et les préférer à ces dernières, sans doute parce la grandeur de l'activité de l'imaginaire est ce par quoi le génie poétique s'atteste. De même, par la ressemblance de traits imaginaires singuliers relatifs aux attributs des figures des dieux, on s'est tenu pour fondé en droit de reconnaître des figures de la mythologie grecque dans la mythologie hindoue. De manière analogue, dans la mesure où elle pose le Un comme fondement, on a fait passer la philosophie chinoise pour cela même qui est apparu plus tard comme philosophie éléate ou comme système spinoziste ; et parce qu'elle s'exprime en chiffres et lignes abstraits, on a vu en elle quelque chose de pythagoricien ou de chrétien. Des exemples de bravoure, de courage persévérant, des traits de magnanimité, de renoncement à soi et de sacrifice de soi, qui se trouvent parmi les nations les plus sauvages comme parmi les nations les plus pusillanimes, sont considérés comme suffisants pour soutenir que, dans ces nations, il y a tout autant et même plus facilement de morale effective et de moralité que dans les États chrétiens les plus évolués, etc. À ce sujet, on a soulevé la question, en forme de doute, de savoir si les hommes sont devenus meilleurs dans le progrès de l'histoire et de la formation culturelle de tout type (105) ; de savoir si leur moralité a crû alors qu'elle ne repose que sur l'intention et sur l'intelligence subjectives, sur ce que l'agent considère comme étant un droit ou un crime, comme étant bon ou mauvais, et qu'elle ne repose pas sur ce qui serait considéré en et pour soi ou comme juste et bon ou criminel et mauvais dans une religion particulière tenue pour vraie.

Nous pouvons être dispensés ici de mettre en lumière le formalisme et l'erreur de cette façon de voir et d'établir fermement les principes véritables de la moralité ou, plutôt, de la morale effective contre la fausse moralité. Car l'histoire du monde se meut sur une terre plus élevée que le sol sur lequel la moralité a sa propre demeure, à savoir la disposition intérieure privée, la conscience morale des individus, leur volonté propre et leur manière d'agir : ces dernières ont par elles-mêmes leur valeur, leur imputation, leur récompense ou leur punition. Ce que la fin ultime, existant en et pour soi, de l'esprit exige et accomplit, ce que la Providence fait, cela se trouve par-delà les obligations, les capacités d'imputation et l'exigence qui tombent sur l'individualité eu égard à sa morale effective. Ceux qui, dans une détermination de la morale effective et donc dans une disposition intérieure noble, ont résisté à ce que le progrès de l'idée de l'esprit rend nécessaire, se placent à une plus haute valeur morale que ceux dont les crimes ont, dans un ordre supérieur, été convertis en moyens pour mettre en œuvre la volonté de cet ordre. Or, pour des bouleversements de ce type, les deux partis ne se situent en général qu'à l'intérieur d'un même univers de ruines. Et ce que défendent les acteurs qui se tiennent pour fondés en droit n'est donc qu'un droit formel, abandonné par l'esprit vivant et par Dieu. Les actes des grands hommes, qui sont les individus de l'histoire du monde, apparaissent ainsi non seulement fondés en droit du point de vue de leur signification interne, sans que ces hommes en aient conscience, mais encore du point de vue du monde. Mais à partir de ce point de vue, (106) on ne doit pas, à l'encontre d'actes historiques dans le monde et de ceux qui les accomplissent, ériger des attentes morales dont ils ne relèvent pas. La litanie des vertus privées, modestie, humilité, amour pour l'homme et charité, ne doit pas être mise en avant contre eux. L'histoire du monde pourrait, de façon générale, se tenir pour entièrement dégagée de la sphère où la moralité et la distinction si souvent déjà discutée entre morale et politique tombent, non seulement en se gardant de juger – mais leurs principes et la relation nécessaire des actions à ces principes constituent déjà par eux-mêmes le jugement –, mais encore en laissant entièrement les individus hors-champ et sans les mentionner. En effet, ce qu'elle a à raconter, ce sont les actes de l'esprit des peuples. Les figures individuelles que l'esprit a revêtues sur le terrain extérieur de la réalité effective pourraient être laissées à l'écriture de l'histoire au sens strict.

Le même formalisme s'affaire avec les indéterminités du génie, de la poésie et de la philosophie, aussi, et il trouve, de la même manière, ces indéterminités en tout lieu : ce sont des produits de la réflexion pensante, et la culture en général consiste à se mouvoir avec habileté dans de telles généralités qui exhaussent et désignent des différences essentielles sans descendre dans la vraie profondeur du contenu. La culture est quelque chose de formel dans la mesure où elle ne porte que sur le fait de diviser du contenu, quel qu'il soit, en parties, et sur la saisie de ces parties en leurs déterminations et configurations de pensée : ce n'est pas l'universalité libre dont il est exigé de faire pour soi l'objet de la conscience. Cette conscience sur ce que sont l'acte même de penser et ses formes isolées d'une matière est la philosophie, laquelle a, à vrai dire, la condition de son existence dans la culture. Mais la culture est l'acte de revêtir en même temps le contenu existant, là, avec la forme de l'universalité, de telle sorte que la possession de la culture contient, de manière inséparable, la possession des deux : et de manière à ce point inséparable que la culture prend semblable contenu, amplifié par l'analyse d'une représentation en une (107) foule de représentations jusqu'à devenir d'une richesse incalculable, pour un contenu empirique auquel le penser n'aurait aucune part. Mais faire d'un objet, qui est en soi un contenu concret et riche, une représentation simple (comme terre, homme ou Alexandre et César) et désigner cet objet avec un mot unique sont aussi bien un acte du penser, et même de l'entendement, que dissoudre cette représentation, isoler de même en elle les déterminations qui y sont contenues et leur donner des noms particuliers. Or par rapport au point de vue ayant donné l'occasion de dire ce qui vient de l'être, il ressortira avec évidence tout au moins que, tout comme la réflexion produit les notions générales de génie, de talent, d'art et de science, la culture formelle peut non seulement mais encore doit, à chaque degré de figurations relevant de l'esprit, prospérer et parvenir à une floraison élevée dans le temps même où un degré de ce genre prend la forme d'un État : et il ressortira avec évidence que la culture formelle avance, dans ce fondement de la civilisation, vers la réflexion de l'entendement et, de même qu'elle avance vers des lois, de même elle avance vers des formes de l'universalité pour toutes choses.

La nécessité de la culture formelle et donc de la naissance des sciences, tout comme d'une poésie et d'un art formés, se loge dans la vie de l'État en tant que telle. Les arts compris sous le nom d'arts figuratifs exigent d'ailleurs, déjà du côté technique, le fait, pour les hommes, de vivre ensemble de manière civilisée. L'art poétique, qui a moins nécessité de besoins et de moyens extérieurs et qui a pour matériau le milieu de l'existence immédiate, la voix, s'illustre déjà par une noble ardeur et par une expression culturellement formée dans des situations qui sont celles d'un peuple non encore unifié en une vie juridique puisque, comme on l'a auparavant remarqué, la langue accède, pour elle-même et au-delà de la civilisation, à une formation élevée de l'entendement.

La philosophie doit aussi venir sur le devant de la scène dans la vie de l'État. En effet, ce par quoi un contenu devient affaire de formation culturelle, comme on l'a indiqué précédemment, est la forme (108) qui relève du penser. En outre, le matériau propre à la philosophie, celle-ci n'étant que la conscience de cette forme elle-même, la pensée de la pensée, est déjà apprêté dans la formation culturelle universelle pour l'édifice de la philosophie. Quand des périodes doivent intervenir dans le développement même de l'État par lesquelles l'esprit de nature plus noble est poussé à fuir le présent pour des régions idéales, afin d'y trouver la réconciliation avec soi dont il ne peut plus jouir dans la réalité effective divisée tandis que, pendant ce temps-là, l'entendement réfléchissant agresse, aplatit et évapore dans des généralités abstraites sans dieux tout ce qui est saint et profond et qui fut posé de manière nue et simple dans la religion, les lois et les mœurs des peuples : alors la pensée se voit contrainte d'en venir à la raison pensante afin de faire une tentative de restauration, dans son milieu propre, à partir des ruines où elle a été précipitée.

Il y a donc de l'art poétique, de l'art figuratif, de la science, de la philosophie, aussi, chez tous les peuples historiques de l'histoire du monde. Or, non seulement le style et l'orientation en général, mais encore la teneur, surtout, sont différents : et cette teneur concerne la différence souveraine, celle de la rationalité. Cela n'aide en rien qu'une critique esthétique, en surplomb, exige que le type de matériau, c'est-à-dire le substantiel du contenu, n'ait pas à déterminer notre plaisir, mais que la forme belle en tant que telle, la grandeur de l'activité imaginaire et d'autres activités semblables soient la fin visée par les beaux-arts et ce qu'une intériorité libérale et un esprit formé devraient prendre en considération et savourer. Le bon sens humain ne souffre toutefois pas de telles abstractions et ne fait pas siennes des œuvres du genre mentionné. Quand bien même on aimerait ainsi situer au même niveau les épopées hindoues et les épopées homériques au nom d'une multitude de ces qualités formelles que sont la grandeur de l'invention et de l'imagination, le caractère vivant des tableaux et des sensations, la beauté de la diction, il reste la différence infinie de la consistance et donc le substantiel et (109) l'intérêt de la raison qui porte exclusivement sur la conscience du concept de liberté et son imprégnation dans les individus. Il n'y a non seulement une forme classique, mais encore un contenu classique. En outre, forme et contenu sont si étroitement liés dans l'œuvre d'art que cette forme ne peut être que classique dans la mesure où le contenu l'est. Avec un contenu fantastique, ne se limitant pas en soi – et le rationnel est proprement ce qui a mesure et but en soi –, la forme devient en même temps sans mesure et sans forme, ou bien mesquine et pénible. De même, dans la comparaison des divers philosophèmes, dont nous avons déjà parlé plus tôt, on perd de vue ce dont il s'agit surtout, à savoir la déterminité de l'unité que l'on trouve dans la philosophie chinoise, éléate, spinoziste ; et on perd de vue la différence quant au fait que cette unité est conçue de manière abstraite ou concrète et, certes, de manière concrète jusqu'à l'unité en soi qui est esprit. Or cet acte d'assimilation des philosophèmes prouve toutefois qu'il ne connaît ainsi que l'unité abstraite et, tandis qu'il juge des philosophies, il ne sait pas ce qui constitue l'intérêt de la philosophie.

Mais il y a aussi des cercles qui demeurent les mêmes dans toute la diversité du contenu substantiel d'une culture ou d'une formation. La diversité nommée concerne la raison pensante et la liberté dont la conscience de soi est la raison et qui a, avec la pensée, une même et unique racine. De même que, non pas l'animal, mais l'homme seulement, pense, de même l'homme n'a aussi, et seulement parce qu'il est un être pensant, que la liberté. Sa conscience contient ceci : l'individu s'appréhende en tant que personne, c'est-à-dire, dans sa singularité ; il se saisit en tant qu'universel en soi, capable d'abstraction, de renoncement à tout ce qui est particulier, donc en tant qu'infini en soi. Des cercles, donc, qui se trouvent en dehors de cette appréhension, sont quelque chose de commun à ces différences substantielles[119]. Même la morale qui a un lien si étroit avec la conscience de la liberté, peut, en cas de manque encore persistant de cette conscience, (110) être très pure, dans la mesure où elle n'exprime à vrai dire que les devoirs et les droits universels en tant que commandements objectifs, ou encore dans la mesure où elle en reste à l'élévation formelle, à l'acte de suppression du sensible et de tous les motifs sensibles comme à un moment simplement négatif. La morale chinoise, depuis que les Européens se sont familiarisés avec elle et les écrits de Confucius, s'est acquis les plus grands éloges et la reconnaissance glorieuse de son excellence, de la part de ceux qui sont au fait de la morale chrétienne. De même, on reconnaît le caractère sublime avec lequel la religion et la poésie indiennes (à quoi nous devons cependant adjoindre : supérieures) et, en particulier, leur philosophie expriment et exigent la mise à distance et le sacrifice du sensible. Ces deux nations manquent cependant complètement, on doit le dire, de la conscience essentielle du concept de liberté. Leurs lois morales sont pour les Chinois comme des lois de nature, des commandements positifs extérieurs, des droits et des devoirs de contrainte ou bien des règles de mutuelle courtoisie. La liberté, par laquelle les déterminations substantielles de la raison deviennent d'abord une disposition à la morale effective, fait défaut. La morale y est affaire de l'État, elle est aux mains des fonctionnaires du régime et des tribunaux. À ce sujet, leurs œuvres, qui ne sont pas des codes de lois politiques mais qui sont adressées à la volonté subjective et à la disposition d'esprit, se lisent à la manière des écrits moraux des stoïciens, comme une série de commandements nécessaires au but du bonheur, de telle sorte que l'arbitre pouvant se décider en leur faveur, les suivre ou non, semble leur faire face ; de même, chez les moralistes chinois comme chez les moralistes stoïciens, la représentation d'un sujet abstrait, du sage, constitue ensuite le sommet de ces doctrines. De même, dans la doctrine hindoue de l'élimination de la sensibilité, des désirs et des intérêts terrestres, le but et le terme ne sont pas la liberté affirmative, procédant de la morale effective mais le néant de la conscience, l'absence de vie relevant de l'esprit et même l'absence physique de vie.

(111) Nous avons à connaître l'esprit concret d'un peuple, et, parce qu'il est esprit, il ne se laisse saisir que par ce qui est de l'ordre de l'esprit, par la pensée. Seul, il est ce qui se donne impulsion dans tous les

actes et toutes les orientations du peuple, ce qui se porte à la réalisation effective de soi, à la jouissance et à la saisie de soi-même : car il a affaire à la production de soi-même. Mais ce qu'il y a de plus élevé, pour l'esprit, est de se savoir, de ne pas se porter seulement à l'intuition de soi-même, mais à la pensée de soi-même. Il doit accomplir ceci, et il l'accomplira, mais cet accomplissement est en même temps sa chute et le surgissement d'un autre esprit, d'un autre peuple historique dans le monde, d'une autre époque de l'histoire du monde. Ce passage et cet enchaînement nous conduisent à la cohésion du tout, au concept de l'histoire du monde en tant que telle, que nous avons à considérer de plus près, dont nous avons à nous donner une représentation.

L'histoire du monde, nous le savons, est donc en général l'explicitation de l'esprit dans le temps, comme l'idée, en tant que nature, s'explicite dans l'espace[120].

Si nous jetons un regard sur l'histoire du monde en général, alors nous voyons un tableau immense de changements et de faits, de configurations infiniment multiples de peuples, d'États, d'individus, et ceci en une incessante succession. Tout ce qui peut entrer dans l'esprit de l'homme et peut l'intéresser, toutes les sensations du bien, du beau, du grand, sont pris en compte ; partout, des fins sont conçues et poursuivies, que nous reconnaissons, dont nous souhaitons la réalisation ; nous espérons et nous craignons pour elles. Dans tous ces événements et tout ce qui survient, nous voyons au premier plan ce que l'homme fait et souffre, partout ce qui est nôtre et, à cause de cela, partout l'inclination de notre intérêt pour ou contre ce que nous voyons. Tantôt, beauté, liberté et richesse, tantôt l'énergie par laquelle le vice lui-même sait prendre une signification, attirent. Tantôt (112), nous voyons la masse plus englobante d'un intérêt général poursuivre son mouvement avec plus de difficultés et, livrée à la merci d'une complexion infinie de petits rapports d'intérêts, être pulvérisée. Puis nous voyons quelque chose de petit être produit par une immense débauche de forces, quelque chose d'immense procéder de ce qui apparaît sans signification – partout, la pression la plus bigarrée qui nous attire dans le sens de son intérêt, et si un intérêt s'évanouit, un autre prend aussitôt sa place.

La pensée universelle, la catégorie qui s'offre d'abord au sujet de cette mutation, sans repos, des individus et des peuples qui durent un temps et disparaissent ensuite, est le changement en général. Plus précisément, le regard porté sur les ruines d'une splendeur passée conduit à appréhender ce changement par son côté négatif. Quel voyageur ne s'est-il jamais livré, au milieu des ruines de Carthage, Palmyre, Persépolis et Rome, aux méditations sur le caractère passager des empires et des hommes, à la tristesse pour une vie passée, pleine de force et riche ? – une tristesse qui ne demeure pas au niveau des déplaisirs personnels et du caractère éphémère des fins propres mais qui est une tristesse désintéressée sur la ruine d'une vie de l'homme, brillante et culturellement formée. – Mais la détermination qui vient ensuite, attachée au changement, est que le changement, qui est ruine, est en même temps le surgissement d'une vie nouvelle, que de la vie surgit la mort, mais que de la mort surgit la vie. C'est une grande pensée que les Orientaux ont saisie et même la plus haute pensée de leur métaphysique.

Cette pensée, pour ce qui est du niveau individuel, est contenue dans la représentation de la transmigration des âmes ; plus généralement, l'image du Phénix est connue, image de la vie de la nature qui se prépare elle-même éternellement son bûcher et s'y consume de telle sorte que, de ses cendres, surgit éternellement la vie nouvelle, rajeunie et fraîche. Mais cette image est une image seulement asiatique, orientale, non occidentale. L'esprit, consumant l'enveloppe de son existence, (113) non seulement transmue dans une autre enveloppe, non seulement se lève, rajeuni, des cendres de sa figuration, mais encore il en surgit, élevé, transfiguré, esprit plus pur. Il se dresse en tout cas contre lui-même, il consume son existence, mais, tandis qu'il la consume, il la travaille et ce qui est sa figuration devient le matériau à même lequel son travail l'élève vers une nouvelle formation.

Si nous considérons l'esprit sous cet angle, si nous considérons que ses changements ne sont pas seulement des passages, au sens de rajeunissements, c'est-à-dire de retours à la même figure, mais au contraire plutôt des élaborations de soi-même par lesquelles il démultiplie la matière pour ses essais : alors nous le voyons s'éprouver, se répandre et se délecter selon une multitude inépuisable de côtés et de directions, parce que chacune de ses créations, dans lesquelles il s'est satisfait, lui est de nouveau opposée comme matière et est pour lui une nouvelle exigence de mise au travail. La pensée abstraite d'un simple changement se modifie en pensée de l'esprit révélateur de ses forces, les développant et leur donnant une forme selon tous les aspects de sa plénitude. Quelles forces il possède en soi-même, nous en faisons l'expérience par la multiplicité de ses produits et de ses formations. Dans ce plaisir qui est le sien, celui de son activité, l'esprit n'a affaire qu'à lui-même. Empêtré, certes, dans la condition naturelle, interne et externe, il rencontrera en elle non seulement de la résistance et des obstacles, mais encore il verra souvent ses tentatives échouer à travers elle et souvent succomber aux embarras dans lesquels il est jeté par cette condition ou par son propre soin. Mais il s'enfonce et disparaît, de la sorte, dans sa vocation et dans son efficacité, et ainsi il assure encore le spectacle de s'être prouvé comme activité relevant de l'esprit.

L'esprit agit de manière essentielle, il fait de lui-même ce qu'il est en soi, son acte et son œuvre : ainsi, il devient pour soi objet ; ainsi, il a lui-même comme existence devant soi. De même l'esprit d'un peuple : il est un esprit déterminé qui se construit (114) en vue d'un monde existant, là ; un monde qui se tient maintenant et consiste en sa religion, son culte, ses usages, sa constitution et ses lois politiques, en l'ensemble complet de ses institutions, en ses événements et ses actes. C'est son œuvre – ceci est ce peuple. Les peuples sont ce que sont leurs actes. Chaque Anglais dira : nous sommes ceux qui parcourons les océans, qui avons le commerce mondial en main, dont les Indes orientales et ses richesses relèvent, qui avons un Parlement et des jurys populaires, etc. – Le rapport de l'individu à son peuple est de s'approprier cet être substantiel : que cet être substantiel devienne sa disposition intérieure et son habileté afin qu'il soit quelque chose. Car l'individu trouve l'être du peuple comme un monde déjà prêt, solide, auquel il a à s'incorporer. Or dans cette œuvre sienne, dans son monde, l'esprit du peuple jouit de soi et est satisfait. – Le peuple est moral de manière effective, vertueux, énergique, tandis qu'il produit ce qu'il veut et qu'il défend son œuvre contre la violence extérieure, dans le travail de son objectivation. La dissension entre ce que le peuple est en soi, subjectivement, dans sa fin interne et son essence, et ce qu'il est de manière effective, est levée : le peuple est auprès de lui-même, il a soi, de manière objective, devant soi. Mais alors, cette activité de l'esprit n'est plus nécessaire : l'esprit a ce qu'il veut[121]. Le peuple peut encore faire beaucoup, que ce soit en guerre et en paix, à l'intérieur et à l'extérieur de lui ; mais c'est à vrai dire l'âme elle-même vivante, substantielle, non plus en activité. L'intérêt solide, souverain s'est, à cause de cela, perdu loin de la vie : car l'intérêt n'existe que là où est l'opposition. Le peuple est donc comme l'individu qui passe de l'homme mûr au vieillard, dans la jouissance de soi-même d'être exactement ce qu'il voulait et ce qu'il pouvait atteindre. Si son imagination est allée au-delà, il a renoncé à elle comme fin, quand la réalité effective ne s'est pas offerte pour cela, et il a cantonné la fin à la réalité. Cette habitude (l'horloge est montée et chemine [115] d'elle-même) entraîne avec soi la mort naturelle. L'habitude est un agir sans opposition à laquelle il ne peut rester que la durée formelle et dans laquelle la plénitude et la profondeur de la fin n'ont plus besoin d'être mises en discussion – une existence à vrai dire extérieure, sensible qui ne s'approfondit plus dans l'affaire en question. De même que des individus meurent, de même des peuples meurent d'une mort naturelle ; si ces derniers perdurent, c'est une existence sans intérêt, sans vie qui n'a pas besoin de ses institutions, justement parce que le besoin est satisfait – un rien politique et un ennui. Si un intérêt véritablement universel devait naître, alors l'esprit d'un peuple devrait en venir à vouloir quelque chose de nouveau, – mais d'où, cette nouveauté ? Ce serait une représentation de soi-même plus haute, plus universelle, un être ayant dépassé son principe – mais alors un principe encore plus déterminé, un esprit nouveau existe, donc.

Une telle nouveauté arrive en tout cas dans l'esprit d'un peuple, esprit qui est parvenu à sa perfection et à sa réalisation effective. L'esprit d'un peuple ne meurt pas simplement de mort naturelle car il n'est pas un individu simplement isolé mais il est vie relevant de l'esprit, vie universelle : en lui, la mort naturelle apparaît plutôt comme mise à mort de soi-même par soi-même. La raison pour laquelle ce processus est différent de l'individu singulier, naturel tient au fait que l'esprit du peuple existe en tant que genre[122] : donc, que le négatif de soi vient à exister dans le peuple lui-même, dans son universalité. Un peuple ne peut mourir de mort violente que s'il est devenu naturellement mort en soi, comme, par exemple, les villes impériales, la constitution de l'Empire allemand.

De manière générale, l'esprit universel ne meurt pas simplement de mort naturelle, il n'entre pas dans l'habitude de sa vie seulement. Mais dans la mesure où il est esprit du peuple, esprit qui appartient à l'histoire du monde, il en vient alors aussi à savoir ce que son œuvre est et à se penser. Il n'est, en général, historique dans l'histoire du monde, que dans la mesure où (116) un principe universel a pris place dans son milieu fondamental et dans sa fin fondamentale ; dans cette mesure seulement, l'œuvre qu'un tel esprit produit existe – une organisation de la morale effective, politique. Si ce sont des désirs qui poussent à des actions, alors de tels actes passent, sans traces ou bien plutôt leurs traces ne sont que chute et destruction. Chronos, le temps, a ainsi dominé, – c'est l'âge d'or, sans œuvre de la morale effective : les enfants engendrés du temps ont été, par lui-même, dévorés. Le premier, Jupiter[123], qui engendra Minerve de sa tête[124] et dont descendent Apollon et les Muses, a triomphé du temps et a mis un terme à la faute du temps. Jupiter est le dieu politique, qui a produit une œuvre de la morale effective : l'État.

La détermination de l'universalité, du penser est même contenue dans le milieu d'une œuvre : sans la pensée, l'œuvre n'a pas d'objectivité ; la pensée est la base. Or le plus haut point de formation et de culture d'un peuple est de saisir la pensée de sa vie et de son état, la science de ses lois, de son droit et de sa morale effective. En effet, dans cette unité, il y a l'unité la plus intérieure où l'esprit peut être avec lui-même. Il tient, dans son œuvre, à avoir lui-même comme objet. Mais l'esprit n'a lui-même comme objet que dans ce qui lui est essentiel, dans le temps même où il se pense.

À ce titre, l'esprit a donc le savoir de ses principes, le savoir de l'universel quant à ses actions. Mais cette œuvre du penser, comme universel, est en même temps distincte, selon la forme, de l'œuvre effective et de la vie active par quoi cette œuvre effective prend réalité. Il y a maintenant une existence réelle et une existence idéale. Si nous voulons avoir pour gain la représentation universelle et la pensée de ce que les

Grecs furent, alors nous le trouverons chez Sophocle et Aristophane, Thucydide et Platon. Chez ces individus, l'esprit grec s'est saisi lui-même comme esprit qui représente et qui pense. (117) Cela est la satisfaction plus profonde. Mais elle est en même temps idéelle et différente de l'activité réelle.

C'est pour cela que nous voyons, nécessairement, à une époque de ce genre, un peuple trouver une satisfaction dans la représentation de la vertu et le bavardage sur la vertu se situer, en partie, à côté de la vertu effective, mais en partie aussi, à la place de la réalité effective de la vertu. Or la pensée simple, universelle, parce qu'elle est l'universel, sait conduire le particulier et le non-réfléchi – la foi, la confiance, les mœurs effectives – à la réflexion sur soi et sur l'immédiateté de soi ; elle les met en exergue selon le contenu, dans la limitation de ce dernier, pendant que, en partie, elle met en main les raisons de se délier des devoirs, en partie, elle interroge en général sur les mobiles et leur rapport à la pensée universelle et, ne le trouvant pas, cherche à faire vaciller le devoir en général comme non fondé.

En même temps, entrent avec cela en ligne de compte l'isolement des individus les uns par rapport aux autres et par rapport au tout, leur égoïsme en son irruption et la vanité, la recherche de leur propre avantage et la satisfaction de cette recherche au détriment du tout : à vrai dire, cet intérieur qui se sépare existe aussi dans la forme de la subjectivité – l'égoïsme et la perdition dans les passions effrénées et dans les intérêts propres des hommes.

Il en est ainsi de Zeus, qui a mis un terme à l'engloutissement par le temps et a arrêté ce mouvement de passage en fondant quelque chose de solide en soi – Zeus et sa descendance mêmes furent dévorés et certes par ce qui crée, à vrai dire par le principe de la pensée, de la connaissance, du raisonnement, de l'intelligence opérant par des raisons et par l'exigence de raisons.

Le temps est le négatif dans le sensible : la pensée est cette même négativité mais elle est la forme elle-même la plus intérieure, infinie, plénitude dans laquelle tout ce qui est est en général dissous[125] – (118) d'abord l'être fini, la figure déterminée. Mais ce qui est, en général, est déterminé comme quelque chose qui fait face ; il apparaît pour cela comme quelque chose de donné, d'immédiat, comme autorité ; il est, ou bien en tant qu'être fini et borné quant au contenu, ou bien en tant que borne pour le sujet pensant et pour la réflexion infinie de ce sujet en soi.

Tout d'abord, il faut mettre en évidence la manière dont la vie, qui sort de la mort, n'est elle-même à son tour qu'une vie singulière. Et si le genre est considéré comme ce qui est substantiel dans ce changement, la chute et la disparition du singulier sont à nouveau le genre qui tombe dans la singularité. La conservation du genre n'est alors que la répétition uniforme de la même manière d'exister. En outre, il faut remarquer comment la connaissance, l'appréhension pensante de l'être sont la source et le lieu de naissance d'une figure nouvelle, et certes d'une figure supérieure, dans un principe qui, en partie, conserve, en partie, transfigure. Car la pensée est l'universel, le genre qui ne meurt pas, qui demeure égal à soi-même. La figure déterminée de l'esprit ne passe pas naturellement dans le temps simplement, mais elle est dépassée dans l'activité qui opère par soi, dans l'activité consciente de soi de la conscience de soi. Parce que cet acte de dépasser est l'activité de la pensée, il est en même temps acte de conserver et de transfigurer. – Tandis que l'esprit dépasse d'un côté la réalité, ce en quoi consiste ce qu'il est, il gagne en même temps l'essence, la pensée, l'universel de ce qu'il était seulement. Son principe n'est plus ce contenu immédiat et la fin, tels qu'ils étaient, mais son essence.

Le résultat de ce cheminement est donc que l'esprit, alors qu'il s'objective et pense cet être qui est sien, d'un côté, détruit la déterminité de son être, de l'autre, saisit l'universel de son être et donne par là une détermination nouvelle à son principe. Avec ceci, la déterminité substantielle de cet (119) esprit du peuple s'est changée, c'est-à-dire son principe s'est élevé dans un autre principe, et, certes, un principe supérieur.

Ce qu'il y a de plus important dans l'acte de saisir et de concevoir l'histoire, c'est avoir et connaître la pensée de ce passage. Un individu, en tant qu'individu unique, parcourt différents degrés de formation et il reste le même individu ; de même, aussi, un peuple, jusqu'au degré, qui est le degré universel de son esprit. En ce point se trouve la nécessité intérieure du changement : la nécessité du concept. Cela est l'âme, ce qu'il y a de remarquable dans l'acte philosophique de saisie de l'histoire.

L'esprit est essentiellement résultat de son activité : son activité est de passer outre l'immédiateté, de la nier et de revenir en soi. Nous pouvons le comparer avec le germe ; car la plante commence avec le germe, mais il est aussi le résultat de la vie entière de la plante. Or l'impuissance de la vie se montre dans le fait que ce qui commence et ce qui est le résultat sont disjoints. De même, aussi, dans la vie des individus et des peuples. La vie d'un peuple porte un fruit à sa maturité ; car son activité tend à accomplir le principe qui est le sien. Mais ce fruit ne retombe pas au sein du peuple qui l'a fait naître et porter à maturité ; au contraire, le fruit devient pour le peuple un breuvage amer. Le peuple ne peut pas prendre congé de ce breuvage, car il en a une soif infinie, mais ce breuvage a, pour le peuple, le goût de sa négation, et ce goût est en même temps avènement d'un principe nouveau.

Nous nous sommes expliqués plus haut au sujet de la fin ultime de ce progrès. Les principes des esprits du peuple ne sont eux-mêmes, dans une série nécessaire de degrés, que des moments de l'unique esprit universel qui s'élève par eux, dans l'histoire, à une totalité s'appréhendant elle-même et se conclut.

Alors que nous avons seulement affaire à l'idée de l'esprit, et que, dans l'histoire du monde, nous ne considérons tout que comme manifestation de l'esprit, alors, nous n'avons affaire, quand nous parcourons le passé, (120) aussi étendu soit-il, qu'avec ce qui est présent. En effet, la philosophie, en tant qu'elle s'occupe du vrai, a affaire avec ce qui est éternellement présent. Tout n'est pas, pour elle, perdu dans le passé, car l'idée est présente, l'esprit est immortel, c'est-à-dire, il n'est pas ce qui est passé et ce qui n'est pas encore, mais au contraire, il est essentiellement ce qui est maintenant. Ainsi, la figure présente de l'esprit comprend en soi tous les degrés antérieurs. Ces degrés se sont certes formés en tant que degrés autonomes les uns à la suite des autres ; mais ce que l'esprit est, il l'a toujours été en soi, la différence ne tient qu'au développement de cet en soi. La vie de l'esprit présent est un cercle de degrés, qui, d'un côté, subsistent les uns à côté des autres, et, de l'autre, apparaissent seulement comme passés. Les moments, que l'esprit semble avoir derrière soi, il les a aussi dans sa profondeur présente.

FONDEMENT GÉOGRAPHIQUE DE L'HISTOIRE DU MONDE*[126]

Le lien naturel de l'esprit du peuple est quelque chose d'extérieur par rapport à l'universalité du tout moral effectif et à son individualité singulière agissante. Mais dans la mesure où nous devons considérer ce lien comme terrain sur lequel l'esprit se meut, il est essentiellement et nécessairement un fondement. Nous sommes partis de l'affirmation que, dans l'histoire du monde, l'idée de l'esprit apparaît dans la réalité effective comme une série de figures extérieures dont chacune s'annonce en tant que peuple effectivement

* Les sous-titres comportant une astérisque reprennent les sous-titres de l'édition allemande utilisée pour la traduction : éd. Karl Hegel, 1840, publiée par H. Glockner en 1928, *Sämtliche Werke. Jubilaeums-Ausgabe*, t. XI, Stuttgart, Fr. Frommans Verlag, 1928. Les autres titres et sous-titres, sans astérisque, sont ou bien inspirés du tome XII des *Werke*, éd. Eva Moldenhauer et Karl Markus Michel, Francfort-sur-le-Main, Suhrkamp Taschenbuch Wissenschaft, 1970, 20 vol., ou bien insérés dans cette présente traduction. [N.d.T.]

existant. Du point de vue de son aspect, cette existence tombe aussi bien dans l'espace que dans le temps, à la façon d'un être naturel, et le principe particulier, que tout peuple historique dans le monde porte en soi, a en même temps ce peuple comme déterminité naturelle en soi. L'esprit, (121) qui se drape de ce type de naturalité, laisse ses figurations particulières se disjoindre, car le fait, pour ces dernières, d'être les unes en dehors des autres est la forme de la naturalité. Or ces différences naturelles doivent en tout premier lieu être aussi considérées comme possibilités particulières à partir desquelles l'esprit se tend vers l'extérieur et elles livrent ainsi le fondement géographique. Nous ne tenons pas à apprendre à connaître le sol comme lieu extérieur mais au contraire le type naturel de la localité en ce qu'il est exactement lié au type et au caractère du peuple qui est le fils d'un tel sol. Ce caractère est même l'art et la manière pour les peuples d'entrer en scène dans l'histoire du monde et d'y prendre position et place. – Il n'est pas permis de porter trop ou trop peu d'estime à la nature : le doux ciel d'Ionie a assurément beaucoup contribué à l'élégance des récits homériques mais il ne peut toutefois pas, seul, produire des Homères, et il ne les produit pas toujours ; sous la domination turque, aucun poète ne s'est levé. Or il faut ici prendre tout d'abord en considération les données naturelles que l'on devrait exclure une fois pour toutes du mouvement historique du monde : dans les zones froides ou chaudes, il ne peut y avoir de sol pour des peuples historiques de l'histoire du monde. Car la conscience qui s'éveille n'existe au commencement que dans la nature, et tout développement de la conscience est réflexion de l'esprit en soi, à l'encontre de l'immédiateté naturelle. Or le moment de la nature tombe à l'intérieur de cette particularisation : la nature est le premier point de vue à partir duquel l'homme peut gagner en soi une liberté, et la tâche de cette libération ne doit pas être rendue difficile par la puissance de la nature. La nature est, comparée à l'esprit, quelque chose de quantitatif dont le pouvoir ne doit pas être grand au point de se poser seul comme tout-puissant. Dans les zones extrêmes de la nature, l'homme ne peut parvenir à aucun mouvement libre : le froid et la chaleur sont des forces trop puissantes pour permettre à l'esprit d'édifier un monde pour soi. Aristote dit déjà : si l'urgence du besoin est satisfaite, l'homme se tourne du (122) côté de l'universel et du supérieur[127]. Or dans ce que ces zones ont d'extrême, cette urgence peut bien ne jamais cesser et on ne peut jamais la prévenir : en permanence l'homme est mis en demeure de porter son attention sur la nature, sur les rayons incandescents du soleil et sur le froid glacial. Le vrai théâtre pour l'histoire du monde est, donc, la zone tempérée et, précisément, la partie nord de cette zone parce que la terre s'y comporte de manière continentale et y dispose de flancs généreux, comme le disent les Grecs[128]. Au sud, en revanche, la terre se divise et va finir en une multitude de pointes disjointes. Ce même élément se montre dans les produits de la nature. Le nord possède en commun de nombreux genres de plantes et d'animaux. Au sud, là où la terre se fragmente en pointes, là les figures de la nature s'individualisent les unes par rapport aux autres.

Le Nouveau Monde*

Le monde est divisé en monde ancien et monde nouveau. Certes, le nom de Nouveau Monde est venu parce que l'Amérique et l'Australie nous sont tardivement devenues connues. Or ces continents sont non seulement nouveaux en un sens relatif, mais ils sont neufs au sens général du terme quant à leur entière constitution physique et d'esprit. Leur antiquité géologique ne nous intéresse pas. Je ne veux pas non plus leur refuser l'honneur d'avoir été élevés hors de l'eau lors de la création du monde. Toutefois, les archipels entre l'Amérique du Sud et l'Asie montrent une immaturité physique : la plus grande partie des îles est constituée de telle sorte qu'elles sont une couverture de terre pour des rochers qui émergent de la profondeur des abymes et portent le caractère de quelque chose qui est apparu tardivement. La Nouvelle-Hollande[129] montre une immaturité géographique non moindre. En effet, si, à partir des possessions anglaises, on avance plus profondément dans le pays, on découvre alors des fleuves immenses qui ne sont pas encore parvenus à se creuser un lit, mais qui débouchent sur des plaines de roseaux. De l'Amérique et de sa culture, à savoir au Mexique et au Pérou, nous avons, certes, des informations, mais celles-ci sont que cette culture était une culture entièrement naturelle qui dut s'écrouler (123) aussitôt que l'esprit s'approcha d'elle. L'Amérique s'est toujours montrée et se montre encore dépourvue de puissance, physiquement et en esprit[130]. Car les indigènes, après que les Européens ont accosté en Amérique, se sont peu à peu éteints au souffle de l'activité européenne. Dans les États libres du nord de l'Amérique, tous les citoyens sont des descendants des Européens, auxquels les anciens habitants ne purent se mêler mais par lesquels ils furent repoussés. Les indigènes ont accueilli, en tout cas, certains arts des Européens, parmi lesquels celui de boire de l'eau-de-vie, art qui produisit un effet dévastateur sur eux. Au sud, les indigènes furent traités avec beaucoup plus de violences et furent employés pour de dures servitudes auxquelles leur force était peu adaptée. La douceur de caractère et l'indolence, l'humilité et une soumission rampante devant un Créole, ou davantage encore, devant un Européen constituent ici le caractère principal des Américains : et cela durera encore longtemps, jusqu'à ce que les Européens arrivent à porter en eux quelque sentiment de soi. L'infériorité de ces individus, sous tout aspect, même du point de vue de la taille, se donne à reconnaître en tout ; seules les tribus du sud, en Patagonie, sont de nature plus vigoureuse mais cependant encore entièrement à l'état naturel de grossièreté et de sauvagerie. Quand les Jésuites et les ecclésiastiques catholiques voulurent habituer les Indiens à la culture et aux mœurs européennes (ils ont eu, comme on le sait, un État au Paraguay, des couvents au Mexique et en Californie), ils allèrent parmi eux et leur prescrivirent, comme à des personnes mineures, les tâches quotidiennes que les Indiens se laissaient aussi imposer par l'autorité des pères, quoiqu'ils fussent d'ordinaire paresseux. Ces prescriptions (à minuit, une cloche devait même les rappeler à leurs obligations conjugales) ont justement conduit, en un premier temps, à l'éveil des besoins, aux mobiles de l'activité de l'homme en général. La faiblesse du naturel américain fut d'ailleurs un motif principal pour emmener des Noirs en Amérique afin de faire (124) exécuter les travaux par les forces de ces derniers. En effet, les Noirs sont de loin plus réceptifs à la culture européenne que les Indiens, et un voyageur anglais a livré des exemples de Noirs devenus d'habiles ecclésiastiques, médecins, etc. (un Noir a le premier trouvé l'application du quinquina), alors qu'un unique cas d'indigène lui est connu comme étant parvenu à étudier mais qui mourut bientôt par abus d'eau-de-vie. À la faiblesse de l'organisation américaine des hommes s'ajoute encore le manque de moyens absolus par lesquels il faut faire naître une puissance fondée : à vrai dire, le manque de chevaux et de fer, moyens par lesquels, en particulier, les Américains furent vaincus.

Or, parce que la nation d'origine a disparu, ou quasiment, la population active vient, pour la plupart, de l'Europe : et ce qui se passe en Amérique procède de l'Europe. L'Europe a, en quelque sorte, jeté son superflu sur l'Amérique à la manière des villes de l'Empire où l'industrie était dominante et se pétrifiait, d'où beaucoup de gens s'enfuirent dans d'autres villes qui n'avaient pas semblable contrainte et où la charge des taxes n'était pas si lourde. Ainsi surgirent Altona à côté de Hambourg, Offenbach à côté de Francfort, Fürth près de Nuremberg, Carouge près de Genève. L'Amérique se rapporte de la même manière à l'Europe. De nombreux Anglais se sont installés là même où charges et taxes n'ont pas cours et où l'accumulation de moyens européens et d'habiletés européennes était capable d'arracher quelque chose à ce territoire encore inculte. De fait, cette émigration présente de nombreux avantages car les émigrants ont éliminé beaucoup de ce qui pouvait leur être gênant dans leur patrie et ils apportent avec eux le trésor du sentiment européen de soi et des habiletés européennes. Et pour ceux qui veulent travailler de toutes leurs forces et ne trouvaient pas la ressource de le faire en Europe, un théâtre est en tout cas ouvert en Amérique.

(125) L'Amérique est, comme on le sait, divisée en deux parties, qui sont liées, certes, par un isthme, sans que cet isthme soit cependant un lien de communication. Les deux parties sont bien plutôt séparées de la façon la plus déterminée. – L'Amérique du Nord nous montre d'abord tout au long de ses côtes orientales une large frange côtière derrière laquelle s'étend une chaîne montagneuse – les montagnes bleues ou les Appalaches, plus au nord, les Alleghanys. Des fleuves, qui en naissent, apportent leurs eaux aux pays de la côte, ces derniers jouissant de la qualité la plus avantageuse qui soit pour les États libres nord-américains qui se sont formés ici à l'origine. Derrière cette chaîne montagneuse coule, en continuité avec des lacs immenses, le Saint-Laurent du sud vers le nord, où sont sises les colonies nordiques du Canada. Plus loin encore, à l'ouest, nous trouvons le bassin du Mississippi avec les confluents du Missouri et de l'Ohio, qu'il reçoit pour se jeter ensuite dans le golfe du Mexique. Sur la face occidentale de cette région, il y a, de nouveau, une longue chaîne montagneuse qui s'étend sans interruption à travers le Mexique et l'isthme de Panamá et qui sépare toute la face occidentale de l'Amérique du Sud sous le nom d'Andes

ou de Cordillère. La frange côtière ainsi formée est plus étroite et offre moins d'avantages que celle de l'Amérique du Nord. Là, se trouvent le Pérou et le Chili. Sur la face orientale et vers l'est coulent les immenses fleuves Orénoque et Amazone : ils forment de grandes vallées qui ne sont pas bonnes pour devenir des terres cultivables parce qu'elles ne sont bien plutôt que de larges steppes. Vers le sud coule le Río de la Plata dont les affluents ont en partie leur origine dans la Cordillère, en partie dans la chaîne montagneuse du nord qui sépare le bassin de l'Amazone du sien. – Le Brésil et les Républiques espagnoles appartiennent à la région du Río de la Plata. La Colombie est la côte septentrionale de l'Amérique du Sud, à l'ouest de laquelle, tout au long des Andes, le Magdalena se jette dans la mer Caraïbe.

(126) À l'exception du Brésil, des républiques ont vu le jour, en général, en Amérique du Sud comme en Amérique du Nord. Or si nous comparons l'Amérique du Sud, à laquelle nous ajoutons le Mexique, avec l'Amérique du Nord, nous percevrons un étonnant contraste.

En Amérique du Nord, nous voyons la prospérité se faire aussi bien par une croissance de l'industrie et de la population que par un ordre civil et une liberté solide : la fédération entière ne constitue qu'un État, elle a son centre politique. En revanche, en Amérique du Sud, les républiques ne s'appuient que sur le pouvoir militaire ; l'histoire entière est un bouleversement continu : des États fédérés se disjoignent, d'autres s'unissent de nouveau et tous ces changements sont instaurés par des révolutions militaires. Les différences plus précises entre les deux parties de l'Amérique nous montrent deux orientations opposées : l'une, en politique, l'autre, en religion. L'Amérique du Sud, où les Espagnols se sont installés et où ils affirmèrent leur suprématie, est catholique. L'Amérique du Nord, bien que, en général, pays de sectes, est protestante en ses traits fondamentaux. Une autre disparité est que l'Amérique du Sud a été conquise, mais l'Amérique du Nord, colonisée. Les Espagnols s'emparèrent de l'Amérique du Sud pour dominer et pour devenir riches, aussi bien par le moyen de fonctions politiques que par des extorsions. Dépendant d'une mère-patrie très éloignée, leur arbitraire disposa d'une grande latitude et, par la puissance, l'habileté et le sentiment de soi, ils gagnèrent une grande prédominance sur les Indiens. Les États libres nord-américains ont été, en revanche, entièrement colonisés par des Européens. Parce que, en Angleterre, les puritains, les épiscopaliens et les catholiques étaient engagés en une lutte permanente et que, tantôt les uns, tantôt les autres, prenaient la main, beaucoup émigrèrent pour chercher la liberté de la religion dans un continent étranger. Ce furent des Européens industrieux qui se vouèrent à l'agriculture, à la culture du tabac et du coton, etc. (127). Une orientation générale vers le travail survint bientôt et les besoins, la tranquillité, la justice civile, la sûreté, la liberté et un corps commun furent la substance du tout : un corps commun qui eut pour point de départ ces atomes que sont les individus, en sorte que l'État fut seulement quelque chose d'extérieur destiné à protéger la propriété. La confiance mutuelle des individus et la confiance en leur disposition d'esprit eurent pour point de départ la religion protestante car, dans l'Église protestante, les œuvres religieuses sont la vie entière, l'activité de cette vie en général. Chez les catholiques en revanche, le fondement d'une telle confiance ne peut pas avoir lieu, car dans les événements du monde ne dominent que la violence et la soumission volontaire : et les formes que l'on nomme ici constitutions ne sont qu'un expédient et ne protègent pas contre la méfiance.

Si nous comparons encore l'Amérique du Nord avec l'Europe, alors nous y trouvons l'exemple pérenne d'une constitution républicaine. L'unité subjective existe car il y a un président à la tête de l'État : il n'est élu que pour quatre ans afin d'être prémuni contre une éventuelle ambition monarchique. La protection générale de la propriété et une exemption presque complète d'impôts sont des faits qui furent constamment loués. Par là, le caractère fondamental est en même temps indiqué : il consiste en l'orientation de l'homme privé vers l'acquisition et le gain, en la prédominance de l'intérêt particulier qui ne se tourne vers l'intérêt général qu'en vue de sa jouissance propre. Des états juridiques, une loi juridique formelle y ont en tout cas cours mais cette vie du droit est sans droiture : les marchands américains passent ainsi pour avoir la mauvaise réputation de tromper, protégés qu'ils sont par le droit. Si, d'une part, l'Église protestante suscite cet élément essentiel qu'est la confiance, comme nous l'avons déjà dit, alors, d'autre part, elle garde, par là même, le crédit du moment du sentiment : moment qui peut passer à l'arbitraire le plus varié. Chacun, dit-on à ce point de vue, (128) peut avoir sa propre intuition du monde, donc sa propre religion, aussi. D'où la fragmentation en de si nombreuses sectes qui croissent jusqu'à l'extrême de la folie et dont beaucoup ont un culte qui se manifeste dans des extases et parfois dans les extravagances les plus sensuelles. Cet arbitraire complet est si développé que les différentes communautés accueillent et congédient tour à tour des prêtres comme cela leur plaît : car l'Église n'est pas ce qui subsiste en et pour soi, elle n'est pas une Église qui aurait une vie substantielle procédant de l'esprit et une institution extérieure ; au contraire le religieux est accommodé au bon plaisir de chacun. En Amérique du Nord, la sauvagerie la plus indomptée de toutes les imaginations domine et il manque cette unité religieuse qui s'est maintenue dans les États européens, où les divergences se limitent à peu de confessions. En ce qui concerne le politique, en Amérique du Nord, la fin universelle n'est pas encore posée comme quelque chose de solide pour soi et le besoin d'une cohésion solide n'existe pas encore. En effet, un État effectif et un gouvernement politique effectif naissent seulement quand une différence de situations sociales est déjà là, quand richesse et pauvreté deviennent très grandes et qu'un rapport entre ces situations s'établit de telle sorte qu'une grande multitude ne peut plus répondre à ses besoins selon l'habitude qui était la sienne. Mais l'Amérique ne se heurte pas encore à cette tension car la solution de la colonisation reste largement ouverte et une foule d'hommes afflue en permanence dans les plaines du Mississippi. Par ce moyen, la source principale de l'insatisfaction a disparu et la continuation de l'état civil actuel est assurée. Une comparaison des États libres nord-américains avec les pays européens est donc impossible. En effet, en Europe, un tel afflux naturel de population, malgré toutes les émigrations, n'existe pas : si les forêts de la Germanie avaient encore existé, alors, à vrai dire, la Révolution française n'aurait pas eu lieu. (129). L'Amérique du Nord ne pourrait être comparée avec l'Europe que si l'espace démesuré, que cet État offre, était rempli et la société civile était repoussée en elle-même. L'Amérique du Nord en est encore au point de cultiver la terre. Toutefois, une fois la simple croissance des agriculteurs arrêtée comme en Europe, les habitants, au lieu de se presser en foules, au-dehors, vers les champs, se replieront en eux-mêmes vers l'industrie et le commerce des villes : ils formeront un système compact de société civile et ils en viendront au besoin d'un État organique. Les États libres nord-américains n'ont, en outre, pas un État voisin à l'égard duquel il serait en relation à la manière dont les États européens le sont entre eux : un État voisin qu'ils observeraient avec méfiance et contre lequel il leur faudrait maintenir une armée en permanence. Le Canada et le Mexique ne sont pas redoutables et l'Angleterre a, depuis cinquante ans, fait l'expérience que l'Amérique libre lui est plus utile que l'Amérique dépendante d'elle. Dans la guerre de libération, les milices de l'État libre nord-américain se sont en tout cas montrées aussi courageuses que les Hollandais sous Philippe II. Mais partout où l'autonomie à conquérir n'est pas un enjeu, moins de force se montre. Et c'est ainsi que les milices, en 1814[131], s'opposèrent mal aux Anglais.

L'Amérique est donc la terre du futur où, dans les temps à venir, l'importance de l'histoire du monde doit quelque peu se révéler dans le combat entre l'Amérique du Nord et l'Amérique du Sud : c'est une terre d'aspirations pour tous ceux que l'arsenal historique de la vieille Europe ennuie. Napoléon aurait dit : cette vieille Europe m'ennuie. L'Amérique a à se séparer du sol sur lequel l'histoire du monde s'est jusqu'ici passée. Ce qui arrive jusqu'ici en Amérique n'est que l'écho de l'Ancien Monde et l'expression d'une vitalité étrangère. En tant que terre du futur, l'Amérique ne nous concerne pas ici en général. En effet, sous l'angle de l'histoire, nous avons (130) affaire à ce qui a été et à ce qui est – mais en philosophie, ni à ce qui a été seulement, ni à ce qui sera d'abord seulement, mais à ce qui est et qui est éternel –, à la raison : et avec elle, nous avons de quoi faire.

L'Ancien Monde*

Après en avoir terminé avec le Nouveau Monde et les rêves qui peuvent s'y lier, nous passons maintenant à l'Ancien Monde, c'est-à-dire au théâtre de l'histoire du monde. Il faudra tout d'abord porter notre attention aux moments naturels et aux déterminations naturelles. L'Amérique est divisée en deux parties, qui se rattachent, certes, par un isthme ; mais un isthme qui ne forme qu'un lien entièrement extérieur. En revanche, l'Ancien Monde qui se situe en face de l'Amérique, séparé d'elle par l'océan Atlantique, est troué par un golfe profond : la mer Méditerranée. Les trois parties de l'Ancien Monde ont un rapport essentiel les unes aux autres et constituent une totalité. Ce qui est remarquable à leur sujet, c'est qu'elles sont campées autour de la mer et ont, à cause de cela, un moyen aisé de communication. Car fleuves et mers ne sont pas à considérer comme ce qui divise mais comme ce qui réunit. Angleterre et Bretagne, Norvège et Danemark, Suède et Livonie étaient liés. Pour les trois parties de l'Ancien Monde, la mer Méditerranée est donc ce qui réunit et elle est le centre de l'histoire du monde. Ici se trouve la Grèce, le point de lumière dans l'histoire. Ensuite, en Syrie, il y a Jérusalem, le centre du judaïsme et du christianisme. Au sud, se trouvent La Mecque et Médina, le siège originaire de la foi musulmane. Vers l'ouest, se trouvent Delphes, Athènes, et plus à l'ouest, encore, Rome. Sur les rives de la Méditerranée se trouvent encore Alexandrie et Carthage. La Méditerranée est donc le cœur de l'Ancien Monde, car elle est ce qui conditionne et ce qui vivifie ce monde. Sans la Méditerranée, l'histoire du monde ne se laisserait pas représenter et elle serait comme la vieille Rome ou bien Athènes sans le forum, où tout convergeait. – La vaste Asie orientale est éloignée du procès de l'histoire du monde et (131) ne s'y agrège pas ; de même, l'Europe nordique, qui n'entra que plus tard dans l'histoire du monde et n'y eut aucune part dans l'Antiquité. En effet, cette histoire du monde se limitait exclusivement aux pays situés sur le pourtour de la Méditerranée. La traversée des Alpes par Jules César, la conquête de la Gaule et la relation établie par là entre Germains et l'Empire romain font donc date dans l'histoire du monde car celle-ci avance désormais au-delà des Alpes. L'Asie orientale et la terre située au-delà des Alpes sont les extrêmes de ce milieu animé autour de la Méditerranée – commencement et terme de l'histoire du monde, son aube et son crépuscule.

Il faut maintenant établir solidement les différences géographiques avec plus de précisions. Elles sont, certes, considérées comme des différences essentielles[132] de la pensée contre ce qui, de multiple manière, est contingent.

Les différences géographiques

Il y a trois différences caractéristiques : le haut pays sans eau avec ses grandes steppes et ses plaines ; les plaines fluviales, comme pays de passage, plaines coupées et baignées par de grands fleuves ; le pays côtier, en rapport immédiat avec la mer.

Ces trois éléments livrent les moments essentiels selon lesquels nous verrons chaque continent se diviser en trois parties. L'un est le haut pays, robuste, indifférent, métallique, confiné, car en lui-même, peu aisé à former mais bien apte à produire, à partir de soi, des impulsions ; le second forme le centre de la culture, il est l'autonomie non encore éclose ; le troisième doit présenter et conserver la cohésion d'ensemble du monde.

1) Le haut pays

Nous voyons un haut pays de ce genre en Asie centrale, habitée par les Mongols (terme pris au sens général). Des steppes de cette sorte s'étendent, au nord, de la mer Caspienne jusque vers la mer Noire. De même, il faut mentionner les déserts en Arabie, les (132) déserts des Berbères en Afrique, les déserts autour de l'Orénoque en Amérique du Sud et au Paraguay. Le propre des habitants d'un haut pays de ce type, jusqu'alors seulement irrigué par-ci par-là par des pluies ou des crues d'un fleuve (comme les plaines de l'Orénoque), est la vie patriarcale, la fragmentation en familles singulières. Le sol, sur lequel elles se trouvent, est stérile, ou fertile de manière seulement momentanée. Les habitants ont leur bien, non pas dans un champ dont ils extraient seulement un faible revenu, mais dans les animaux qui migrent avec eux. Les animaux trouvent, pendant quelque temps, leur pâture dans les plaines et, quand celles-ci sont broutées, on va vers d'autres régions. On est insouciant et on n'accumule pas pour l'hiver, de sorte que souvent, la moitié du troupeau finit par mourir. Entre ces habitants du haut pays, il n'y a pas de cadre juridique et, chez eux, sont attestées les situations extrêmes de l'hospitalité et de la rapine. Cette dernière se montre, à vrai dire, quand les habitants sont entourés de pays de culture, comme les Arabes qui sont soutenus dans la rapine par leurs chevaux et leurs chameaux. Les Mongols se nourrissent du lait de jument et, ainsi, le cheval est en même temps pour eux nourriture et arme. Si telle est la figure prise par leur vie patriarcale, il arrive cependant souvent que les Mongols se rassemblent en de grandes masses et, par une impulsion quelconque, engagent un mouvement vers l'extérieur. D'humeur pacifique un peu plus tôt, ils dévalent ensuite comme un fleuve dévastateur sur des pays de culture, et la révolution qui fait maintenant irruption n'a pas un autre résultat que la destruction et la solitude. Les peuples de Gengis Khan et de Tamerlan engagèrent semblable mouvement : ils piétinèrent tout puis ils disparurent de nouveau, comme un torrent furieux dévale des forêts, parce qu'il n'a pas en sa possession un principe, qui lui est propre, de vitalité. Des hauts pays on descend dans les vallées étroites : là résident les peuples paisibles des montagnes, des pasteurs qui s'exercent un peu à l'agriculture, comme les Suisses. L'Asie en a aussi : mais dans l'ensemble, ils sont insignifiants en nombre. (133)

2) Les plaines fluviales

Ce sont des plaines coupées par des fleuves. Elles sont redevables aux fleuves, par qui elles sont formées, de toute leur fécondité. De telles plaines sont la Chine, l'Inde que l'Indus et le Gange fendent, la Babylonie, où l'Euphrate et le Tigre coulent, l'Égypte, que le Nil baigne. Dans ces pays, de grands empires surgissent et la fondation de grands États commence. Car l'agriculture, prévalant comme premier principe de subsistance des individus, est renvoyée à la régularité des saisons, aux occupations qui s'ordonnent conformément à elle : la propriété du sol et les cadres juridiques s'y rapportant voient le jour ; c'est-à-dire les bases et les fondations de l'État qui devient possible dans un tel cadre.

3) Le pays côtier

Le fleuve sépare certaines contrées les unes des autres, mais la mer, encore plus. Et on est habitué à considérer l'eau comme ce qui sépare[133]. En particulier, on a voulu affirmer, ces derniers temps, que les États devaient nécessairement être séparés par des éléments naturels. Or il est essentiel de dire, en revanche, que rien ne réunit autant que l'eau car les pays ne sont rien que des bassins fluviaux. Ainsi, la Silésie est la vallée de l'Oder, la Bohème et la Saxe, la vallée de l'Elbe, l'Égypte, la vallée du Nil. Ce n'en est pas moins le cas de la mer, comme on l'a indiqué précédemment. Seules des montagnes séparent. Ainsi, les Pyrénées séparent de manière entièrement déterminée Espagne et France. Les Européens ont instauré une communication constante avec l'Amérique et les Indes orientales, depuis leur découverte, mais ils ont à peine pénétré à l'intérieur de l'Afrique et de l'Asie. En effet, aller à la rencontre par la terre est beaucoup plus difficile que par l'eau. Seulement parce qu'elle est mer, la mer Méditerranée a pu être un centre. Voyons maintenant quel le caractère des peuples de ce troisième moment.

La mer nous donne la représentation de l'indéterminé, de l'illimité et de l'infini. Et dans le temps même où l'homme se (134) sent dans cet infini, ceci l'enhardit à aller au-delà du limité : la mer invite l'homme à la conquête, à la rapine, mais tout aussi bien au gain et au profit. La terre ferme, les plaines fluviales fixent, elles, l'homme sur le sol et il entre par là dans une chaîne infinie de dépendances. Mais la mer le conduit hors de ce cercle borné. Ceux qui naviguent sur la mer veulent aussi avoir des gains et s'enrichir. Mais leur moyen est renversé par rapport à la fin de telle manière qu'ils mettent leur bien et leur vie en danger, au risque de les perdre. Le moyen est donc le contraire de ce qu'ils ont pour fin. Et c'est cela même qui élève acquisition et industrie au-dessus d'eux-mêmes et en fait quelque chose de valeureux et de noble. Or le courage doit entrer à l'intérieur de l'industrie, et la valeur est en même temps liée à l'intelligence. Car la bravoure face à la mer doit être en même temps ruse, parce que la bravoure a affaire avec la ruse, avec l'élément le moins sûr et le plus menteur. Cette surface infinie est absolument molle, car elle ne résiste à aucune pression, pas même au souffle : elle semble infiniment innocente, soumise, amicale et enjôleuse ; et c'est justement cette souplesse qui renverse la mer en l'élément le plus dangereux et le plus violent. À une telle illusion et une telle violence, l'homme oppose uniquement un simple morceau de bois, il s'en remet uniquement à son courage et à sa présence d'esprit, et il passe de ce qui est ferme à quelque chose qui n'a pas de tenue, emportant avec lui le sol même qu'il s'est fabriqué. Le bateau, ce cygne de la mer, qui fend en mouvements agiles et arrondis les plaines qui ondoient, est un instrument dont la découverte fait le plus grand honneur à l'audace de l'homme comme à son intelligence. Cet élan vers la mer hors des bornes du sol terrestre fait défaut aux États asiatiques magnifiquement édifiés, bien qu'ils touchent eux-mêmes à la mer, comme par exemple la Chine. Pour eux, la mer est seulement là où s'arrête le pays : ils n'ont aucun rapport positif à elle. (135) L'activité à laquelle la mer invite est une activité tout à fait particulière : de sorte qu'il arrive ensuite que les pays côtiers se séparent quasiment toujours des pays de l'intérieur, même s'ils ont aussi un lien avec ces derniers par un fleuve. La Hollande s'est séparée de l'Allemagne ; le Portugal, de l'Espagne.

Les continents en leur singularité

Il faut maintenant considérer les trois continents d'après ces indications. Les trois moments apparaissent, certes, de manière plus ou moins évidente :

l'Afrique a pour principe fondamental le haut pays ; l'Asie, l'opposition des bassins fluviaux au haut pays ; l'Europe, le mélange de ces différences.

1) L'Afrique*

Il faut diviser l'Afrique en trois parties : l'une, située au sud du désert du Sahara, l'Afrique à proprement parler, avec ses étroites bandes maritimes, qui nous est presque entièrement inconnue ; l'autre, au nord du désert, est, pour ainsi dire, l'Afrique européenne, un pays de côtes ; la troisième est le bassin fluvial du Nil, l'unique plaine fluviale en Afrique, qui se rattache à l'Asie.

Aussi loin que l'histoire remonte, cette Afrique à proprement parler est restée fermée aux échanges avec le reste du monde. C'est le pays de l'or, replié sur lui-même, le pays de l'enfance qui, au-delà du jour de l'histoire consciente de soi, est enveloppé dans la noire couleur de la nuit. Sa fermeture ne tient pas seulement à sa nature tropicale, mais essentiellement à sa constitution géographique. Le triangle de l'Afrique est constitué en tout point de deux côtés (si nous voulons prendre pour côté la côte occidentale qui fait un angle allant en profondeur dans le golfe de Guinée, et pour autre côté, la côte orientale jusqu'au cap Gardafui), de telle sorte qu'il a une bordure côtière très étroite, habitable en peu d'endroits isolés. De la côte, vers l'intérieur, suit de manière presque générale une ceinture marécageuse faite de la végétation la plus luxuriante, patrie par excellence d'animaux féroces, de serpents de toutes les sortes (136) – une frange de terre dont l'atmosphère est irrespirable pour les Européens. Cette frange constitue le point d'appui d'une ceinture de hautes montagnes qui ne sont fendues par des fleuves que rarement et de telle sorte qu'aucune connexion avec l'intérieur des terres n'est formée par eux. En effet, la percée des montagnes se produit seulement un peu au-dessous de la surface des montagnes et seulement en des lieux isolés où se forment fréquemment des chutes d'eau impraticables et des courants se croisant sauvagement. Depuis trois cents à trois cent cinquante ans qu'ils connaissent cette frange et en ont pris possession en quelques lieux, les Européens ont à peine gravi çà et là, et seulement pour peu de temps, ces montagnes, et ne se sont installés nulle part. Le pays encerclé par ces montagnes est un haut pays inconnu, d'où même les Noirs sont rarement descendus. Au XVIe siècle, des invasions de hordes épouvantables[134], venues de l'intérieur, se sont produites en plusieurs endroits très éloignés : elles se sont abattues sur les habitants plus paisibles des pentes. Qu'un mouvement intérieur, et lequel, soit arrivé, qui fut la cause de cette tempête : on l'ignore. Ce que l'on a connu de ces hordes, c'est le contraste dans le fait que leur comportement, dans ces guerres et ces expéditions, a montré l'inhumanité la plus machinale et la brutalité la plus repoussante qui fussent, et que, ensuite, après avoir donné libre cours à leur fureur, ils se sont montrés, à l'heure tranquille de la paix, débonnaires, bons avec les Européens lorsqu'ils en devinrent les familiers. Cela vaut des Fullahs, des Mandingues qui habitent les terrasses montagneuses du Sénégal. La deuxième partie de l'Afrique est la région fluviale du Nil, l'Égypte, qui fut destinée à devenir un grand centre de culture autonome, et qui, donc, se trouve isolée et singularisée en Afrique, de la même manière que l'Afrique l'est par rapport aux autres continents. La partie nord de l'Afrique, que l'on peut de préférence appeler partie de la région côtière, car l'Égypte a été souvent repoussée à l'intérieur d'elle-même par la Méditerranée, borde (137) la Méditerranée et l'océan Atlantique. Elle est une superbe contrée où Carthage se trouva autrefois, où maintenant se trouvent le Maroc, Alger, Tunis et Tripoli. On devait et il fallait attirer cette partie de l'Afrique dans le giron de l'Europe, comme les Français ont tenté de le faire avec succès : elle est tournée vers l'Europe, comme l'Asie Mineure ; les Carthaginois, les Romains et les Byzantins, les musulmans, les Arabes y ont successivement séjourné et les intérêts de l'Europe ont toujours aspiré à s'y enraciner.

Le caractère proprement africain est difficile à saisir du fait que, pour cela, nous devons nécessairement renoncer à ce qui, chez nous, se glisse en toute représentation : la catégorie de l'universalité. À vrai dire, l'élément caractéristique est chez les Noirs précisément que leur conscience n'en est pas encore venue à l'intuition d'une objectivité solide quelconque – comme par exemple, Dieu, loi –, objectivité solide à laquelle l'homme se tiendrait avec sa volonté et où il aurait l'intuition de son essence. Dans son unité ramassée sur elle-même, sans distinctions, l'Africain n'en est pas encore venu à cette distinction entre lui-même comme individu singulier et lui-même comme universalité essentielle : distinction par quoi le savoir d'un être absolu qui serait quelque chose d'autre, de supérieur par rapport au soi de l'individu, fait entièrement défaut. Comme cela fut déjà dit, le Noir présente l'homme naturel dans toute sa sauvagerie et sa nature indomptable. Si on veut le saisir avec rigueur, on doit faire abstraction de tout respect et de toute morale effective, de tout ce qui s'appelle sentiment : il n'est rien à trouver dans ce caractère de ce qui ait résonance humaine. Les comptes rendus circonstanciés des missionnaires le confirment et le mahométisme seul semble être l'unique manière de rapprocher les Noirs, dans une quelconque mesure, de la culture. Aussi, les mahométans comprennent mieux que les Européens comment pénétrer à l'intérieur des terres. Ce degré de culture se laisse toutefois plus précisément reconnaître dans la religion. Ce que nous nous représentons en premier au sujet de la religion, c'est la conscience que l'homme a d'une puissance (138) supérieure (quoique celle-ci ne soit aussi appréhendée que comme puissance de la nature) : puissance en face de laquelle l'homme se tient lui-même pour quelque chose de plus faible, d'inférieur. La religion commence avec la conscience qu'il y a quelque chose de supérieur à l'homme. Or Hérodote a déjà appelé les Noirs, sorciers[135]. Toutefois, dans la sorcellerie, il n'y a pas de représentation d'un Dieu, il n'y a pas de représentation d'une foi de la morale effective. Mais la sorcellerie présente au contraire l'homme en tant que puissance souveraine, en tant qu'il se comporte par rapport à la puissance de la nature comme celui qui seul commande. Il n'est donc question ni de vénérer Dieu en esprit, ni d'un règne du droit. Dieu tonne et il n'est pas reconnu : pour l'esprit de l'homme, Dieu doit être plus qu'un élément tonnant. Or chez les Noirs, ce n'est pas le cas. Bien qu'ils doivent être conscients de leur dépendance à l'égard de ce qui est naturel, car ils ont besoin de l'orage, de la pluie, de l'arrêt de la saison des pluies, ceci ne les conduit cependant pas à la conscience de quelque chose de supérieur : ce sont eux qui commandent aux éléments et on appelle ceci sorcellerie. Les rois ont une classe de ministres par lesquels ils font ordonner les changements naturels, et tout lieu dispose de cette manière de ses sorciers qui exécutent des cérémonies particulières, avec toutes sortes de mouvements, de danses, de larmes et de cris, et qui, au milieu de cet étourdissement, exécutent les dispositions des rois. Le second moment de leur religion est ensuite de se donner à eux-mêmes l'intuition cette puissance qui est la leur, de la situer à l'extérieur d'eux et de s'en faire une image. Ce qu'ils se représentent comme étant leur puissance n'est donc rien d'objectif, rien de solide en soi et de distinct d'eux, mais est, au contraire, et tout à fait indistinctement, le premier objet, l'objet le meilleur, qu'ils élèvent au rang de génie : que cet objet soit un animal, un arbre, une pierre, une image en bois. Cela est le fétiche, un terme que les Portugais ont les premiers mis en circulation, dont la racine est *feitizo*, c'est-à-dire « sorcellerie ». Or ici, à vrai dire, l'autonomie semble, dans le fétiche, entrer en scène contre l'arbitraire de l'individu. Mais parce que cette objectivité même n'est rien d'autre que (139) l'arbitre individuel se donnant à lui-même l'intuition de soi, alors cet arbitre reste aussi le maître de son image. Si quelque chose de désagréable se met en mouvement, que le fétiche n'a pas détourné, si la pluie ne vient pas, si une mauvaise récolte se fait, alors les Noirs lient le fétiche et le rossent ou le détruisent et le suppriment, tandis qu'ils se créent un autre fétiche : ils l'ont donc en leur pouvoir. Un tel fétiche n'a ni l'autonomie religieuse ni, encore moins, l'autonomie artistique. Il reste uniquement une créature, qui exprime l'arbitraire de son auteur et qui demeure toujours entre ses mains. En un mot, il n'y a pas de relation de dépendance dans cette religion. Toutefois, ce qui fait signe vers quelque chose de supérieur chez les Noirs, c'est le culte des morts : leurs ancêtres et leurs aïeux morts y ont pour eux l'autorité de puissance contre les vivants. Les Noirs ont à ce sujet la représentation d'ancêtres et d'aïeux pouvant se venger et causer à l'homme tel ou tel malheur, au même sens où l'on a cru aux sorcières au Moyen Âge : toutefois, la puissance des morts n'est pas considérée comme étant au-dessus de celle des vivants, car les Noirs commandent à leurs morts et les ensorcellent ; de cette manière, le substantiel reste toujours en leur pouvoir. La mort elle-même n'est pas, pour les Noirs, une loi universelle de la nature ; celle-ci, estiment-ils, provient aussi de sorciers mal disposés. En ceci se trouve, en tout cas, la supériorité de l'homme sur la nature : la volonté contingente de l'homme se tient plus haut que ce qui est naturel ; l'homme considère ce qui est naturel comme moyen auquel il ne fait pas honneur de le traiter selon son mérite, mais auquel il commande[136].

Mais il ne s'ensuit pas, de ce qu'il est situé comme ce qu'il y a de plus élevé, que l'homme ait un respect de soi-même. En effet, l'homme n'accède à un point de vue qui lui assure un vrai respect, qu'avec la conscience qu'il a d'un être supérieur. (140) Car si l'arbitre est l'absolu, s'il est l'unique objectivité solide qui vienne à l'intuition, alors l'esprit ne peut à ce degré avoir le savoir d'aucune universalité. Les Noirs possèdent donc ce mépris parfait pour les hommes que la détermination fondamentale cultive proprement du côté du droit et de la morale effective. Il n'y a pas de savoir de l'immortalité de l'âme qui soit à disposition, bien que les morts se manifestent comme fantômes. L'absence de la valeur des hommes va jusqu'à l'incroyable : la tyrannie ne compte pas comme injustice et c'est considéré comme quelque chose de tout à fait répandu et de permis que de manger la chair humaine. Chez nous, l'instinct nous en garde, si on peut, en général, parler d'instinct chez l'homme. Mais chez le Noir, ce n'est pas le cas, et dévorer l'homme se rapporte au principe africain en général : pour le Noir sensible[137], la chair humaine est seulement quelque chose de sensible, de la chair en général. À l'occasion de la mort d'un roi, des centaines d'hommes sont abattus et consommés ; des prisonniers sont massacrés et leur chair est vendue sur les marchés ; la règle est que le vainqueur dévore le cœur de l'ennemi tué. En sorcellerie, il arrive fréquemment que le sorcier tue le premier venu et le démembre pour que la foule le dévore. Une autre caractéristique dans la considération des Noirs est celle de l'esclavage. Les Noirs sont réduits en esclavage par les Européens et vendus en Amérique. Malgré cela, leur sort est presque pire encore dans leur propre pays où existe un esclavage tout aussi absolu. En effet, le fondement de l'esclavage en général est que l'homme n'a pas encore la conscience de sa liberté et tombe donc au rang d'une affaire dont on traite, de quelque chose sans valeur. Or chez les Noirs, les sentiments de la morale effective sont tout à fait faibles ou, pour le dire mieux, n'existent pas du tout. Les parents vendent leurs enfants, et inversement, tout aussi bien ceux-ci, ceux-là, après avoir pu se saisir les uns des autres. En passant par la main de l'esclavage, tous les liens du respect relevant de la morale effective, respect que nous avons les uns pour les autres (141), disparaissent et il ne vient pas à l'esprit des Noirs de prétendre pour eux-mêmes à ce qu'il nous est permis d'exiger mutuellement entre nous. La polygamie des Noirs a couramment pour fin de procréer beaucoup d'enfants qui pourraient être vendus, ensemble ou séparément, comme esclaves, et on entend très souvent des plaintes naïves, comme par exemple celles d'un Noir à Londres, qui se lamentait d'être un homme complètement pauvre parce qu'il avait déjà vendu toute sa parenté. Ce qui constitue l'élément caractéristique dans le mépris des Noirs pour l'homme n'est pas tant le mépris de la mort que le non-respect de la vie. Il faut aussi imputer à ce non-respect de la vie le grand courage, soutenu par des forces physiques immenses, des Noirs qui se font abattre par milliers dans les guerres contre les Européens. La vie n'a, à vrai dire, de la valeur que là où elle a pour fin quelque chose de digne.

Si nous passons aux traits fondamentaux de la constitution, le fait qu'il ne puisse pas y en avoir de telle procède proprement de la nature du tout. Le point de départ de ce degré se prend de l'arbitre sensible lié à l'énergie de la volonté. En effet, les déterminations universelles de l'esprit, par exemple la morale effective de la famille, ne peuvent pas encore ici acquérir de valeur parce que toute universalité n'existe ici qu'en tant qu'intériorité de l'arbitraire. La cohésion politique ne peut donc pas avoir pour caractère celui d'un État saisi dans un ensemble de lois libres. Il n'y a, en général, pas de lien, ni de chaîne pour cet arbitre.

Ce qui peut faire subsister l'État, un instant, est donc uniquement la violence extérieure. Il y a, à la tête, un maître; car il ne peut être mis un frein à la grossièreté sensible que par un pouvoir despotique[138]. Or parce que les hommes assujettis sont d'un naturel tout aussi sauvage, alors ils fixent à leur tour des limites au maître. Sous le chef, que nous voulons appeler roi, se trouvent beaucoup d'autres chefs avec lesquels il délibère, et il doit, s'il veut entreprendre une guerre ou imposer un tribut, chercher à gagner leur assentiment. À ce titre, il peut (142) plus ou moins développer de l'autorité et, à l'occasion, il peut se défaire de tel ou tel chef par la ruse ou la violence. En outre, les rois possèdent encore certains passe-droits. Chez les Achantis, le roi hérite de tout bien laissé par ses sujets. En d'autres lieux, toutes les jeunes filles appartiennent au roi, et celui qui veut prendre épouse doit l'acheter au roi. Si les Noirs sont mécontents de leur roi, alors ils le déposent et le font mourir. Au Dahomey, les mœurs sont telles que les Noirs, quand ils ne sont plus satisfaits de leur roi, lui envoient des œufs de perroquet, ce qui est signe qu'ils en ont assez de son gouvernement. Quelquefois, ils dépêchent une députation pour lui dire que la charge du gouvernement doit lui être lourde, qu'il lui est permis de prendre quelque repos. Le roi remercie alors ses sujets, se retire dans ses appartements et se fait étrangler par ses épouses. Jadis, un État matriarcal s'est rendu célèbre, particulièrement par ses conquêtes : il y avait un État à la tête duquel se tenait une femme. Elle a pilé son propre fils dans un mortier, s'est aspergée de son sang et a pris disposition pour être toujours approvisionnée en sang d'enfants concassés. Elle a chassé ou fait mourir les hommes et a ordonné de mettre à mort tous les enfants mâles. Ces furies détruisaient tout dans le voisinage et, parce qu'elles ne cultivaient pas la terre, étaient poussées à de continuels pillages. Les prisonniers de guerre étaient utilisés comme mâles : les femmes enceintes devaient sortir du camp et, si elles avaient donné naissance à un fils, éloigner ce dernier. Cet État mal famé disparut plus tard. Dans les États noirs, le bourreau se trouve en permanence au côté du roi : son office est tenu pour hautement important ; par lui, le roi élimine ceux qui lui sont suspects tout comme il peut lui-même être à son tour mis à mort par le bourreau si les grands l'exigent. Le fanatisme qui en général est excité chez les Noirs malgré leur naturel débonnaire (143) dépasse tout ce que l'on croit. Un voyageur anglais raconte : quand, chez les Achantis, une guerre est décidée, on met au point des cérémonies festives ; laver les jambes de la mère du roi avec du sang humain en fait partie. Comme prélude à la guerre, le roi décide d'une attaque sur sa propre capitale, pour se mettre en quasi fureur. Le roi fit dire à l'Anglais Hutchinson : « Chrétien, fais attention et veille sur ta famille ! Le messager de la mort a tiré son glaive et frappera à la nuque beaucoup d'Achantis. Quand le tambour roulera, ce sera un signal de mort pour beaucoup. Viens chez le roi, si tu peux, et ne crains rien pour toi[139] ! » On battit du tambour et un massacre effroyable commença : tout ce qui se dressait sur la route des Noirs enragés fut transpercé. Or en de telles occasions, le roi fait mourir tout ce qui lui est objet de soupçon, et cet acte endosse alors, par la suite, le caractère d'une action sacrée. Toute représentation jetée dans la tête des Noirs est agrippée avec énergie l'entière de la volonté et prend effectivement réalité. Mais tout est en même temps mis en morceaux dans cette réalisation effective. Ces peuples restent longtemps en repos. Puis, subitement, ils se mettent à fermenter et sont ensuite totalement poussés hors d'eux-mêmes. La destruction, conséquence de leur embrasement, a son principe dans le fait qu'il n'y a ni contenu ni pensée pour susciter ces mouvements mais un fanatisme plus physique que relevant de l'esprit.

Quand le roi meurt chez les Dahomey, alors les liens de la société sont déchirés ; la destruction et la dissolution générales commencent dans son palais : les femmes regroupées (au Dahomey, leur nombre est fixé à 3 333) du roi sont mises à mort et, dans toute la ville, commence un saccage général et un massacre continu. Les femmes du roi voient dans cette mort qui est la leur une nécessité car (144) elles y marchent, parées. Les hauts fonctionnaires doivent se hâter de proclamer le nouveau roi, pour qu'il soit mis un terme aux massacres.

De tous ces traits diversement indiqués, il s'ensuit que le fait d'être indomptable caractérise les Noirs. Cette situation n'est capable d'aucun développement et d'aucune évolution culturelle : tels que nous les voyons aujourd'hui, ils ont toujours été ainsi. L'unique lien essentiel que les Noirs ont eu avec les Européens et qu'ils ont encore est l'esclavage. Dans cet esclavage, les Noirs ne voient rien qui leur soit impropre et les Anglais, qui ont le plus agi pour l'abolition du commerce des esclaves et de l'esclavage, sont traités comme ennemis par les Noirs. En effet, c'est un moment capital pour les rois que la vente de leurs ennemis prisonniers ou aussi de leurs propres sujets, et l'esclavage[140] a, en ce sens, éveillé chez les Noirs quelque chose de plus humain[141]. La leçon que nous retirons de cet état d'esclavage entre les Noirs et qui constitue le seul aspect intéressant pour nous est celle que nous connaissons à partir de l'idée selon laquelle l'état de nature lui-même est l'état de non-droit absolu et général. Tout degré intermédiaire entre l'état de nature et la réalité effective de l'État rationnel a, de même et encore, des moments et des traits qui sont ceux de l'injustice : nous trouvons ainsi l'esclavage lui-même dans les États grecs et romains, ainsi que le servage jusqu'aux temps les plus modernes. Or en tant qu'il existe, là, dans l'État, l'esclavage est donc lui-même un moment du progrès par rapport à l'existence simplement isolée, sensible ; il est un moment de l'éducation, une manière de prendre part à une morale effective supérieure et à la formation culturelle qui y est attachée. L'esclavage est en et pour soi un état de non-droit[142] car l'essence de l'homme est la liberté. L'homme doit cependant d'abord mûrir pour celle-ci. L'abolition progressive de l'esclavage est donc quelque chose de plus approprié et de plus juste que sa suppression subite.

2) L'Asie*

(145) Nous laissons ici l'Afrique, pour ne plus y faire mention par la suite. En effet, elle n'est pas un continent historique. Elle n'a pas ni mouvement ni développement à présenter et ce qui y est arrivé, c'est-à-dire en sa partie septentrionale, relève des mondes asiatique et européen. Carthage y fut un moment important et de passage, mais en tant que colonie phénicienne, elle tombe dans le giron de l'Asie. L'Égypte

sera examinée à l'occasion du passage de l'esprit de l'homme de l'est à l'ouest. Mais elle ne relève pas de l'esprit africain. Ce que nous entendons proprement par Afrique est l'absence d'histoire et ce qui n'est pas encore ouvert, qui est encore entièrement emprisonné dans l'esprit naturel : c'est ce qui devait être présenté seulement ici, au seuil de l'histoire du monde.

Après avoir écarté ceci de nous, nous nous trouvons, maintenant seulement, sur le théâtre effectif de l'histoire du monde. Il nous reste, toutefois, à indiquer, au préalable, le fondement géographique de l'Asie et de l'Europe. L'Asie, en général, est le continent du levant. Elle est certes un occident pour l'Amérique. Mais de même que l'Europe est, en général, le centre et le terme de l'Ancien Monde et, d'un point de vue absolu, l'Occident, de même l'Asie est, d'un point de vue absolu, l'Orient. En Asie, la lumière de l'esprit s'est levée et, avec elle, l'histoire du monde.

Il faut maintenant examiner les différentes localités de l'Asie. La constitution physique de l'Asie propose de nettes oppositions et présente la relation essentielle entre elles. Les divers principes géographiques sont des figurations développées et modelées en elles-mêmes.

Il faut, tout d'abord, exclure la déclivité nordique, la Sibérie. Cette déclivité, à partir de la chaîne montagneuse de l'Altaï, avec ses grands fleuves qui se jettent dans l'océan Arctique, ne nous intéresse pas, ici ; parce que la zone nordique, (146), comme nous l'avons déjà dit, se situe en dehors de l'histoire. – Mais le reste comprend en soi trois localités absolument intéressantes. La première est, comme en Afrique, un haut pays massif, avec une chaîne montagneuse qui contient les plus hautes montagnes du monde. Ce haut pays est limité au sud et au sud-est par le Moustagh ou Imaus, parallèlement auquel, plus loin, vers le sud, les montagnes de l'Himalaya s'étirent. Vers l'est, une chaîne de montagnes allant du nord au sud sépare le bassin de l'Amour. Au nord se trouvent les montagnes de l'Altaï et de Dzoungarie ; liés à celles-ci, le Moussart au nord-ouest et le Belourtagh à l'ouest, qui est à son tour relié au Moussart par les montagnes de l'Hindou Koush.

Cette haute ceinture montagneuse est fendue par des fleuves qui sont endigués et forment de grandes plaines fluviales. Celles-ci, plus ou moins inondées, donnent d'elles-mêmes des centres de richesse et de fertilité immenses, et elles se distinguent des bassins fluviaux européens quant au fait qu'elles ne forment pas, comme ceux-ci, des vallées, à proprement parler, c'est-à-dire avec des ramifications de vallées, mais des plaines fluviales. Il y a ainsi : la plaine fluviale formée par le Huang He et le Yang-tseu-kiang, le fleuve Jaune et le fleuve Bleu ; ensuite, celle de l'Inde, formée par le Gange ; d'importance moindre est l'Indus qui détermine au nord le pays du Pendjab et qui coule au sud par des plaines de sable. Ensuite, les pays du Tigre et de l'Euphrate, qui proviennent de l'Arménie et s'écoulent le long des montagnes perses. La mer Caspienne possède, à l'est et à l'ouest, de semblables vallées fluviales : à l'est par l'Oxus et l'Iaxarte (le Djihoun et le Sihoun) qui se jettent dans la mer d'Aral ; à l'ouest, par le Cyrnos et l'Araxès (Kur et Araxe). – Il faut distinguer ces deux localités l'une de l'autre, le haut pays et les plaines. Or la troisième localité est leur mélange qui se trouve en Asie antérieure.

Y appartient l'Arabie, le pays du désert, le haut pays plat, l'empire du fanatisme ; de même, la Syrie et l'Asie Mineure, (147) jouxtant la mer et se trouvant en constant contact avec l'Europe[143].

Or pour l'Asie vaut principalement ce que l'on a remarqué plus haut quant aux différences géographiques : l'élevage du bétail est l'occupation du haut pays ; l'agriculture et la formation à l'industrie sont le travail des plaines fluviales ; enfin, le commerce et la navigation constituent le troisième principe. L'autonomie patriarcale est étroitement liée au premier principe, la propriété et le rapport de domination et de servitude[144] sont étroitement liés au second principe, la liberté civile, au troisième principe. Dans le haut pays, à côté de l'élevage du bétail, de l'élevage des chevaux, des chameaux et des moutons (en moindre importance, des bovins), il faut distinguer de nouveau la paisible vie des nomades aussi bien que le caractère erratique et instable de leurs conquêtes. Ces peuples, sans se développer eux-mêmes dans le sens de l'histoire, disposent cependant déjà d'une puissante impulsion en vue de modifier leur figure. Et s'ils n'ont pas encore un contenu historique, il faut cependant prendre le commencement de l'histoire à partir d'eux. À vrai dire, les peuples des plaines fluviales sont plus intéressants. C'est dans l'agriculture, seule, que la cessation de l'instabilité se trouve déjà : l'agriculture requiert prévoyance et souci de l'avenir. Avec elle, la réflexion sur un universel est éveillée et il y a déjà en elle le principe de la propriété et de l'industrie. La Chine, l'Inde, la Babylonie s'élèvent déjà au niveau de terres de culture de ce type. Mais parce que les peuples qui y habitent se sont enfermés en eux-mêmes et ne firent pas du principe de la mer un principe qui leur fût propre ou ne le firent toutefois que dans la période de leur formation même naissante, et, parce que, s'ils ont navigué, ce fut sans effet sur leur culture : alors un rapport de ces peuples à l'histoire ultérieure ne peut exister que dans la mesure où ces peuples eux-mêmes furent objets d'exploration et d'études. La ceinture montagneuse du haut pays, le haut pays lui-même et les plaines fluviales caractérisent l'Asie du point de vue physique et du point de vue de l'esprit (148) ; ils ne sont pas eux-mêmes les éléments concrètement historiques mais cette opposition entre eux[145] s'établit simplement dans une relation : l'enracinement des hommes dans la fécondité des plaines constitue, pour l'instabilité, l'inquiétude et l'errance des habitants des montagnes et du haut pays, l'objet constant de ce qui pousse ces derniers au dehors. Ce qui, naturellement, se situe l'un en dehors de l'autre, entre, par essence, dans une relation historique. – L'Asie antérieure a deux moments en un et elle se rapporte pour cela à l'Europe ; car ce qui est éminent en elle, l'Asie ne l'a pas conservé chez elle mais elle l'a transféré au contraire en Europe. L'Asie antérieure présente l'aube de tous les principes religieux et politiques, mais le développement de ces principes n'est arrivé qu'en Europe.

3) L'Europe*

L'Europe, à laquelle nous arrivons maintenant, n'a pas les différences de territoires telles qu'elles se signalent en Asie et en Afrique. Le caractère européen est tel que les différences précédentes, effaçant leur opposition ou ne les maintenant toutefois pas fortement, prennent sur elles la nature, plus douce, du passage. Nous n'avons pas, en Europe, de hauts pays s'opposant aux plaines. Les trois parties de l'Europe ont donc un autre fondement de détermination.

La première partie est l'Europe du Sud, tournée vers la Méditerranée. Au nord des Pyrénées, des montagnes s'étirent à travers la France et sont rattachées aux Alpes, qui séparent et isolent l'Italie de la France et de l'Allemagne. La Grèce appartient aussi à cette partie de l'Europe. Le théâtre de l'histoire du monde a longtemps été en Grèce et en Italie, et quand le centre et le nord de l'Europe étaient privés de culture, l'esprit du monde a trouvé sa patrie en Grèce et en Italie.

La seconde partie est le cœur de l'Europe, que César, conquérant l'Europe, ouvrit. Cette œuvre est l'œuvre adulte du général romain, œuvre qui fut plus couronnée de succès que l'œuvre de jeunesse d'Alexandre ayant entrepris d'élever l'Orient au niveau de la vie grecque (149). L'œuvre d'Alexandre est, certes, pour l'imagination, ce qu'il y a de plus grand et plus beau en termes de teneur, mais du point de vue de ses conséquences, tel un idéal, elle s'est à son tour, tôt, évanouie. – La France, l'Allemagne et l'Angleterre sont les pays principaux de ce centre de l'Europe.

Les État nordiques de l'Europe, la Pologne, la Russie, les royaumes slaves, forment la troisième partie de l'Europe. Ils arrivent tardivement dans la série des États historiques, ils forment et entretiennent en permanence un lien avec l'Asie. En ce qui concerne le caractère physique des différences précédentes, elles ne se présentent pas, comme on l'a déjà dit, de manière frappante mais elles disparaissent les unes par rapport aux autres.

DIVISION*

Le tracé de l'histoire du monde a été livré avec la vue géographique d'ensemble. Le soleil, la lumière se lèvent à l'Orient. Mais la lumière est la simple relation à soi. La lumière en soi-même universelle est en même temps, comme sujet, dans le soleil. On a souvent décrit la scène d'un aveugle qui, recouvrant subitement la vue, contemplerait l'aube, la lumière naissante et le soleil flamboyant. L'acte infini de l'oubli de soi-même dans cette pure clarté est ce qui est premier, la complète admiration. Cependant, si le soleil est levé, cette admiration devient alors moindre : on aperçoit les objets de l'environ et, à partir d'eux, on descend en son propre lieu intérieur ; par là, on progresse vers un rapport entre les deux. Là, l'homme sort d'une contemplation inerte pour passer à une activité. Le soir venu, il a bâti un édifice qu'il a formé à partir de son soleil interne. Et (150) si, le soir, il contemple cet édifice, il l'estime supérieur au premier soleil, le soleil extérieur. Car l'homme se tient maintenant dans un rapport avec son propre esprit, et, à cause cela, dans un rapport libre. Si nous nous tenons solidement à cette image, alors le cours de l'histoire du monde, la grande journée de l'esprit y a déjà place.

L'histoire du monde va de l'est vers l'ouest, car l'Europe est uniquement le terme de l'histoire du monde, l'Asie, le commencement. Pour l'histoire du monde, un est κατ' ἐξοχήν existe, là, parce que l'est est pour soi quelque chose d'entièrement relatif. En effet, même si le monde forme un globe, l'histoire n'accomplit pas un cercle autour du monde mais elle a bien plutôt un est déterminé : et c'est l'Asie. Ici, le soleil extérieur physique se lève et il se couche à l'ouest : mais pour l'histoire, se lève ici le soleil intérieur de la conscience de soi qui répand un éclat supérieur. L'histoire du monde est ce qui discipline le caractère indomptable de la volonté naturelle en vue de l'universel et de la liberté subjective. L'Orient savait et sait seulement qu'un seul homme est libre ; le monde grec et romain, que quelques-uns sont libres ; le monde germanique que tous sont libres. La première forme que nous voyons, donc, dans l'histoire du monde, est le despotisme ; la deuxième, la démocratie et l'aristocratie ; la troisième, la monarchie.

Parce que l'État est la vie universelle relevant de l'esprit, vie à laquelle les individus se rapportent par naissance dans une relation de confiance et d'habitude et dans laquelle ils ont leur essence et leur réalité effective, il faut remarquer, afin de comprendre cette division, que ce qui compte d'abord, c'est de savoir si la vie effective des individus se réalise comme habitude et mœurs vécues sans réflexion ou bien s'ils sont des sujets qui réfléchissent, des sujets personnels, chacun existant par soi. Que la liberté substantielle soit à distinguer de la liberté subjective, cela entre dans cette approche. La liberté substantielle est la raison, existant en soi, de la volonté et qui se développe ensuite dans l'État. Mais (151) au niveau de cette détermination de la raison, il n'existe pas encore d'intelligence propre et de vouloir propre, c'est-à-dire de liberté subjective qui se détermine elle-même d'abord dans l'individu et qui constitue l'acte même de la réflexion de l'individu dans sa conscience morale. Au niveau de la liberté simplement substantielle, les commandements et les lois sont quelque chose de solide, en et pour soi, face à quoi les sujets se comportent dans une complète sujétion. Or ces lois n'ont pas du tout besoin de correspondre à la volonté propre, et les sujets se trouvent semblables à des enfants qui, sans volonté propre et sans intelligence propre, obéissent aux parents. Mais, de même que la liberté subjective survient et que l'homme descend vers lui dans son esprit depuis la réalité effective extérieure, de même l'opposition de la réflexion se présente, opposition qui contient en elle-même la négation de la réalité effective. À vrai dire, le retrait du présent forme déjà en soi une opposition, dont un côté est Dieu, le divin, mais l'autre est le sujet en tant que particulier. Dans la conscience immédiate de l'Orient, les deux sont non séparés. Le substantiel se distingue aussi du singulier, mais l'opposition n'est pas encore posée dans l'esprit.

L'Orient ou l'enfance de l'histoire du monde

Ce avec quoi nous avons à commencer en premier est donc l'Orient. La conscience immédiate, la présence substantielle de l'esprit sont au fondement de ce monde, présence à laquelle la volonté subjective se rapporte d'abord comme foi, confiance, obéissance. Dans la vie politique, nous trouvons là même la liberté rationnelle réalisée, qui se développe sans aller plus avant en elle-même vers la liberté subjective. C'est l'enfance de l'histoire. Des figurations substantielles forment les édifices somptueux des empires orientaux, dans lesquels toutes les déterminations rationnelles sont présentes mais de telle sorte que les sujets demeurent seulement des accidents[146]. Ceux-ci gravitent autour d'un centre, autour du souverain qui se tient à la tête comme patriarche, non comme despote au sens de l'Empire romain. Car il a à faire valoir ce qui est moralement effectif et le substantiel : il a à maintenir les commandements essentiels qui (152) existent déjà, là ; et ce qui chez nous relève par là de la liberté subjective ressortit ici au tout et au général. La splendeur de l'intuition orientale est le sujet unique en tant que substance à laquelle tout appartient, de telle sorte qu'aucun autre sujet ne se sépare d'elle et ne se réfléchit dans sa liberté subjective[147]. Toute la richesse de l'activité imaginaire et de la nature est assignée à cette substance dans laquelle la liberté subjective est essentiellement plongée et celle-ci n'a pas son honneur en soi-même mais dans cet objet absolu. Tous les moments de l'État et celui de la subjectivité, aussi, sont bien là, mais non encore conciliés avec la substance. Car, en dehors du pouvoir unique devant lequel rien, de manière autonome, ne peut prendre figure, rien n'existe que l'horrible arbitraire qui rôde à l'extérieur de lui sans aucun profit. Nous trouvons donc les nuées sauvages s'élancer depuis le haut pays, dévaler dans les plaines et vallées, les dévaster, ou, prenant pied en ce qui leur est intérieur, renoncer à la vie sauvage mais, en général, tomber en poussière, sans résultat, dans la substance. Cette détermination de la substantialité se scinde en général de manière subite en deux moments, ceci parce qu'elle n'a pas accueilli en soi et surpassé l'opposition.

D'un côté, nous voyons la durée, ce qui est stable – des empires, pour ainsi dire, spatiaux, une histoire anhistorique, comme par exemple, en Chine, État fondé sur le rapport familial et un régime paternel qui tient en une cohésion d'ensemble l'institution du tout, par sa prévoyance, ses exhortations, ses sanctions, ou plutôt ses corrections –, un empire prosaïque parce que ce qui est opposé à la forme, l'infinité et l'idéalité, ne s'est pas encore levé. De l'autre côté, la forme du temps fait face à cette durée spatiale. Les États, sans se transformer en eux-mêmes, ou dans le principe, vivent dans un changement infini les uns vis-à-vis des autres, dans un conflit incessant qui prépare leur prompte chute. Dans cet être tourné vers le dehors, dans cette lutte et ce conflit, affleure le pressentiment du principe individuel, mais il est encore lui-même (153) dans une universalité sans conscience, seulement naturelle – la lumière qui n'est pas encore la lumière de l'âme personnelle. Aussi, cette histoire est elle-même encore, de manière prédominante, sans histoire, car elle est seulement la répétition de la même chute majestueuse. Ce qui est nouveau, et qui prend la place de la splendeur antérieure par le courage, la force, la générosité, parcourt le même cercle de la déchéance et de la chute. Cette chute n'est donc pas une chute véritable car aucun progrès n'est accompli par tout cet incessant changement. L'histoire passe ainsi et certes seulement de manière extérieure, c'est-à-dire sans rapport avec ce qui précède – en Asie centrale, en général. Si nous voulons prolonger la comparaison avec les âges de l'homme, alors cela correspondrait à l'âge de l'adolescent qui n'est plus dans la tranquillité et la confiance de l'enfant mais qui, au contraire, se comporte en cherchant querelle et bagarre.

Le monde grec ou la jeunesse de l'histoire du monde

Le monde grec est ensuite à comparer à la jeunesse, car ce sont des individualités qui s'y forment. C'est le second principe capital de l'histoire du monde. Ce qui est moralement effectif constitue, comme en Asie, le principe, mais il s'agit de la morale effective dont l'individualité est imprégnée et qui signifie donc le libre vouloir des individus. Ici, il y a donc l'union de ce qui est moralement effectif et de la volonté subjective, ou le règne de la belle liberté, car l'idée est unie avec une figure plastique : elle n'est pas encore à l'écart, une idée abstraite pour soi mais elle est immédiatement liée avec ce qui est effectif, à la façon dont, dans une belle œuvre d'art, le sensible porte l'empreinte et l'expression de ce qui est de l'ordre de l'esprit. Ce règne est par conséquent harmonie vraie, le monde de l'épanouissement le plus gracieux. Mais il est une floraison passagère et éphémère : c'est la morale effective ingénue et nue, non encore la moralité, mais la volonté individuelle du sujet se loge dans les mœurs immédiates et l'habitude des droits et des lois. L'individu vit donc dans une unité nue et naïve avec la fin universelle. Ce qui, en Orient, est divisé en deux termes extrêmes, le substantiel en tant que tel et la (154) singularité tombant en poussière en face de lui, se rassemble ici. Mais les principes séparés ne sont dans une unité que de manière immédiate et, à cause de cela, dans la souveraine contradiction en soi-même. Car la belle morale effective n'est pas encore terrassée par le combat de la liberté subjective qui se serait régénérée ; elle n'est pas encore purifiée jusqu'à devenir la libre subjectivité de la morale effective.

Le monde romain ou l'âge adulte de l'histoire du monde

Le troisième moment est le règne de l'universalité abstraite : c'est l'Empire romain, l'âpre travail de l'âge adulte de l'histoire. Car l'âge adulte ne se meut pas dans l'arbitre du maître ni dans le bel arbitre individuel. Mais il est au service de la fin universelle : il est ce en quoi l'individu disparaît et n'atteint sa propre fin que dans la fin universelle. L'État commence à se détacher de manière abstraite et à se former en vue d'une fin à laquelle les individus prennent part, mais non pas une part directe et concrète. Les individus sont à vrai dire sacrifiés à la rudesse de la fin, à laquelle ils doivent se vouer dans le service de l'universel qui est lui-même abstrait. L'Empire romain n'est plus le règne des individus, comme l'était la cité athénienne. Ici, il n'y a pas de joie et d'allégresse, mais un travail rude et âpre. L'intérêt se sépare des individus, mais ces derniers gagnent en eux-mêmes l'universalité abstraite formelle. L'universalité assujettit les individus, ils ont à renoncer à eux-mêmes dans l'universel, mais ils conservent pour cela l'universalité de ce qu'ils sont eux-mêmes, c'est-à-dire la personnalité : ils deviennent, en tant que personnes privées, des personnes juridiques. Dans le même sens, comme les individus sont incorporés au concept abstrait de personne, les individus du peuple ont aussi à faire l'expérience de ce destin : sous cette universalité, leurs figures concrètes sont écrasées et elles sont incorporées, comme masse, à cette universalité. Rome devient un panthéon de tous les dieux et de tout ce qui relève de l'esprit, mais sans que ces dieux et cet esprit gardent la vitalité qui leur est propre.

Le développement (155) de cet empire se fait sur deux versants. D'un côté, en tant qu'il repose sur la réflexion, sur l'universalité abstraite, l'Empire a en soi l'opposition explicite, exprimée : il présente donc essentiellement le combat de cette opposition à l'intérieur de lui-même, avec le résultat nécessaire que l'individualité arbitraire, le pouvoir pleinement contingent et par là pleinement lié au monde prennent le dessus sur l'universalité abstraite. Originairement, l'opposition entre la fin de l'État comme fin de l'universalité abstraite et la personne abstraite existe. Mais ensuite, du fait que, dans le cours de l'histoire, la personnalité devient ce qui prédomine et que sa désintégration en atomes ne peut être maintenue en un ensemble que de manière extérieure, là survient, pour cette tâche, le pouvoir subjectif de la domination. Car la légalité abstraite est de ne pas être en soi concrète, de ne pas s'être en soi organisée, et cette légalité, alors qu'elle est devenue pouvoir, dispose seulement d'une puissance comme subjectivité contingente pour mettre en mouvement et exercer une domination ; et l'individu singulier cherche, dans le droit privé développé, consolation pour la liberté perdue. Cela est la conciliation de l'opposition, conciliation purement à même le monde. Or la douleur se fait maintenant aussi sentir par rapport au despotisme, et l'esprit, repoussé jusqu'en sa profondeur la plus intérieure, délaisse le monde sans dieux, cherche en lui-même la conciliation et commence à vivre la vie de son intériorité, une intériorité remplie et concrète qui possède en même temps une substantialité, laquelle ne s'enracine pas seulement dans l'existence extérieure. Ainsi, intérieurement, la conciliation propre à l'esprit s'engendre, par le fait à vrai dire que la personnalité individuelle est bien plutôt purifiée et transfigurée en universalité, en subjectivité universelle en et pour soi, en personnalité divine. En face de cet empire qui ne procède que du monde se dresse bien plutôt opposé le règne qui relève de l'esprit : le règne de la subjectivité qui se sait et, certes, de la subjectivité qui se sait dans son essence, le royaume de l'esprit effectif.

Le monde germanique ou la maturité de l'histoire du monde

En ce point intervient l'Empire germanique (156), quatrième moment de l'histoire du monde : comparé avec les âges de l'homme, ce moment correspondrait à la vieillesse. La vieillesse naturelle est faiblesse : mais la vieillesse de l'esprit est sa maturité parfaite, maturité en laquelle il retourne à l'unité, mais en tant qu'esprit.

Cet empire commence avec la réconciliation qui a lieu avec le christianisme mais cette réconciliation est accomplie en soi. C'est pourquoi l'empire commence bien plutôt avec l'immense opposition entre le principe propre à l'esprit, propre à la religion, et la réalité effective barbare elle-même[148]. Car l'esprit, en tant que conscience d'un monde intérieur, est encore, au commencement même, abstrait : ce qui est de l'ordre du monde est abandonné à la grossièreté et à l'arbitraire. À cette grossièreté et à cet arbitraire s'affronte d'abord le principe mahométan, la transfiguration du monde oriental. Il s'est déployé plus tardivement et plus brutalement que le christianisme, car ce dernier a eu besoin de huit siècles pour prendre forme de figure du monde. Toutefois, le principe du monde germanique ne s'est déployé en réalité effective concrète que par les nations germaniques. L'opposition entre le principe de l'esprit dans le royaume ecclésiastique et la barbarie brute et sauvage dans le royaume du monde existe, ici, de même. Ce qui est du monde doit être adapté au principe relevant de l'esprit, mais il le doit seulement : la puissance procédant du monde et qui est délaissée par l'esprit doit d'abord disparaître face à la puissance relevant de l'esprit ; mais alors que cette dernière s'enfonce dans la puissance qui est du monde, elle perd aussi, avec sa détermination, sa puissance. De cette corruption du versant ecclésiastique, c'est-à-dire de l'Église, émerge la forme suprême de la pensée rationnelle : l'esprit repoussé en lui-même encore une fois produit son œuvre dans la figure pensante et est devenu capable de réaliser ce qui est rationnel seulement à partir du principe de ce qui est au monde. Il arrive ainsi que, par l'efficacité de déterminations universelles, qui ont pour fondement le principe de l'esprit, le royaume de la pensée est engendré en réalité effective. Les oppositions de l'État et de l'Église disparaissent : l'esprit se trouve dans ce qui est du monde et (157) il lui donne forme en tant qu'existence organique en soi. L'État ne se tient plus derrière l'Église et ne lui est plus subordonné : cette dernière ne garde aucun privilège et ce qui est esprit n'est plus étranger à l'État. La liberté a trouvé le moyen de réaliser son concept comme sa vérité. Cela est le but de l'histoire du monde et nous avons à faire le long chemin qui a été indiqué dans cette vue d'ensemble. Mais la longueur du temps est quelque chose de tout à fait relatif et l'esprit appartient à l'éternité. Pour l'esprit, il n'y a pas de longueur à proprement parler[149].

Notes de traduction et de commentaire

Les notes suivantes rendent compte d'une part de choix de traduction opérés, d'autre part établissent des liens avec le corpus hégélien et proposent enfin des commentaires sur cette présente « Introduction » aux *Leçons sur la philosophie de l'histoire*.

Compte tenu de la période où ces *Leçons sur la philosophie de l'histoire* ont été données par Hegel, deux œuvres publiées sont essentiellement sollicitées dans ces notes : les *Principes de la philosophie du droit* (1821) et l'*Encyclopédie des sciences philosophiques* (1827 et 1830).

Une double pagination sera chaque fois indiquée dans les notes, quand ces deux œuvres, mais aussi d'autres, seront sollicitées : la première correspondra à l'édition de la traduction française retenue ; la seconde à l'édition allemande des œuvres de Hegel (*Werke*, éd. Eva Moldenhauer et Karl Markus Michel, Francfort-sur-le-Main, Suhrkamp Taschenbuch Wissenschaft, 1970) avec mention du tome en chiffres romains et de la page en chiffres arabes.

Pour les *Principes de la philosophie du droit* (abréviation *PPD* dans les notes), la traduction, choisie ici est celle de Jean-Louis Vieillard-Baron, parue chez Flammarion en 1999. Le cas échéant – et ce sera mentionné – il sera fait appel à la traduction de Jean-François Kervégan, parue aux Presses universitaires de France en 1998.

Pour l'*Encyclopédie des sciences philosophiques* (abréviation *ESPh* dans les notes), la traduction sollicitée est celle de Bernard Bourgeois, parue chez Vrin en 1970 pour la *Science de la logique* (*SL* dans les notes), en 2004 pour la *Philosophie de la nature* (*PhN* dans les notes), en 1988 pour la *Philosophie de l'esprit* (*PhE* dans les notes).

Les traductions seront, le cas échéant, modifiées à partir de l'édition allemande Suhrkamp ci-dessus mentionnée.

Notes

1.*Weltgeschichte*. Hegel fait renvoi, peu après dans une note, aux § 341-360 de ses *Principes de la philosophie du droit*, où il traite de l'histoire du monde. Jean-Louis Vieillard-Baron et Jean-François Kervégan, dans leur traduction respective de ces *Principes*, restituent *Weltgeschichte* par « histoire du monde ». Ce choix est ici retenu. En effet, le monde (*Welt*) n'est pas seulement à envisager comme une scène où se produiraient des faits à ressaisir dans une histoire. Le monde, du point de vue de sa géographie elle-même, est pleinement impliqué dans une philosophie de l'histoire, parce que cette géographie en livre un fondement (voir ci-dessous note 126).

2. Les titres et sous-titres sont ou bien pris au tome XII des œuvres complètes de Hegel en 20 volumes : Hegel, *Werke*, éd. Eva Moldenhauer et Karl Markus Michel, Francfort-sur-le-Main, Suhrkamp Taschenbuch Wissenschaft, 1970 ; ou bien introduits par le traducteur lui-même dans le corps du texte ; ou bien ceux de l'édition allemande utilisée pour la présente traduction (éd. Karl Hegel, 1840, publiée par H. Glockner, *Sämtliche Werke. Jubilaeums-Ausgabe*, t. IX, Stuttgart, Fr.Frommans Verlag, 1928). En ce dernier cas, ils seront signalés par des astérisques.

3. *Ursprünglich*. Il faut faire jouer le double sens d'« origine » et de « source ». L'histoire originaire est ainsi à envisager du point de vue de son origine et du point de vue de sa source. L'origine a à voir avec ceux qui rédigent l'histoire et la mettent en forme en puisant leur matériau dans les événements qui leur sont contemporains ou quasi contemporains (par des comptes rendus auxquels ils ont accès) et ont, à ce titre, valeur de sources : la forme de représentation de ces événements paraissant pour la première fois comme histoire, une histoire à dire originaire ou de première main. Les historiens de cette histoire sont aussi à dire historiens de l'immédiat. L'histoire originaire correspond au moment de la conscience immédiate, sans que s'effectue le moment de la réflexion : elle se dit, pour Hegel, de la première manière de considérer l'histoire ou du premier genre de l'histoire.

4. Correction ici reprise de l'édition Suhrkamp, XII, 11, pour être en cohérence avec la suite du texte (voir plus bas note 11).

5. *Die geistige Vorstellung*. Très souvent, *geistig* est rendu quasi mécaniquement par « spirituel » dans nombre de traductions. Or traduire ainsi induit une confusion avec le langage religieux et fait manquer ce dont il s'agit avec le terme *Geist*, auquel *geistig* est lié. En effet, le *Geist* se manifeste comme conscience dans l'expérience du sujet conscient de ce qui n'est pas soi et conscient de soi, expérience que fait le sujet quand il est en rapport avec un objet, cet objet pouvant être ce qui lui fait face ; lui-même ; ce qu'il objective par la pensée dans cette expérience de la conscience. Chaque fois que *geistig* sera rencontré dans ce qui suit, l'emploi de « spirituel » sera évité.

6. *Anschaubar*. Littéralement, « intuitionnable ». Une matière « intuitionnable » est une matière sensible donnée à l'intuition, une matière susceptible d'être intuitionnée.

7. *Gegenwärtig*. Cela regarde les événements auxquels l'historien assiste, qu'il a sous les yeux directement ou auxquels il accède par des comptes rendus dont il a disposition : de telle sorte qu'il en est le contemporain, voire l'acteur et l'auteur politique et militaire, tel César, dont il va être plus loin question.

8. *Die Sache*. Il s'agit de ce qui se produit, les événements, les faits, les situations que l'historien de première main a sous les yeux et dont il donne une représentation dans la forme de l'histoire soit en y étant présent ; soit en en recevant un compte rendu qui offre à son intuition ce qui s'est passé et qui lui est contemporain ou quasi contemporain ; soit en étant l'auteur et l'acteur politique et militaire majeur de ce qui se passe. Il s'agit de l'affaire elle-même de l'histoire, de la matière de l'histoire dont l'historien de première main a la conscience immédiate et dont il compose une histoire : de genre originaire ou de première main en ce cas.

9. *Die sittliche Natur*. On ne peut pas traduire simplement par « nature morale ». L'usage s'est imposé en effet de traduire *sittlich* par « éthique » : d'où la traduction ici proposée « nature éthique ». Toutefois, Hegel n'établit pas d'équivalence entre *sittlich* et *ethisch*, le terme *ethisch* étant d'un emploi extrêmement rare dans l'œuvre publiée du vivant de Hegel. Et, quand il l'est, par exemple dans le § 148 des *Principes de la philosophie du droit*, Hegel le lie explicitement à une doctrine des devoirs – qui ne saurait être identifiée pour lui, par ailleurs, à celle de Kant ou de Fichte. De fait, *sittlich* regarde les mœurs en leur effectivité, les mœurs de la morale effective (*Sittlichkeit*), en acte, tant dans la « famille » que « dans la société civile » et « l'État » (*PhE*, *ESPh*, § 487, p. 285 ; X, 306) ; non le « moral » (*das Moralische*) de la moralité qui, lui, regarde « la signification d'une déterminité de la volonté dans la mesure où elle est à l'intérieur du vouloir en général » (*ibid.*, § 503, p. 294 ;

X, 313). Dans cette perspective, *die sittliche Natur* est ainsi la nature morale de l'homme du point de vue de l'effectivité des mœurs liées à cette nature : contre l'usage, il faudrait donc traduire « morale effective ». De manière générale, les traducteurs se sont affrontés avec *Sittlichkeit* à de sérieux choix de traduction, qui varient de l'un à l'autre. Ainsi, J. Traminiaux, R. Dérathé, B. Bourgeois traduisent *Sittlichkeit* par « vie éthique » ; J.-L. Vieillard-Baron, par « réalité morale » ; J.-F. Kervégan par « éthicité » : chaque choix étant évidemment motivé.

10. Cardinal de Retz (1613-1679), *Mémoires contenant ce qui s'est passé de plus remarquable en France, pendant les premières années du règne de Louis XIV*, Amsterdam, 1718, 5 vol. Hegel disposait d'une édition de ces *Mémoires*.

11. *Reflektierende* dans l'édition allemande Glockner. Dans la suite de cette section consacrée à la deuxième manière de considérer l'histoire ou au deuxième genre de l'histoire, c'est le terme *reflektierende* qui sera rétabli aux pages 30, 32 et 33 de l'édition Glockner (dont la pagination est signalée entre parenthèses dans le corps de la présente traduction), la correction apportée en ces pages par l'édition Suhrkamp étant adoptée dans cette traduction.

12. Jean de Müller (1752-1809). Le premier volume de son histoire suisse paraît en 1780 à Berne. Puis il est remanié et réédité sous le titre *Die Geschichte der Schweizerischen Eidgenossenschaft*, Leipzig, 1786, 2 vol.

13. Tite-Live (59 av. J.-C.-17 apr. J.-C.), *Ab Urbe condita libri* (*Histoire de Rome, depuis sa fondation jusqu'à l'époque de l'auteur*), II, 32, 8-12.

14. Aegidius Tschudi (1505-1572), *Chronicon Helveticum*, Bâle, Bischoff, 1734-1736, 2 vol.

15. *Aufheben*. Il faut ici « rappeler la double signification de notre terme allemand *aufheben*. Par *aufheben*, nous entendons la même chose que *hinwegraümen*, "abroger", *negieren*, "nier", et nous disons donc, par exemple, qu'une loi, une

institution, etc. sont *aufgehoben* », c'est-à-dire abrogées ou supprimées. Mais « *aufheben* signifie aussi la même chose que *aufbewahren*, conserver, et nous disons en ce sens que quelque chose s'est bien *aufgehoben* », c'est-à-dire bien conservé. *Aufheben* a donc une « signification négative et une signification positive » qui ne peuvent être imputées à une ambiguïté de la langue et que l'on regarderait comme « accidentelle », qui prêterait à « confusion ». Au contraire, il faut y voir un ferme appel à « reconnaître l'esprit spéculatif » de la « langue » allemande, esprit spéculatif « qui sort du simple ou bien – ou bien relevant de l'entendement » et qui doit aussi habiter, pour Hegel, le travail logique lui-même (*SL*, *ESPh*, addition au § 96, p. 530 ; VIII, 204-205).

Par exemple, le bouton se supprime dans la fleur qu'il devient, qui se supprime à son tour dans le fruit qu'elle devient ; dans le même temps, c'est l'être de la plante qui se conserve dans ce mouvement : de sorte que l'être de la plante n'est pas plus dans le bouton qu'il n'est dans la fleur, mais il est aussi bien dans le bouton que dans la fleur, que dans la suppression du bouton qui devient fleur et dans le passage du bouton à la fleur. Le terme *aufheben* permet, dans cet exemple, de rendre compte en allemand de ce mouvement : et d'en rendre compte en passant du regard de l'entendement, qui sépare dans le moment de la conscience immédiate, à un regard spéculatif situé, pour Hegel, à même l'unité vraie de ce mouvement. Or c'est ce que la logique doit précisément opérer pour toute proposition philosophique. Il s'agit en effet d'aller vers l'unité saisie de ce que l'entendement a séparé : ce à quoi travaille le moment de la réflexion et ce qu'il vise. En effet, « la réflexion est d'abord l'acte d'aller au-delà de la déterminité isolée et de mettre en relation cette déterminité, par quoi elle est posée dans un rapport, en restant maintenue en sa valeur isolée. En revanche, « la dialectique est cet acte d'aller au-delà », en tant qu'il est « immanent », acte « en lequel le caractère unilatéral et borné des déterminations d'entendement se présente pour ce qu'il est, c'est-à-dire en tant que leur négation ». De sorte que, pour Hegel, « le dialectique constitue l'âme motrice de la progression scientifique » (*SL*, *ESPh*, § 91, p. 343-344 ; VIII, 172-173) : de la marche en avant de la philosophie.

En revenant à notre texte, si on n'est pas encore au moment dialectique, avec le type pragmatique de l'histoire réfléchissante, celui-ci prépare néanmoins le passage au moment dialectique, et au-delà, au moment spéculatif du traitement de l'histoire : au moment proprement philosophique. Mais cela dépend de l'esprit propre et de la visée propre à l'écrivain de l'histoire réfléchissante de type pragmatique. Cette visée peut, en particulier, être morale, afin d'instruire les peuples et leurs gouvernants à partir de leçons qui auraient été tirées du passé. Hegel critique, dans les lignes qui suivent, cette perspective car les réflexions morales auxquelles elle donne le jour sont sans intérêt. En revanche, le type pragmatique de l'histoire réfléchissante peut prendre forme selon *un sens profond de l'idée* qui se présente et prend réalité dans l'histoire, à la façon d'un Montesquieu (1689-1755) quand il traite de législation dans *De l'esprit des lois* (1748). En effet, pour Hegel, dans les *Principes de la philosophie du droit*, « Montesquieu a livré la vue historique véritable, le point de vue authentiquement philosophique » au contenu même du droit et de la législation : ceci « non pas de manière abstraite et isolée, mais comme moment dépendant d'une totalité, en rapport avec toutes les autres déterminations qui constituent le caractère d'une nation et d'une époque » (p. 82-83 ; VII, 35). Or si ce moment dépend chez Montesquieu d'une totalité, c'est, pour Hegel, en tant qu'acte de « rassembler en une forme géniale du rationnel ce qui a été séparé par l'entendement », mais une forme qui « n'est pas encore celle d'un acte concevant de connaître » : une forme qui n'est pas développée « à partir du concept de la chose » (*PhE*, *ESPh*, addition au § 394, p. 424 ; X, 68) dont on traite – la législation dans le cas de Montesquieu ; l'État pour Hegel : « la fin substantielle dans l'existence d'un peuple est d'être un État et de se conserver en tant que tel ; un peuple sans la formation d'un État (une nation en tant que telle) » n'ayant « proprement pas d'histoire » (*PhE*, *ESPh*, § 549, p. 329 ; X, 351).

S'il ne s'embarrasse pas dans des considérations morales mais qu'il porte attention à l'idée de l'État qui se présente et prend réalité dans l'histoire, le type pragmatique de l'histoire réfléchissante conduit au moment dialectique puis au moment spéculatif de la connaissance historique : le moment de l'histoire philosophique du monde.

16. Allusion critique à Barthold Georg Niebuhr (1776-1831), *Römische Geschichte*, Berlin, 1811-1812. Niebuhr utilise l'expression « histoire critique » pour désigner le travail qui est le sien dans son œuvre, y associant le terme « critique » au terme « philologie ».

17. Est-on au niveau d'une cohésion ou d'une cohérence interne de l'histoire nationale où tout se tient entre les branches générales de cette histoire ou bien cette cohésion du tout de l'histoire naturelle tient-elle à des éléments externes à cette histoire ? Les branches tiennent-elles ensemble ou sont-elles dans des rapports externes ? Ce quatrième type de l'histoire réfléchissante est-il à même l'unité et la cohésion du tout ou bien est-il seulement une forme donnée selon le point de vue de l'entendement qui détermine en isolant sous le mode ou bien – ou bien ? Mais s'interroger ainsi prépare le passage au troisième genre de l'histoire : l'histoire philosophique.

18. L'idée, en philosophie hégélienne, est la façon de saisir et de porter au jour, pour la philosophie, le penser qui est le sien du point de vue et selon le parcours d'une science de

la logique enracinée dans l'expérience de la conscience en tant que conscience de ce qui n'est pas soi et conscience de soi. La raison dans l'histoire est l'idée dont le parcours de la philosophie, du point de vue de sa tâche et de son développement en tant que philosophie de l'histoire, est le milieu de présentation.

19. Dans la section intitulée « Esprit pratique », de la *Science de l'esprit*, deuxième partie de l'*Encyclopédie pour les classes supérieures* (à partir de 1808), cours donné à ses élèves à Nuremberg, Hegel définit l'*histoire philosophique* en la distinguant de l'*histoire historique*. Ainsi, « l'*histoire historique* considère l'existence de l'esprit d'un peuple, le développement de son principe dans sa constitution et ses lois, dans ses destinées ». Et elle considère cette existence « de manière extérieure, selon la perception des événements et des causes immédiates, tels qu'ils semblent se situer dans des circonstances contingentes et des caractères individuels » (§ 201, IV, 64) : les « mœurs », les lois, la constitution constituant « la vie interne organisée de l'esprit d'un peuple » car « le principe ou le type ou la détermination de son essence y est exprimé » (§ 200). En revanche, « l'*histoire philosophique* ne saisit pas seulement le principe d'un peuple à partir de ses institutions et de ses destinées et expose les événements à partir de ce principe, mais elle considère principalement l'esprit universel, comment il a parcouru en une connexion interne, par le moyen de l'histoire des nations qui apparaissent séparément et de leurs destinées, les différents degrés de sa formation (§ 202, IV, 64). Or, pour Hegel, « le plus haut développement auquel la disposition d'origine du caractère national » d'un peuple « atteint » ou « la forme la plus propre à l'esprit naturel habitant dans les nations » susceptibles de s'assembler en peuples, animées alors par l'esprit de ces peuples, délivre « la signification historique des peuples du point de vue de

l'histoire du monde » et définit très exactement « l'objet de la philosophie de l'histoire » (*PhE*, *ESPh*, addition au § 394, p. 421 ; X, 64). Cette signification est à lire dans ce qui fait qu'une nation se dépasse en un peuple accédant lui-même à la conscience de soi comme peuple constitué en État : l'État étant l'élément propre de l'histoire – *un peuple sans la formation d'un État* n'ayant *proprement pas d'histoire*.

Le quatrième type de l'histoire réfléchissante, qui discerne et isole des points de vue généraux sur les caractères et les destinées d'un peuple, par exemple ceux de l'art, du droit, de la religion, doit se demander s'il ne situe pas seulement ces points de vue selon un ordre extérieur de rapports entre eux. Et comme l'un de ces points de vue est celui du droit, s'il ne se fait pas, au fond, simplement *histoire historique*. Pour se dépasser en *histoire philosophique*, l'histoire doit aller à son élément propre : l'État.

20. « Elle construirait » l'histoire. Allusion à la huitième des *Leçons sur la méthode des études académiques* (1803) de Schelling.

21. *Speculation*. Les reproches adressés à la spéculation ont leur enracinement dans « la vie courante », où « l'expression *spéculation* a l'habitude d'être employée en un sens très vague et en même temps subordonné, comme, par exemple, quand il est question de spéculations matrimoniales ou commerciales, où l'on n'entend pas autre chose que, d'une part, on doit aller au-delà de l'existence immédiatement donnée, là, et que, d'autre part, ce qui met en forme le contenu de telles spéculations n'est d'abord que quelque chose de subjectif, ne doit cependant pas rester ensuite tel mais doit être réalisé ou passé dans l'objectivité ». En ce sens, il est reproché aux spéculations philosophiques de n'être que quelque chose de subjectif, de l'ordre de pensées, quelque chose qui veut aller au-delà de ce qui est immédiatement donné, là ; mais quelque chose qui, en même temps, ne prend pas réalité, ne

s'objective pas : car ne tenant pas compte, précisément, de ce qui est. Les reproches adressés à la spéculation viennent aussi « souvent de la part de ceux qui se comptent déjà parmi les plus formés et cultivés », parlant alors « expressément de la spéculation comme quelque chose de simplement subjectif. Pour eux, « une certaine appréhension des états ou des rapports naturels ou propres à l'esprit peut certes », d'un point de vue « simplement spéculatif, être très belle et très juste », mais il lui reste à s'accorder avec « l'expérience » ; en outre, « dans la réalité effective », quelque chose de ce genre, spéculatif, « ne peut pas être admis ». Or, pour Hegel, « le spéculatif, en sa vraie signification, n'est ni provisoirement ni définitivement quelque chose de simplement subjectif mais bien plutôt expressément ce qui contient en soi-même, comme supprimées, ces oppositions auxquelles l'entendement en reste (donc celle aussi du subjectif et de l'objectif) et il se montre précisément par là comme concret et comme totalité. C'est pour cela qu'un contenu spéculatif ne peut pas être exprimé dans une proposition unilatérale » (*SL*, *ESPh*, addition au § 82, p. 517 ; VIII, 178) : mais dans une proposition qui, parce qu'exprimant ce contenu spéculatif, est, à ce titre, et à ce titre seulement, authentiquement philosophique. En effet, après le moment de « l'entendement » qui « se rapporte à ses objets en séparant et en abstrayant » (*ibid.*, addition au § 80, p. 510 ; VIII, 169), s'en tenant à des déterminités figées, celles qu'il pose ; après le « moment dialectique » qui est « l'acte propre des déterminations » de l'entendement « de se dépasser et de passer en leurs opposées » (*ibid.*, § 81, p. 343 ; VIII, 172), le « spéculatif ou le positivement rationnel saisit l'unité des déterminations dans leur opposition », rationnel qui, « bien qu'il soit quelque chose de pensé, d'abstrait, est en même temps quelque chose de concret, parce qu'il n'est pas une unité simple, formelle », celle de l'universel abstrait dont se contente l'entendement, « mais une unité de déterminations différentes ». Le spéculatif est donc le concret en tant qu'il est pensé, il est la raison en tant qu'elle se saisit elle-même rationnellement : telle est la « philosophie » qui n'a « affaire qu'à des pensées concrètes » (*ibid.*, § 82, p. 344 ; VIII, 176-177). Parvenir au moment spéculatif du penser, c'est être à même l'acte de philosopher.

Si on se tourne du côté de l'histoire, la *philosophie de l'histoire* est la *considération pensante de l'histoire*, le concret de l'histoire, en tant qu'il est pensé, étant ainsi – compte tenu de ce qui précède dans cette note – la raison se saisissant elle-même rationnellement, mais se saisissant selon un mouvement où la pensée, selon la vie et l'activité de « son intériorité propre », se déploie comme « concept pur » ; la « nécessité logique », attachée au mouvement de la pensée et impliquée tour à tour dans le moment de l'entendement, le moment dialectique et le moment spéculatif, consistant à faire paraître que toute chose est, « dans son être, son concept » (*Phénoménologie de l'esprit*, Préface, trad. J. Hyppolite, Paris, Aubier, 1939, I, 49 ; III, 54-55) : charge alors à la philosophie de l'histoire de faire paraître que le concret de l'histoire est, dans son être, son concept, à savoir l'État.

22. *Zehrt aus sich*. La raison est traitée comme un organisme vivant. Il y a l'affirmation d'une sorte de vie propre de la raison.

23. *Die sich wissende Idee*. Pour Hegel, la « philosophie », à l'époque moderne, « s'est élevée au-dessus d'un mode fini devenu universel depuis Wolff, un mode de considération qui est celui du penser seulement réfléchissant – au-dessus, aussi, d'une manière fichtéenne d'en rester au niveau de faits nommés faits de conscience –, vers la saisie de l'esprit en tant que saisie de l'idée effective se sachant elle-même, au concept de l'esprit vivant se différenciant de manière nécessaire en lui-même et retournant à partir de ses

différences à l'unité avec lui-même» (*PhE*, *ESPh*, addition au § 379, p. 382; X, 13-14). Or pour Hegel au terme du parcours de la logique, l'idée est l'expression de l'être ou de l'absolu en son sens vrai. L'idée s'objective ensuite dans la nature comme son «être autre», choisissant librement de s'y faire connaître dans la «forme de l'aliénation» – ce dont traite la «*Philosophie de la nature*» comme «science de l'idée dans son être-autre» –, y mesurant en même temps la nécessité de faire «retour en soi-même depuis son être-autre», en se pensant et en se sachant comme vérité – ce dont traite la «*Philosophie de l'esprit*» (*ESPh*, «Introduction», § 18, p. 184; VIII, 63-64). La philosophie de l'esprit est alors le dernier moment d'un parcours qui conduit la philosophie à se saisir elle-même comme «idée qui se pense», comme «vérité qui sait» (*PhE*, *ESPh*, § 574, p. 373; X, 393): la philosophie devant pour cela «démontrer» le «concept» de l'esprit «comme concept nécessaire», ainsi qu'il en est «de tous ses autres concepts» (*ibid*., addition au § 381, p. 384; X, 17). Or la philosophie de l'esprit, dans le développement de l'esprit comme esprit subjectif, comme esprit objectif et comme esprit absolu, doit passer, pour Hegel, par l'histoire du monde, dernier moment de l'esprit objectif: moment où la philosophie comprend sa tâche et se comprend elle-même en cette tâche comme idée qui se pense et vérité qui sait dans la figure de l'État; moment où la philosophie doit se réaliser comme philosophie de l'histoire.

24. Hegel reviendra plus loin sur ce point. Voir p. 39 de l'édition allemande Glockner, dont la pagination est signalée entre parenthèses dans le corps de cette présente traduction.

25. *Resultat*, notion essentielle dans la philosophie hégélienne. Le résultat regarde, par exemple, tout le parcours de la conscience. Ainsi, «le vrai est le tout, mais le tout est seulement l'essence s'accomplissant et s'achevant moyennant

son développement. De l'absolu, il faut dire qu'il est essentiellement résultat, c'est-à-dire qu'il est au terme ce qu'il est dans sa vérité ; en ceci consiste seulement sa nature d'être ce qui est effectif, sujet ou devenir de soi-même » (*Phénoménologie de l'esprit*, Préface, *op. cit.*, I, 19 ; III, 23). Le résultat regarde, de même, le parcours entier de la philosophie dans l'accomplissement d'elle-même comme idée se pensant et non comme terme qui serait atteint, à la façon du résultat d'une démonstration. En effet, pour Hegel, « la philosophie forme un cercle. Parce qu'elle doit commencer en général, la philosophie a quelque chose de premier, d'immédiat, quelque chose qui n'est pas prouvé et qui n'est pas un résultat. Mais ce avec quoi la philosophie commence est immédiatement relatif, puisque cela doit apparaître comme résultat à un autre point terminal. La philosophie est une série qui ne se tient pas dans les airs, qui n'est pas quelque chose qui commence immédiatement, mais elle forme avec elle-même un cercle » (*PPD*, addition au § 2, VII, 30-31). C'est du commencement de la philosophie qu'il s'agit alors, mais en tant que ce commencement est un résultat pour un autre parcours fait sur le cercle de la philosophie. L'histoire de la philosophie doit donc s'en souvenir. En effet, « l'histoire de la philosophie montre dans les philosophies apparaissant diverses, en partie seulement une philosophie une à des degrés divers de son développement, en partie que les principes particuliers, dont chacun fut au fondement d'un système, ne sont que les branches d'un seul et même tout. La dernière philosophie de notre époque est le résultat de toutes les philosophies précédentes et doit donc contenir les principes de toutes ». Or le « maître d'œuvre de ce travail millénaire », à savoir l'histoire de la philosophie, « est l'esprit vivant, un, dont la nature pensante est de porter à sa conscience ce qu'il est et, ceci étant devenu ainsi objet, d'être en même temps en soi déjà au-dessus de cet objet et un degré supérieur» (*ESPh*, «Introduction», § 13, p. 179-180; VIII, 58).

C'est ce tout de la philosophie du point de vue de son maître d'œuvre – l'esprit vivant et vivant comme esprit qui se pense par et dans l'unité consciente de ses figures – qui est convoqué comme résultat par Hegel devant ses étudiants, dans son «Introduction» aux *Leçons sur la philosophie de l'histoire*.

26. «C'est une fable largement répandue... la plus ancienne.» Ce développement se retrouve quasiment mot à mot dans la remarque du § 549 de la *Philosophie de l'esprit*, dans l'*Encyclopédie des sciences philosophiques* (p. 328; X, 348). La mention de peuples de prêtres et de l'épopée romaine est une allusion à l'*Histoire romaine* (1811-1812) de Barthold Georg Niebuhr. Le thème du peuple primitif et très ancien, *Urvolk* dans la *Philosophie de l'esprit* (p. 328; X, 348), est compté au nombre des trouvailles *a priori*. Il est permis d'y reconnaître une allusion critique à Schelling, qui fait l'hypothèse d'un peuple originaire (*Urvolk*) dans les deuxième et huitième de ses *Leçons sur la méthode des leçons académiques* (1803), et à Friedrich von Schlegel (1772-1829), qui fait la même hypothèse dans son ouvrage *Sur la langue et la sagesse des Indiens* (1808).

27. *Métaphysique*, A 3.

28. *Phédon*, 97c, 98b-c.

29. *Zustand*. Il s'agit de l'état, au sens d'état juridique, politique, de droit. Il se donne à lire et trouve sa signification par et dans la constitution politique en cours.

30. Voir p. 36 de l'édition allemande Glockner.

31. Hegel ne veut pas en appeler à la foi de ses étudiants en la raison, une raison qui gouvernerait le monde. Et s'il s'agit d'en appeler à la foi en la Providence divine en tant qu'elle gouvernerait le monde, il n'échappera pas à la tâche de la philosophie d'établir la justesse de ce principe, qu'il

soit celui d'une raison ou d'une Providence qui règne dans le monde et dans l'histoire.

32. Hegel reprendra ce point plus loin. Voir p. 46 de l'édition allemande Glockner.

33. « Certains types de théologie » ; plus bas, « devoir de le connaître ». Les années berlinoises de Hegel sont marquées, entre autre, par l'effort de concilier philosophie et théologie, ceci contre la voie critique kantienne selon laquelle toute tentative de connaissance théorique ou spéculative de Dieu s'expose au risque de l'illusion transcendantale, mais aussi contre la théologie sentimentale se défiant de la philosophie, à la façon d'un Schleiermacher (1769-1834), collègue de Hegel à Berlin et l'un de ses plus farouches contradicteurs sur le traitement philosophique de la question de Dieu.

34. « Esprit qui pense », *der denkende Geist*. Cela touche au rapport entre philosophie et religion : et à l'unité des deux, œuvre de l'esprit qui pense. Ainsi, « l'esprit qui pense n'est pas satisfait de posséder la vérité » sous le mode de la « religion publique », où « elle est ouvertement présentée et connue » comme elle l'est d'ailleurs dans « les lois publiques et la morale publique ». Pour l'esprit qui pense, il s'agit, en effet, de « concevoir la vérité et octroyer aussi au contenu déjà rationnel en soi la forme rationnelle afin qu'il apparaisse justifié pour la pensée libre ». Car, pour Hegel, la pensée libre ne peut pas demeurer dans ce qui est « donné » (*PPD*, Préface, p. 63-64 ; VII, 13-14). C'est pour cela que l'esprit qui pense doit saisir le donné par le rationnel qui y est contenu et porter alors le donné à la forme de la raison, le concept ou le penser en tant qu'il est concret : ce qui vaut aussi de ce donné et de ce contenu particuliers qui sont ceux de la *religion chrétienne*, où *Dieu s'est révélé* ; de la Révélation. Si on poursuit : pour Hegel, dans la Préface de la deuxième édition (1827) de l'*Encyclopédie des sciences philosophiques*, « la religion est le geste de la conscience

suivant lequel la vérité est pour tous les hommes, pour tous les hommes de toute culture et de toute formation ; mais la connaissance scientifique de la vérité est un geste particulier de leur conscience, dont bien plutôt quelques-uns seulement, des hommes, mais pas tous, entreprennent le travail. Mais la teneur consistante est la même » : la religion, selon son geste propre, présentant à la conscience cette teneur dans la « langue du sentiment, de la représentation et du penser de l'entendement nidifiant dans des catégories finies et des abstractions unilatérales », par exemple dans la forme du *Credo*, dont il est question plus loin ; la philosophie, selon son geste propre, celui de la pensée libre, présentant cette teneur dans la « langue du concept concret ». Bien sûr, « la religion peut bien être sans la philosophie », surtout si la religion s'est repliée dans le sentiment et s'est dépourvue de toute « doctrine » ou de toute « dogmatique » : ce dont, très précisément, « la philosophie peut s'occuper et dans quoi, en tant que telle, elle peut se réunir avec la religion ». De son côté, la philosophie ne peut pas être « sans la religion mais inclut bien plutôt cette dernière en soi ». C'est pour cela que « la vraie religion, la religion de l'esprit doit avoir un tel *Credo*, un contenu » ; que « l'esprit est essentiellement conscience, donc conscience du contenu rendu objectif » en tant que contenu faisant face à l'esprit dans la conscience que l'esprit a de soi et de ce contenu, et lui faisant face dans la forme d'une représentation : celle de la religion élevée, par la philosophie, au concept. Si l'esprit en reste au « sentiment », alors il s'en tient au « plus bas degré de la conscience, et certes, dans la forme commune avec l'animal, la forme de l'âme ». En effet, « c'est seulement l'acte de penser qui fait de l'âme, dont l'animal est aussi doué, l'esprit et la philosophie est une conscience de ce contenu », celui du *Credo*, par exemple, expression doctrinale et dogmatique de la Révélation : une conscience « de l'esprit et de sa vérité, aussi dans la figure et le geste de cette essentialité qui est la sienne, le différenciant des animaux et le rendant capable de religion » (p. 130-131 ; VIII, 23-25).

Si on en revient au passage qui a motivé cette note, il faut passer de ce qui est révélé, offert à la conscience dans la forme du sentiment puis de la représentation, au rationnel qui y est contenu : c'est d'élévation de la religion, par la philosophie, au concept qu'il s'agit, œuvre de l'esprit qui pense et qui n'en reste pas à ce qu'il sent. Il en va, en effet, tout simplement de la vérité pour lui : « la vérité est pour l'esprit » et elle l'est « à ce point que seule la raison est ce par quoi l'homme subsiste », à ce point « qu'elle est savoir de Dieu. Mais parce que le savoir médiatisé doit être limité à un contenu fini, alors la raison est savoir immédiat, foi ». Or, « quand il est question de foi en ce qui est vrai et éternel, que Dieu serait donné, manifesté dans le savoir immédiat, dans l'acte d'intuitionner, ce ne sont pas là des choses sensibles, mais un contenu en lui-même universel, ce sont seulement des objets pour l'esprit pensant » (*SL*, *ESPh*, § 63, p. 325-325 ; VIII, 150-151). Il ne s'agit donc pas d'opposer, à la façon d'un Jacobi auquel il est brièvement fait allusion ici, dans le § 63 de l'*Encyclopédie des sciences philosophiques*, le savoir, qui serait l'affaire de la science philosophique, et la foi, qui serait l'affaire de la religion, mais de leur conciliation et de leur union : ce que réalise l'esprit qui pense, en son déploiement.

35. « Terrain de la nature » : « la philosophie doit nécessairement être en accord avec l'expérience de la nature », étant donné que, pour Hegel, comme il l'indique au début de la *Philosophie de la nature*, de l'*Encyclopédie des sciences philosophiques*, les acquis de la *Science de la logique* – de cette même *Encyclopédie* – sont pleinement opératoires. Ainsi, « l'objet doit être indiqué dans le cours philosophique, selon sa détermination conceptuelle », telle que

la *Science de la logique* en a tracé le chemin de venue au jour. Pour cela, « il faut désigner le phénomène empirique qui correspond et montrer, de fait, qu'il correspond à elle » (§ 246, p. 186 ; IX, 15). Or « la philosophie de la nature se trouve dans une situation inconfortable », celle où il lui faut résoudre « la contradiction entre le subjectif et l'objectif ». On peut en appeler ici à une « figure propre » bien connue de cette contradiction : la séparation et l'opposition entre la science et la religion. La séparation entre les deux affecte la « conscience » et correspond à la « chute hors de l'unité divine éternelle. Cette unité divine est représentée comme une intuition originaire, une raison qui est en même temps dans une activité de l'imaginaire, c'est-à-dire donnant forme à des figures sensibles et simultanément les rationalisant. Cette raison intuitionnante est la raison divine et Dieu, avons-nous le droit de dire, est ce en quoi esprit et nature sont dans l'unité, où l'intelligence a en même temps être et figure » (addition au § 246, p. 340 ; IX, 17). La philosophie en rendra compte, par et dans son accord avec l'expérience de la nature, en établissant que l'esprit est la vérité de la nature : fin que la raison comme sagesse divine et éternelle poursuit, en la produisant précisément sur le « terrain de la nature ».

36. « Terrain de l'esprit effectif et actif ». Il est celui où l'esprit s'objective dans la figure du droit, de la moralité, de la morale effective et, à l'intérieur de cette dernière, comme famille, société civile et État.

37. *Affirmativ/Negativ*. La *Science de la logique*, dans l'*Encyclopédie des sciences philosophiques*, est d'une aide précieuse pour saisir le sens et la portée du couple *affirmativ/negativ* dans le procès logique du penser. Il peut être utile de partir, pour cela, du « devenir » comme « vérité » et « unité » de « l'être et du rien » (§ 88, p. 351 ; VIII, 188) : l'être et le rien « étant des abstractions vides », ou encore, ce

qui est « totalement abstrait », en tant que déterminations de l'entendement que ce dernier oppose l'une à l'autre, tandis que le « devenir est la première pensée concrète » (addition au § 88, p. 523 ; VIII, 192). Ainsi, pour reprendre l'exemple fréquemment utilisé par Hegel du procès vivant d'une plante, le bourgeon, comme être, n'est rien, du point de vue de l'entendement, de la fleur qu'il devient ; la fleur, comme être, n'est rien, du point de vue de l'entendement, du bouton d'où elle est issue et du fruit qu'elle devient : l'unité de l'être et du rien étant, en revanche, le devenir « qui contient en lui l'être et le rien et ceci de telle sorte qu'être et rien se renversent simplement l'un en l'autre et se dépassent l'un l'autre réciproquement » ; le « résultat de processus », c'est-à-dire du devenir, étant « l'existence » (addition au § 89, p. 524 ; VIII, 195) – le devenir est en quelque sorte le milieu ou l'élément de l'existence : de ce vivant qu'est la plante dans cet exemple. Or dans le devenir du bouton à la fleur, celle-ci se pose comme « le différent » de l'être posé en tant que bouton, aux yeux de l'entendement, et elle apparaît, à la réflexion, comme le « négatif » du bouton (§ 114, p. 373 ; VIII, 235) : tout comme le bouton est, à la réflexion, le « négatif » de la fleur qui en est pourtant issue dans le procès vivant de la plante. En outre, dans le procès vivant de la plante, le bouton devient quelque chose d'autre, la fleur, négatif du bouton alors que ce dernier est déjà, par rapport à la fleur, un autre et son négatif ; de même, la fleur, autre du bouton, devient, à son tour, un autre, négatif de la fleur, le fruit. En effet, pour Hegel, « ce qui est existe, là, dans les faits, c'est que quelque chose devient un autre, et l'autre, en général, un autre. Quelque chose est, en rapport à un autre, déjà lui-même un autre par rapport à cet autre ». Car opère le devenir dont le résultat est l'existence, en sorte que « ce en quoi quelque chose passe est exactement la même chose que ce qui passe » et ainsi « quelque chose, dans son passage en autre chose, ne va que se joindre à soi-même et cette relation du quelque chose à soi-même dans le passage en autre chose et en cet autre est la véritable infinité», c'est-à-dire pour Hegel, comme il l'indique plus loin: «l'affirmatif» comme «infini», l'infini étant «le concept fondamental de la philosophie». Ou bien, «considéré négativement», c'est-à-dire à la réflexion: «ce qui est changé, c'est l'autre, il devient l'autre de l'autre. Et ainsi l'être, mais en tant que négation de la négation, est restauré et il est l'être pour soi» (§ 95, p. 358-360; VIII, 200-203), c'est-à-dire en termes aristotéliciens: l'ἐνέργεια, l'acte pur d'être ou, pour Hegel, la «réalité effective» (*Leçons d'histoire de la philosophie*, XVIII, 39); l'acte pur d'être comme ce qui s'affirme, «en tant que l'être pour soi n'est plus la déterminité finie du quelque chose dans sa différence de l'autre» – par exemple, le bouton, la fleur, le fruit, du point de vue des découpes de l'entendement qui se penche sur le procès vivant de la plante – «mais la déterminité infinie qui contient en elle la différence en tant que dépassée (*SL*, *ESPh*, addition au § 96, p. 529, VIII, 203) – l'être pour soi: par exemple, la plante en son procès vivant ou l'infini de la plante comme ce qui s'affirme dans sa réalité effective de plante et que le penser ne peut atteindre que s'il dépasse lui-même le moment de l'entendement et le négatif qui y paraît à la réflexion.

L'addition au § 246 de la *Philosophie de la nature*, dans l'*Encyclopédie des sciences philosophiques* fait aussi usage du couple *affirmativ* / *negativ* et permet, à ce titre, d'en préciser le sens et la portée dans la philosophie hégélienne. Dans cette addition, Hegel revient sur le rapport en même temps que sur la distinction entre philosophie de la nature et physique. Il aborde pour cela le problème plus précis du caractère universel et formel de la physique et du lien de ce caractère avec le contenu déterminé de la physique. Hegel cite à cette fin un extrait du *Faust I*, de Goethe (*PhN*, *ESPh*, addition au § 246, p. 344 ; XI, 21) pour qui, dans l'analyse d'une fleur, « l'esprit ne peut pas en rester au type de réflexion qui est celui de l'entendement », par exemple à la chimie et à d'autres approches, mais « il doit aller au-delà » de cette réflexion : pour mettre un lien ou une unité entre les différentes approches dans l'analyse de la fleur. Il y a « deux voies » pour cela selon Hegel : celle du « sentiment de la vie » que l'esprit a et celle de « l'intuition » qui doit être « pensée ». En effet, ce qui est « morcelé doit être ramené, en le pensant, à l'universalité simple », l'unité ainsi pensée étant « le concept » (*ibid.*, p. 344 ; IX, 21). Ces deux voies impliquent, pour Hegel, le sentir d'une intériorité qui sent et le rapport de cette intériorité à l'extériorité sentie. Ce qui conduit alors à un autre problème, celui du rapport de l'intérieur et de l'extérieur et de l'unité de ce rapport ; problème très exactement associé à la question, pour la philosophie de la nature, du « comportement théorétique et du comportement pratique » : le comportement théorétique consistant à s'effacer devant les choses de la nature et à les élever à de l'universel abstrait, en usant « d'une universalité sans déterminité » (*ibid.*, p. 345 ; IX, 22) tandis que le comportement pratique n'a affaire qu'aux produits singuliers de la nature, la nécessité poussant l'homme à inventer de « multiples manières d'utiliser la nature et de la maîtriser » et à faire « des choses de la nature des moyens » ordonnés à nos désirs et nos besoins (*ibid.*, addition au § 245, p. 338 ; IX, 13-14). Cette question trouve sa solution dans une « connaissance qui conçoit » en opérant « l'unité du comportement théorétique et du comportement pratique », c'est-à-dire « la négation de la singularité » (la négation de ce qui est concret et intuitionné comme tel selon le point de vue de l'entendement et figé en des déterminations du penser, réfléchies comme étant le négatif de l'universel). Or la négation de la singularité est, pour Hegel, « en tant que négation du négatif, l'universalité affirmative qui accorde une subsistance aux déterminations ; car la singularité vraie est en même temps universalité en elle-même » (*ibid.*, addition au § 246, p. 345 ; IX, 22).

Si on revient au passage qui a motivé cette note, l'affirmatif ou ce qui s'affirme est l'infini, mais l'infini de l'esprit pour qui la fin ultime du monde doit prendre réalité dans le concret de l'histoire, infini auquel ce qui apparaît en étant déterminé comme mal et réfléchi comme négatif ne peut être maintenu dans une stricte et simple opposition à l'infini : « aussi peu que la douleur, le mal, le négatif de l'esprit infini qui est en et pour soi, ne vient du dehors de l'esprit ; il n'est rien d'autre que l'esprit se tenant à la tête de sa singularité. Même dans cette scission suprême [...] l'esprit reste identique avec lui-même et donc libre » (*PhE*, *ESPh*, addition au § 382, p. 393 ; X, 26). Ce qui apparaît donc en étant déterminé comme mal et réfléchi comme négatif de ce qui s'affirme – l'esprit infini qui prend figure dans le concret de l'histoire qu'aucune détermination et réflexion de l'entendement ne sauraient épuiser – est bien plutôt dépassé dans cet infini qui s'affirme dans l'histoire du monde : et y disparaît. Il faut aussi voir là, comme cela viendra plus loin, la ruse de la raison : cette raison qui gouverne le monde et l'histoire.

38. La « fin ultime du monde » : « l'esprit déterminé du peuple, parce qu'il est effectif et parce que sa liberté est en tant que nature [...], a une histoire, à l'intérieur de lui-même ». Mais en tant qu'il est un « esprit borné », alors, pour Hegel, « il passe dans l'histoire universelle du monde » (*PhE*, *ESPh*, § 548, p. 326 ; X, 347). Or « ce mouvement » de passage est « le chemin de libération de la substance propre à l'esprit ». C'est « l'acte par lequel la fin ultime absolue du monde s'accomplit en lui » ; c'est l'acte par lequel « l'esprit qui n'est d'abord qu'en soi se porte à la conscience et à la

conscience de soi et devient esprit extérieurement universel, esprit du monde. Dans le temps même où ce mouvement est dans le temps et dans l'existence et est donc en tant qu'histoire, les moments et les degrés singuliers de ce mouvement sont les esprits des peuples ». Or « dans l'existence d'un peuple, la fin substantielle est d'être un État ». La fin substantielle est, en effet, qu'un peuple accède à la conscience de soi comme peuple constitué en État : l'esprit devenant par là, dans ce mouvement, extérieurement universel (*ibid.*, § 549, p. 327-329 ; X, 347-350) ; l'État étant la figure que prend ultimement l'*esprit objectif* pour Hegel ; « le sens de la vérité objective » de l'histoire du monde imposant que, « pour l'esprit, seul le substantiel soit le vrai » (*ibid.*, § 549, p. 330 ; X, 351). Or le substantiel a ici à voir avec le peuple du point de vue du rationnel qui y est contenu, dont il vit et qui y est effectif, rationnel libéré quand le peuple accède à la conscience de soi en tant que peuple constitué en État. En effet, « le peuple en tant qu'État est l'esprit dans sa rationalité substantielle et sa réalité effective immédiate » (*PPD*, § 331, p. 382 ; VII, 498).

La fin ultime du monde est donc dans son processus d'accomplissement quand les peuples accèdent à la conscience d'eux-mêmes et se réalisent comme États, c'est-à-dire quand l'esprit du monde, se manifestant comme esprit des peuples, trouve dans les États que ces peuples forment la figure consciente de soi comme *esprit objectif* : la substance propre à l'esprit se libérant dans le passage d'un peuple à un État – *un peuple non formé en État n'ayant pas d'histoire*.

39. Ce sera précisément le cas dans la partie intitulée « Fondements géographiques de l'histoire du monde ».

40. « Substantiel ». La substance propre à l'esprit se libère dès lors qu'un peuple se constitue en État et qu'il a, par là, une histoire.

41. *Gestalt* (« figure ») – *Staat* (« État »). Dans la *Philosophie*

de l'esprit de l'*Encyclopédie des sciences philosophiques*, l'esprit comme esprit objectif passe par la figure du droit, de la moralité, de la morale effective et, à l'intérieur de cette dernière, de l'État.

42. La « pesanteur », « substance de la matière » : « la matière se sépare d'avec elle-même à l'encontre de son identité avec elle-même, par le moment de sa négativité, de sa singularisation abstraite ». Il s'agit de « la répulsion de la matière ». Mais il faut aussi tenir compte de « l'attraction de la matière ». De sorte que « la matière est inséparablement les deux », répulsion et attraction, et « l'unité négative de ces moments, une singularité » : pour Hegel, « une singularité idéelle, un centre, – la pesanteur » (*PhN*, *ESPh*, § 262, p. 203-204 ; IX, 60-61). Dans l'addition, Hegel explicite ces moments de l'attraction et de la répulsion. Pour lui, « les deux constituent ensemble, en tant que pesanteur, le concept de la matière ; la pesanteur est le prédicat de la matière, prédicat qui constitue la substance du sujet qu'elle est » (*ibid.*, addition au § 262, p. 366 ; IX, 63).

43. « La substance, l'essence de l'esprit est la liberté » : « l'essence de l'esprit est formellement la liberté, l'absolue négativité du concept comme identité avec soi. Selon cette détermination formelle, il peut s'abstraire de tout ce qui est extérieur, de sa propre extériorité, de son existence elle-même ; il peut supporter la négation de son immédiateté individuelle, la douleur infinie, c'est-à-dire se conserver de manière affirmative dans cette négativité et être pour soi identique. Cette possibilité est son universalité étant abstraite pour soi en soi-même » (*PhE*, *ESPh*, § 382, p. 178 ; X, 25-26). Dans l'addition, Hegel commente : « la substance de l'esprit est la liberté, c'est-à-dire l'acte de ne pas être dépendant d'un autre, l'acte de se rapporter à soi-même. L'esprit est le concept qui est pour lui-même, le concept réalisé de manière effective ayant soi-même comme objet »

(*ibid.*, addition au § 382, p. 392 ; X, 26). Cette réalisation effective aura pour première figure d'objectivation de l'esprit le droit : « le terrain du droit est en général ce qui est propre à l'esprit et son lieu précis et son point de départ est la volonté qui est libre, de telle sorte que la liberté constitue sa substance et sa détermination et que le système du droit est le royaume de la liberté rendue effective, le monde de l'esprit est produit comme une seconde nature à partir de lui-même » (*PPD*, § 4, p. 89 ; VII, 46).

44. Il y a loin entre le surgissement de ce principe dans la religion chrétienne et son inscription dans les affaires du monde, politiques et sociales.

45. *Bildung*. Avec toute la difficulté de rendre compte de ce terme, que l'on ne peut pas simplement traduire par « culture » en laissant de côté ce qui a trait à la formation.

46. Voir plus haut p. 40 de l'édition allemande Glockner.

47. « Idée de liberté » : « L'État est la réalité effective concrète de la liberté » (*PPD*, § 260, p. 305 ; VII, 406). En effet, « aux Temps modernes, l'idée de l'État a cette caractéristique propre que l'État est la réalisation effective de la liberté, non pas selon l'arbitraire, mais au contraire selon le concept de la volonté, c'est-à-dire selon son universalité et sa divinité » (*ibid.*, addition au § 260, VII, 407). Il incombe alors à la philosophie de s'en saisir et de le présenter dans sa vérité : « ce qui dans la nature est vrai, grand et divin l'est par l'idée ; le but de la philosophie est de la saisir en son authentique figure et en son universalité. La nature y est assujettie à accomplir la raison avec nécessité ; mais le règne de l'esprit est le règne de la liberté, – tout ce qui rassemble la vie humaine, a valeur et en donne, est de nature propre à l'esprit ; et ce règne de l'esprit n'existe que par la conscience de la vérité et du droit, par la saisie de l'idée » (« Allocution pour l'ouverture de son cours sur l'*Encyclopédie* », Berlin, 1818, X, 404).

48. « Vertus » : volonté de faire le bien, noble amour de la patrie, ici, dans ce texte.

49. « La question prise comme point de départ général » : celle de la détermination de la raison, cette raison qui gouverne le monde.

50. « Tableau » : ce « tableau » est ce dont il faut partir. En effet, « le tableau coloré du monde est devant moi, je me tiens en face de lui et par ce comportement, je dépasse cette opposition, je fais mien ce contenu. Le moi est chez lui dans le monde, quand il le connaît, encore mieux, quand il l'a compris » (*PPD*, addition au § 4, VII, 47).

Si on en revient à ce qui a motivé cette note, les déterminations fixées par l'entendement face à ce tableau devraient être dépassées pour se porter vers le moment dialectique où elles s'animent et s'exposent dans leur négation – et donc travaillent à la manifestation du concret de l'histoire, en tant qu'il peut être pensé dans une philosophie de l'histoire. Mais la réflexion va se figer, comme va l'indiquer Hegel, sur un résultat négatif.

51. *Die substantielle Bestimmung*. Cette expression est d'un emploi rare dans l'œuvre publiée. Ainsi, « la femme a dans la famille sa détermination substantielle » (*PPD*, § 166, p. 236 ; VII, 319). De même, les enfants parvenus à l'état de personnalité libre, au terme de l'éducation, sont en mesure de passer à leur tour à la fondation d'une famille dans laquelle, « les fils, comme maîtres de famille, les filles, comme épouses, ont leur détermination substantielle » (*ibid.*, § 177, p. 242 ; VII, 330). Par ailleurs, pour ce qui est de la nature, « le mouvement fini est inséparablement lié à la pesanteur et, en tant qu'accidentel, il passe dans la direction de la détermination dernière, substantielle de la matière et succombe à elle » (*PhN*, *ESPh*, § 266, p. 211 ; IX, 71). Il s'agit donc d'une expression qui regarde le lieu – le milieu, plus exactement – d'effectivité et d'accomplissement d'une réalité.

52. « Résultat négatif ». Ce résultat négatif est à distinguer du vrai résultat dont il est question plus haut, à la fois commencement, milieu et terme d'un parcours, à la façon d'un point sur un cercle (voir note 25). Ici, le résultat négatif ne dépasse pas le stade de la réflexion conduite sur les déterminations produites par l'entendement face au tableau qu'il a sous les yeux. Le penser ne va pas à la négation du négatif, l'universalité affirmative (voir note 37) : l'esprit infini qui s'affirme dans le concret de l'histoire, en s'y objectivant dans la figure de l'État.

53. *Jener Begriff*. Le concept de l'esprit.

54. *Die sittliche Freiheit*. Traduire simplement par « morale » ne va pas sans inconvénient, dans la mesure où Hegel distingue entre « moralité » (*Moralität*) et « morale effective » (*Sittlichkeit*), c'est-à-dire la vie selon les mœurs en leur effectivité. Voir aussi note 9.

55. Ce second moment est introduit à la page 50 de l'édition allemande.

56. « L'universel, le singulier ». Il faut dépasser l'opposition entre universalité et singularité, dont l'une serait le négatif de l'autre, du point de vue abstrait de l'entendement et de ses propositions unilatérales comme du point de vue de la réflexion, pour avancer vers la *négation du négatif* : l'identité de la *singularité vraie* et de l'*universalité en elle-même* (voir note 37) étant atteinte et portée au jour lorsque le penser est parvenu à son moment spéculatif.

57. *Ich* : le Moi, « abstrait, en tant que tel, est la pure relation à soi-même dans laquelle on fait abstraction de l'acte de représenter, de sentir, de tout état comme de toute particularité de la nature, du talent, de l'expérience. Le Moi est dans cette mesure l'universalité purement abstraite, ce qui est libre abstraitement » (*SL*, *ESPh*, § 20, p. 288 ; VIII, 74-75). En outre, « le Moi est le pur être pour soi, dans lequel toute particularité est niée et dépassée, cet être dernier, simple et

pur de la conscience de soi. Nous pouvons dire : le Moi et l'acte de penser sont le même acte – ou plus précisément : le Moi est l'acte de penser en tant que ce qui pense ». De sorte que le « Moi n'est pas l'universalité purement abstraite mais l'universalité qui contient tout en soi » (*ibid.*, addition au § 24, p. 475-476 ; VIII, 83) : *l'universalité affirmative* comme infini, celui de l'esprit, dont l'essence est la liberté.

58. « Réflexion en soi, cette liberté » : « le sujet » qui agit « est non seulement quelque chose de particulier dans son existence, mais il est aussi une forme de son existence, la certitude abstraite de soi, d'être réflexion abstraite de la liberté en soi. Ainsi, il est différent de la raison de la volonté et capable de faire de l'universel lui-même quelque chose de particulier et donc d'en faire ce qui paraît » (*PhE*, *ESPh*, 509, p. 297 ; X, 315).

59. « Extériorité – transpose ». On est au niveau d'un procès qui ne peut pas en rester à l'universel, envisagé en sa simple abstraction par l'entendement. Il faut la réalisation effective dans le concret, dans l'existence singulière, une objectivation : l'activité opérant comme moyen terme.

60. Correction ici reprise de l'édition Suhrkamp, XII, 43.

61. Crime et punition prennent réalité en tant que tels par l'acte lui-même : que l'agent en ait conscience ou non – que son acte est un crime et que ce crime l'expose à une punition.

62. Ce qui est du côté de l'idée universelle, c'est le crime, en tant qu'il entre dans l'effectivité immédiate, par l'acte vengeur de l'agent de se faire justice lui-même en mettant le feu à une poutre de la maison de celui qui lui a causé un préjudice. Ce qui est du côté de la singularité élevée à la vérité universelle est l'acte lui-même devenant un crime puni par une peine (selon le droit de la société civile où vit l'agent). Les deux actes sont différents (l'acte vengeur d'un côté ; le crime, de l'autre, comme résultat) en même temps qu'ils sont indifférents mutuellement du point de vue

de leur effet dans la réalité effective (destruction de biens ; mort d'hommes).

63. Voir, par exemple, Joseph de Maistre (1753-1821), *Du pape* (1819), livre II.

64. *Iliade*, II, v. 265-266.

65. *Betätigung des Allgemeinen*. Cette expression est l'objet d'une seule autre occurrence dans l'œuvre hégélienne. Elle y paraît dans un développement consacré à la téléologie dans la *Science de la logique* de l'*Encyclopédie des sciences philosophiques*. Ainsi, dans le § 206 : « la relation téléologique est le syllogisme dans lequel la fin subjective se lie avec l'objectivité extérieure par un moyen terme qui est l'unité des deux, en tant qu'activité conforme à la fin et en tant qu'objectivité immédiatement posée sous la fin, le moyen » (p. 443 ; VIII, 363). Hegel poursuit dans l'addition (p. 663 ; VIII, 363) : « le développement de la fin vers l'idée suit les trois degrés : premièrement de la fin subjective, deuxièmement de la fin s'accomplissant et troisième de la fin accomplie. – Tout d'abord, nous avons la fin subjective, et celle-ci, étant le concept qui est pour soi, est elle-même totalité des moments du concept. Le premier de ces moments est celui de l'universalité identique avec elle-même. Le second moment est celui de la particularisation de cet universel par quoi l'universel reçoit un contenu particulier. Ensuite, tandis que ce contenu déterminé est posé par la manifestation active de l'universel », par son actuation ou son actualisation, « alors cet universel revient à lui-même par ce contenu et se rassemble avec lui-même ». Une autre occurrence, mais sous la forme d'une expression voisine, se trouve dans la *Philosophie de l'esprit*, de l'*Encyclopédie des sciences philosophiques*, en un passage où Hegel aborde la question de la *police de l'État*. Pour Hegel, en effet, l'institution de la police de l'État a à voir avec le « mécanisme de la nécessité de la société » (§ 533, p. 310 ; X, 329), nécessité

dont participent « la conscience de la fin essentielle, la connaissance du mode d'action des puissances et des ingrédients variables » relatifs à cette nécessité. Cette conscience et cette connaissance ainsi que le « ferme maintien de cette fin envers et contre cette nécessité ont le rapport d'une universalité extérieure au concret de la société civile ». Ce rapport opère comme « ordre, en tant qu'État extérieur » qui prend forme et se manifeste comme « police de l'État ». À ce titre, la police de l'État permet, comme « corporation », à la « fin d'une universalité substantielle » de rester dans « la sphère de la particularité » et à la « manifestation active » de cette « universalité » d'y être « bornée » : la corporation apporte au « citoyen particulier, en tant qu'homme privé, la garantie de ses ressources » (§ 534, p. 310-311 ; X, 329-330) ; l'universalité substantielle qui se manifeste activement est l'État – ici, dans le § 534, par la police de l'État.

66. *Allgemein/Negation*. Ce couple est d'un emploi relativement rare dans le corpus hégélien. Ici, l'intérêt particulier de la passion dit une singularité dont la négation est l'universalité rendue effective et affirmée dans la forme de l'État.

67. *List der Vernunft* : « la raison est aussi bien rusée que puissante. La ruse consiste, en général, dans l'activité médiatisante qui, alors qu'elle laisse agir les objets les uns sur les autres, selon leur nature, et les laisse mutuellement s'user, sans s'immiscer immédiatement dans ce procès, conduit seulement sa fin à son accomplissement. En ce sens, on peut dire que la Providence divine, face au monde et à son procès, se comporte comme la ruse absolue. Dieu laisse les hommes aller avec leurs passions et leurs intérêts propres, et ce qui se manifeste, par là, est la réalisation de ses desseins qui sont quelque chose d'autre que ce qui était à faire, ce dont il se sert à cette occasion » (*SL*, *ESPh*, addition au § 209, p. 614 ; VIII, 365).

Voir, dans l'« Introduction » aux *Leçons sur la philosophie de l'histoire*, la ruse de la raison, c'est être, de nouveau, pour Hegel, situé dans le plan ou l'approche d'une raison qui gouverne le monde : une raison souvent cachée à l'arrière-plan des choses et qui se sert elle-même, pour prendre réalité et se rendre effective, de leurs manifestations phénoménales même si elles semblent être en contradiction avec ce qu'elle est : par exemple, les passions et les intérêts particuliers.

68. « Souffre des pertes et des dommages ». Ce passage est à rapprocher du § 382 de la *Philosophie de l'esprit*, de l'*Encyclopédie des sciences philosophiques* : « l'essence de l'esprit est formellement la liberté, l'absolue négativité en tant qu'identité avec soi. Selon cette détermination formelle, il peut faire abstraction de tout ce qui est extérieur et de sa propre extériorité, de son existence elle-même ; il peut supporter la négation de son immédiateté individuelle, la douleur infinie et être identique pour soi » (p. 178 ; X, 25-26). Dans le texte qui a motivé cette note, on est bien au niveau d'une perte dans l'existence immédiate de soi : et de ce qui ne parvient pas encore à la conscience.

69. *Selbstzweck*. Pour Hegel, « s'approprier signifie seulement, au fond, manifester la hauteur de ma volonté vis-à-vis de l'affaire, et indiquer que celle-ci n'est pas en soi et pour soi, n'est pas fin en soi. Cette manifestation arrive par le fait que je pose dans l'affaire une fin autre que celle qu'elle avait ; je donne au vivant, en tant qu'il est ma propriété, une âme autre que celle qu'il avait » (*PPD*, § 44, p. 102 ; VII, 107). Par ailleurs, « l'État est ce qui est rationnel en et pour soi. Cette unité substantielle est fin en soi, absolue et immobile, dans laquelle la liberté en vient à son droit souverain, de même que cette fin en soi a le droit souverain à l'égard des êtres singuliers, dont le devoir souverain est d'être membre de l'État » (*ibid.*, § 258, p. 298-299 ; VII, 399). Si on va maintenant du côté du vivant : « la vie animale,

en tant que produit qui est sien, en tant que fin en soi, est fin et moyen en même temps » (*PhN*, *ESPh*, addition au § 352, p. 642 ; IX, 436). Si on poursuit du côté de l'homme : « c'est la liberté subjective ou morale qui est principalement appelée liberté, au sens européen du terme ». Plus loin : « la subjectivité de la volonté en elle-même est fin en soi, un moment absolument essentiel. » De sorte que, quand on passe à « ce qui est moral », ce dernier a « la signification d'une déterminité de la volonté, dans la mesure où elle est à l'intérieur de la volonté, et donc comprend en soi le propos et le dessein, ainsi que ce qui est moralement mauvais » (*PhE*, *ESPh*, § 503, p. 295 ; X, 312-313). La notion de fin en soi entraîne donc avec elle, chez Hegel et à la différence de Kant où cette notion se limite à la personne : la sphère du droit et de l'État, le devoir par rapport à l'État ; l'homme, seul à même d'être fin en soi ; la déterminité de la volonté de l'homme, dans la sphère de la moralité.

70. *Recht der Sache*. Le mécontentement moral tient à ce qui vient d'être dit. Rien ne s'ajuste aux fins estimées bonnes et de droit, en particulier les institutions politiques. Le droit est donc celui de la chose politique et institutionnelle, affaire qui occupe les hommes du temps et dont ils entendent traiter.

71. Friedrich von Schiller (1759-1805).

72. « Le hasard, la particularité reçoivent du concept la puissance d'exercer leur droit immense. » Comment entendre cela ? Il peut être utile de se reporter au § 1 des *Principes de la philosophie du droit*. Hegel y rappelle, en effet, ce qu'il en est de la philosophie : « la philosophie a affaire aux idées et non à ce que l'on a l'habitude d'appeler purs et simples concepts », de l'ordre d'un universel abstrait, point de vue favori de l'entendement. Au contraire, la philosophie montre que « le concept n'est que ce qui a de la réalité effective et ceci de telle sorte qu'il se la donne à lui-même. Tout ce

qui n'est pas cette réalité effective elle-même posée par le concept est existence passagère, contingence extérieure, opinion, phénomène sans essence, non vérité, illusion, etc. ». Dans ses notes marginales, Hegel précise même : « la philosophie sait que le concept n'est pas quelque chose de purement et simplement intérieur, mais au contraire tout aussi bien quelque chose de réel, – et que l'extérieur, le réel n'est pas une réalité, une existence (*Dasein – Existenz*) vide de concept, mais qu'il est essentiellement déterminé par le concept. » Et dans l'addition : « le concept et l'existence sont deux côtés, différents et unis, comme l'âme et le corps. Le corps est la même vie que l'âme et cependant les deux peuvent être nommés comme séparés. » De sorte que « l'unité de l'existence et du concept », pour Hegel, est « l'idée ». Cette unité n'est pas seulement « une harmonie mais une compénétration parfaite de l'existence et du concept », parfaite à ce point que « rien ne vit qui ne soit, d'une certaine manière, idée » (p. 79 ; VII, 29-30).

En revenant à ce qui a motivé cette note, par le concept, le hasard et la particularité reçoivent la puissance d'exercer le droit immense – qui est le leur – de ne pas être réduits à une réalité ou à une existence sans concept, mais d'accéder à la teneur véritable qui est la leur, celle où se reconnaît le travail de la raison ; et d'y accéder comme cette existence qui est l'autre côté du concept et dont l'unité des deux est l'idée – de l'État, ici, dans ces *Leçons sur la philosophie de l'histoire* : un peuple non formé en tant qu'État n'ayant aucune histoire, encore une fois, pour Hegel.

73. *Sache* : « la Chose en question », c'est-à-dire l'affaire examinée, du monde, de l'histoire, et donc de l'histoire du monde. Affaire que l'on entend traiter philosophiquement, dans ce cours. Et qu'une simple critique voyant les choses comme résultat négatif – en s'en tenant aux déficiences – ne permet pas d'honorer.

74. *Ideal*. Allusion à la philosophie critique. Voir à ce sujet la *Science de la logique*, de l'*Encyclopédie des sciences philosophiques* le § 49 où l'idéal de Dieu (troisième idée de la raison pure, dans le système kantien) est examiné.

75. *Freiheitsbegriff* : « le concept de liberté » est « la détermination suprême de l'esprit ». La nécessité logique que le concept de liberté entraîne avec soi tient à la « détermination et à l'existence » elle-même de la « liberté » dans chacune de ces « figures » que sont « la moralité, la morale effective » et « l'intérêt de l'État », chacune étant « un droit propre » : un droit qui contient en soi le « concept de liberté » (*PPD*, § 30, p. 109 ; VII, 83).

76. *Geist/Begriff* : « l'esprit veut être idée – concept et existence » (*PPD*, notes marginales du § 28, VII, 79). En effet, « que, ce que l'esprit est selon son concept ou en soi, soit aussi dans son existence ou pour soi (donc qu'il soit personne, capable de propriété, qu'il ait des mœurs en leur effectivité, de la religion) – cette idée est elle-même son concept » (*ibid.*, § 66, p. 140 ; VII, 141). Ainsi, les moyens dont l'esprit du monde se sert – à savoir les passions, les grands hommes, la moralité, la morale effective, les constitutions politiques – vont être l'existence en laquelle le concept de l'esprit se déploie et à laquelle il s'unit.

77. C'est de passage à l'État qu'il s'agit. Et dans ce passage, l'individu accède à la conscience du rationnel contenu dans le savoir et le vouloir humains qui sont les siens : par là, le rationnel devient effectif et l'effectif est rationnel.

78. Critique de la doctrine du contrat social, qui permet de parler de volonté commune entre parties contractantes mais non de volonté universelle : la notion de contrat étant bien mal appliquée en ce qui concerne l'État (voir le § 75 des *Principes de la philosophie du droit*).

79. *Idee*, *Staat*, *Leben*, *Sittlichkeit*. L'œuvre hégélienne est présente : et tout particulièrement les *Principes de la*

philosophie du droit. Ainsi, « l'idée de liberté n'est véritable qu'en tant qu'État » (§ 57, p. 133 ; VII, 124). Plus loin, quand il est question de la morale effective : « une doctrine immanente et conséquente des devoirs ne peut être rien d'autre que le développement des rapports qui sont nécessaires par l'idée de liberté et donc effectifs dans toute leur extension, dans l'État » (§ 148, p. 224 ; VII, 297). De même, « l'État est la réalité effective de l'idée morale – de l'esprit en son effectivité morale en tant que volonté manifestée, elle-même explicite, substantielle, qui se pense et se sait et accomplit ce qu'elle sait et dans la mesure où elle le sait. Dans les mœurs, l'esprit moral effectif a son existence immédiate et il a son existence médiatisée dans la conscience de soi de l'individu singulier, dans le savoir et l'activité de cet individu singulier » (§ 257, p. 298 ; VII, 398). En outre, « l'État est, en tant que réalité effective de la volonté substantielle, réalité que l'État a dans la conscience de soi élevée à son universalité, le rationnel en et pour soi. Cette unité substantielle est fin en soi absolue et immobile, dans laquelle la liberté parvient à son droit souverain, tout comme cette fin ultime a le droit souverain envers les individus singuliers dont le devoir souverain est d'être membre de l'État » (§ 258, p. 299 ; VII, 399). L'addition apporte de précieux éléments : « l'État en et pour soi est le tout en son effectivité morale, la réalisation effective de la liberté et c'est la fin absolue de la raison que la liberté soit effective. L'État est l'esprit qui se tient dans le monde, et se réalise dans le monde avec conscience, alors qu'il se réalise dans la nature seulement en tant qu'autre que soi, en tant qu'esprit dormant. L'esprit est l'État seulement en tant qu'esprit présent dans la conscience, en tant qu'esprit se sachant lui-même comme objet existant. Au niveau de la liberté, on ne doit pas partir de la singularité, de la conscience de soi individuelle, mais de l'essence de la conscience de soi, car, que l'homme le sache ou non, cette essence se réalise en tant que puissance autonome dans laquelle les individus singuliers sont seulement des moments : c'est la marche de Dieu dans le monde que l'État soit, son fondement est la puissance de la raison se réalisant de manière effective en tant que volonté. Au niveau de l'État, on ne doit pas avoir devant les yeux des États particuliers, non plus que des institutions particulières ; on doit plutôt considérer pour elle-même l'idée, ce Dieu effectif » (addition au § 258, VII, 403).

80. Sophocle, *Antigone*, v. 456-457.

81. « Existence objective, immédiate ». C'est l'État, par et dans la conscience du lien de l'individu à l'État. Il le sait. Et il y a plus : l'État existant, le peuple formé en État a une histoire.

82. « Volonté subjective » et « volonté universelle » : « ce que moi, en tant qu'affaire universelle, j'ai en possession, je ne le peux que par une volonté universelle – Je suis subjectivement déterminé comme volonté universelle » (*PPD*, notes marginales de Hegel au § 55, VII, 120-121). Et pour marquer une différence de la volonté universelle avec la volonté commune : « dans le contrat, j'ai une propriété seulement par la volonté commune ; c'est l'intérêt de la raison que la volonté subjective devienne plus universelle, et s'élève à cette réalisation effective. La détermination de cette volonté reste donc dans le contrat, mais en communauté avec une autre volonté. La volonté générale n'entre ici en scène que dans la forme et la figure de la communauté » (*ibid.*, addition au § 71, VII, 155). Si on revient à ce qui a motivé cette note, pour penser l'État, il faut envisager autre chose que le contrat – comme on va le voir plus loin.

83. Voir note 79.

84. « Liberté » et « nécessité ». La famille et la société civile « constituent dans le particulier la constitution, c'est-à-dire la rationalité développée et effectivement réalisée

et sont par là la base ferme de l'État aussi bien que de la confiance et de la disposition des individus à son égard et les piliers de fondation de la liberté publique, car en eux la liberté particulière est réalisée et rationnelle, et avec cela, en eux, l'union de la liberté et de la nécessité est présente en soi» (*PPD*, § 265, p. 309; VII, 412). Plus loin, «l'esprit n'est pas pour lui-même objectif et effectif seulement en tant que cette nécessité et en tant que royaume du phénomène, mais en tant qu'idéalité du phénomène et comme son intérieur; ainsi, cette universalité substantielle est à soi-même objet et fin et cette nécessité-là est aussi bien pour soi dans la figure de la liberté» (*ibid.*, § 266, p. 309-310; VII, 412). Enfin: «l'unité de la liberté se sachant et se voulant elle-même est d'abord en tant que nécessité. Or le substantiel est ici en tant qu'existence subjective de l'individu; mais l'autre mode de la nécessité est l'organisme, c'est-à-dire, l'esprit est un procès en soi-même, il s'articule en soi, pose des différences en soi, qu'il constitue comme son parcours» (*ibid.*, addition au § 267, VII, 413) – procès où l'esprit s'objective dans la figure de l'État, organisme où la différence entre liberté et nécessité disparaît (liberté de la *volonté subjective des hommes* et nécessité de la *communauté d'existence*) en cessant d'être une opposition.

85. «Rationnel»/«Substantiel». C'est d'un peuple constitué en État qu'il s'agit: «le peuple en tant qu'État est l'esprit dans sa rationalité substantielle et sa réalité effective immédiate, donc la puissance absolue sur terre» (*PPD*, § 331, p. 382; VII, 498).

86. *Zweite Natur*. Voir la fin de la note 43. Mais aussi: «dans l'identité simple avec la réalité effective des individus, ce qui est moralement apparaît comme manière générale d'agir des individus, comme des mœurs – l'habitude de ce qui est moralement effectif apparaît comme une seconde nature, qui est à la place de la première volonté simplement

naturelle et qui est l'âme pénétrante, la signification et la réalité effective de leur existence, l'esprit présent et vivant comme un monde, dont la substance est ainsi comme esprit» (*PPD*, § 151, p. 226-227; VII, 301).

87. Pour Hegel, «la volonté, qui est simplement selon le concept, est libre en soi, mais aussi en même temps, non libre, car elle serait véritablement libre d'abord en tant que contenu véritablement déterminé; ensuite, la volonté est libre pour soi, elle a pour objet la liberté, elle est la liberté. Ce qui est d'abord selon son concept, ce qui est simplement en soi, est seulement immédiat, seulement naturel. Ceci nous est connu dans la représentation. L'enfant est en soi homme, il a d'abord en soi-même la raison, il est d'abord possibilité de la raison» – en termes aristotéliciens: il a la raison en puissance – et de la liberté, et il est libre seulement ainsi selon le concept. Ce qui est d'abord en soi n'est pas dans son effectivité. L'homme, qui est rationnel en soi, doit d'abord s'actualiser par la production de soi-même par la sortie de soi tout autant que, par la formation en soi, il devient rationnel pour soi» (*PPD*, addition au § 10, VII, 61-62). Or, de manière générale, «l'être pour soi» est à appréhender comme «idéalité» tandis que l'on désigne ordinairement «l'existence comme réalité». En effet, «réalité et idéalité sont souvent considérées comme un couple de déterminations se faisant mutuellement face avec une égale indépendance et on dit, par conséquent, qu'en dehors de la réalité, il y a aussi une idéalité. Or l'idéalité n'est pas quelque chose qui est en dehors et à côté de l'idéalité, mais le concept de l'idéalité consiste expressément à être la vérité de la réalité, c'est-à-dire la réalité comme ce qui est posé, comme ce qui est en soi se prouve elle-même en tant qu'idéalité» (*SL*, *ESPh*, addition au § 96, p. 529, VIII, 204).

C'est quand le peuple accède à la conscience de soi comme peuple constitué en État que l'homme devient rationnel pour soi (et libre pour soi) : et la liberté, qui n'existe pas comme quelque chose d'immédiat et de naturel mais comme ce qui prend réalité par et dans l'État, se prouve alors comme idéalité de l'immédiat et du naturel.

88. Les Pénates sont les divinités gardiennes du foyer et de ses biens. L'esprit de la famille se dit ou s'exprime en leur figure.

89. Rousseau (1712-1778) distingue dans *Du contrat social* (1762) entre volonté générale et volonté de tous.

90. Hegel donne une magistrale illustration de ces lignes dans sa *Constitution d'Allemagne* (1800-1802). Celle-ci, du point de vue de sa lettre, existe en droit. En fait, elle n'existe pas : le principe de la volonté individuelle prenant la place de la volonté générale.

91. Par exemple : Platon, *Politique* ; Aristote, *Politique*, livres II et III.

92. Il s'agit de la distinction, indiquée plus haut, entre gouvernants et gouvernés.

93. Fénelon (1651-1715), *Les Aventures de Télémaque* (1699).

94. *République*, VI et VII.

95. *Histoires*, III, 80-83.

96. Pour Hegel, « ce qui est moralement effectif n'est pas abstrait comme le bien, mais il est effectif en un sens intensif. L'esprit a de l'effectivité et les accidents de cette effectivité sont les individus. Dans la sphère de ce qui est moralement effectif », ou de la morale effective, « il n'y a donc toujours que deux points de vue possibles : ou bien on part de la substantialité, ou bien on procède selon l'atomisme et on s'élève en partant de la singularité en prenant appui sur elle comme sur un fondement. Ce dernier point de vue est vide d'esprit, car il conduit seulement à une composition. Or l'esprit n'est rien de singulier, mais au contraire unité du singulier et de l'universel » (*PPD*, addition au § 156, VII, 305). Puis,

revenant au fil de son exposé: «le concept de cette idée» – à savoir l'idée de la liberté comme éthique (voir § 142) – «est en tant qu'esprit, en tant que quelque chose qui se sait soi-même et est effectif tandis qu'il est l'objectivation de soi-même, seulement le mouvement par la forme de ses moments» (*ibid.*, § 157, p. 228; VII, 306) – ces moments étant la famille, la société civile et l'État constitué en tant que tel et qui se *développe*, à savoir: comme «autonomie des individus – union des individus autonomes dans des lois – unité en tant qu'unité sue, consciente pensée – c'est-à-dire la liberté en tant que telle» (*ibid.*, notes de Hegel à la marge de son § 157, VII, 307).

97. Le concept n'est concept qu'avec son autre, l'existence, à laquelle il est lié, le lien vivant étant l'idée. Par ailleurs, c'est aussi la marque de l'esprit de se rendre présent et effectif dans cette figure, qu'il est aussi, du point de vue d'une science de la logique: le syllogisme. Le syllogisme opère, en effet, pour Hegel, la libération des moments du concept, la singularité, la particularité et l'universalité, de telle sorte que ces moments ne soient plus abstraitement situés les uns en face et en dehors des autres, mais que s'affirme la réalité elle-même du concept: le concept de l'État. Ce dernier s'objective dans son existence, à laquelle il s'unit, l'unité des deux étant l'idée de l'État: idée dont la philosophie de l'histoire doit rendre compte du développement.

98. «Ce que la volonté veut»: «je ne veux pas absolument, mais je veux quelque chose. Une volonté qui [...] ne veut que l'universel de manière abstraite, ne veut rien et n'est pas volonté. Le particulier, ce que la volonté veut, est une limitation, car la volonté doit, pour être volonté, se limiter en général. Que la volonté veuille quelque chose est la borne, la négation» (*PPD*, addition au § 6, VII, 54).

99. «État» et «religion»: «l'État, dit-on, doit tirer sa justification de la religion. L'idée, comme dans la religion, est

l'esprit à l'intérieur de l'esprit humain ; mais c'est la même idée qui se donne dans l'État le fait d'être dans le monde et qui s'octroie dans le savoir et le vouloir une existence et une réalité effective. Si on dit que l'État doit se fonder sur la religion, alors ceci peut signifier que l'État doit reposer sur la rationalité et provenir d'elle. Mais cette proposition peut être mal comprise de la manière suivante : des hommes dont l'esprit est lié par une religion non libre sont par là le plus disposés à l'obéissance » (*PPD*, addition au § 270, VII, 430).

100. *Perfektibilität*. Une seule autre occurrence dans l'œuvre hégélienne, exactement dans les *Principes de la philosophie du droit* : « la question de la perfectibilité et de l'éducation du genre humain se pose » avec celle de l'histoire du monde, développement de l'esprit « se concevant lui-même en s'explicitant » comme raison qui a conscience d'elle-même et réalise sa liberté par l'histoire. En effet, « ceux qui ont affirmé cette perfectibilité ont pressenti quelque chose de la nature de l'esprit, de sa nature qui est d'avoir pour loi de son être le Γνῶθι σεαυτόν et, du moment qu'il conçoit ce qu'il est, d'être une figure plus haute que celle qui constituait son être. Mais pour ceux qui rejettent cette pensée, l'esprit est resté un mot vide, de même que l'histoire est restée un jeu superficiel de passions et d'efforts contingents et soi-disant humains. Mais quand ils expriment la foi en un gouvernement suprême de la Providence » – un gouvernement divin du monde – « et dans le Plan de la Providence, cela reste des représentations vides de contenu » (§ 343, p. 389 ; VII, 504). La question de la perfectibilité engage alors une notion indéterminée.

101. En suivant la correction proposée dans l'édition Suhrkamp, XII, 75.

102. Selon Hegel, « l'esprit a pour nous la nature pour présupposition sienne, dont il est la vérité et ce qui est absolument premier. Dans cette vérité, la nature a disparu et

l'esprit s'est produit comme idée parvenue à son être pour soi, dont le concept est l'objet aussi bien que le sujet. Cette identité est l'absolue négativité parce que le concept a dans la nature son objectivité extérieure achevée. Mais cette aliénation sienne a été dépassée et il est devenu identique à lui-même en elle. Il n'est donc en même temps cette identité qu'en tant qu'acte de faire retour à lui-même à partir de la nature » (*PhE*, *ESPh*, § 381, p. 178 ; X, 17). Dans l'addition, Hegel explicite : « l'esprit étant en et pour soi n'est pas le simple résultat de la nature, mais il est au contraire en vérité son propre résultat ; il se produit lui-même à partir des présuppositions qu'il se fait, à partir de l'idée logique et de la nature extérieure, et il est la vérité aussi bien de cette idée que de cette nature, c'est-à-dire la vraie figure de l'esprit étant seulement en soi et de l'esprit étant seulement en dehors de soi. L'apparence, comme si l'esprit était médiatisé par un quelque chose d'autre, est dépassée parce que l'esprit a pour ainsi dire la souveraine ingratitude de dépasser ce par quoi il semble médiatisé, de le médiatiser, de l'abaisser à ce qui subsiste seulement par lui, et, de cette manière, de se rendre parfaitement autonome » (*ibid.*, p. 392 ; X, 25). Or plus haut – toujours dans l'addition –, il y a mention de l'organisme vivant – de la plante, puis de l'animal –, mention où Hegel fait voir toute la différence avec l'esprit : « dans le vivant s'atteste une nécessité supérieure que celle qui est dominante dans ce qui est sans vie. Déjà, dans la plante, se montre un centre répandu sur la périphérie, une concentration des différences, un acte de se développer vers le dehors à partir du dedans, une unité se différenciant elle-même et à partir de ses différences, dans le bourgeon, se produisant elle-même, donc, quelque chose à laquelle nous attribuons une impulsion ; mais cette unité reste une unité incomplète, parce que le procès d'articulation de la plante est un acte de venir hors de soi du sujet végétal, que chaque partie est la plante tout entière, une répétition de celle-ci, que les membres ne sont donc pas maintenus dans la soumission parfaite à l'unité du sujet» (*ibid.*, p. 386; X, 19).

L'esprit, lui, en revanche, est à même l'unité complète, totale de lui-même. Et il l'est, dans l'« Introduction » aux *Leçons sur la philosophie de l'histoire*, par le moyen de la conscience et de la volonté, par quoi se médiatise le passage de sa détermination, la liberté (son essence et sa substance), à la réalisation effective de cette détermination (dans la figure de l'État) : mais l'esprit est à même cette unité complète non *sans un rude combat contre soi-même*.

103. Rien d'étonnant, alors, qu'il soit question de douleur infinie, dans le § 382 de la *Philosophie de l'esprit*, de l'*Encyclopédie des sciences philosophiques*.

104. L'histoire du monde clôt le parcours de l'esprit objectif (droit, moralité, morale effective ; elle-même, famille, société civile, État) avant le passage à l'esprit absolu, dans la *Philosophie de l'esprit* de l'*Encyclopédie des sciences philosophiques*. La logique donne le tracé du penser qui passe par les moments de l'entendement, du dialectique et du spéculatif où le concret est saisi comme ce qui est pensé, acte propre de la philosophie. Et ce concret, en tant qu'il est pensé, se déploie, dans la *Philosophie de l'esprit*, comme esprit subjectif, esprit objectif, esprit absolu.

105. Un degré ne saurait être considéré comme étant séparé et isolé des autres : ce serait adopter le point de vue de l'entendement, ce à quoi arrache, précisément, la logique.

106. Friedrich von Schlegel, *Philosophie de l'histoire*, Vienne, 1821, I, p. 44.

107. Par exemple, Jean-Sylvain Bailly (1736-1793), *Histoire de l'astronomie ancienne depuis son origine jusqu'à l'établissement de l'école d'Alexandrie* (1775).

108. L'inorganique dit qu'il n'y a pas eu accès des hommes à la conscience de soi comme peuple constitué en État : et

donc accès à la conscience de ces lois en tant que lois du peuple constitué en État.

109. En suivant ici la correction suggérée par Suhrkamp, XII, 82.

110. Attribuable à William Jones (1746-1796).

111. Des commandements, des lois, des déterminations universelles constituent la condition de formation de l'histoire. Et l'Inde, avec ses vieux codes de loi, réunit une telle condition. Mais elle n'a pas d'histoire parce qu'elle reste un corps commun, un ensemble d'hommes non constitué en État : qui n'a pas accédé à la conscience de soi comme ensemble constitué en tant qu'État.

112. « La grammaire… catégories » : « l'élément formel de la langue est l'œuvre de l'entendement, qui met en forme en elle ses catégories ; cet instinct logique produit l'élément grammatical de la langue. L'étude des langues restées en leur forme originaire que l'on n'a commencé à apprendre à connaître solidement que dans les temps modernes, a montré qu'elles contiennent une grammaire très développée dans le détail et expriment des différences qui manquent ou ont été effacées dans les peuples plus cultivés. Il semble que la langue des peuples plus cultivée a la plus imparfaite grammaire et que la même langue, à un état de moindre culture et de moindre formation de son peuple, a une grammaire plus parfaite qu'à un état de plus haute formation et de culture de son peuple (cf. W. von Humboldt, *Sur le duel*, I, 10, 11) » (*PhE*, *ESPh*, § 459, p. 255-256 ; X, 272).

113. En suivant la correction proposée par Suhrkamp, XII, 86, et en s'appuyant sur la longue remarque du § 459 de l'*Encyclopédie des sciences philosophiques* mentionnée dans la note précédente.

114. « Nature logique et dialectique du concept » : « le principe moteur du concept, en tant que ne dissolvant pas seulement les particularisations de l'universel mais en tant

que les produisant aussi, est la dialectique» (*PPD*, § 31, p. 109; VII, 84). Voir aussi notes 15 et 21.

115. «Un esprit, particulier, du peuple»: par exemple, pour le peuple d'Athènes, l'esprit particulier du peuple a la figure d'Athéna (voir le § 257 des *Principes de la philosophie du droit*). Mais plus précisément: «l'esprit du peuple, déterminé, parce qu'il est effectif et est sa liberté comme nature, a, selon cette face naturelle, le moment d'une déterminité géographique et climatique; il est dans le temps et selon le contenu, il a essentiellement un principe particulier et il lui faut parcourir un développement par là déterminé de sa conscience et de sa réalité effective – il a une histoire à l'intérieur de soi. Comme esprit limité, son autonomie est quelque chose de subordonné; il passe dans l'histoire mondiale universelle, dont la dialectique des esprits particuliers des peuples, le tribunal du monde présentent les événements» (*PhE*, *ESPh*, § 548, p. 326; X, 347).

116. Johannes Kepler (1571-1630). Cf. le § 270 dans la *Philosophie de la nature*, de l'*Encyclopédie des sciences philosophiques*, consacré aux lois de Kepler et de Newton.

117. «Impuissance de la nature»: «c'est l'impuissance de la nature, de conserver de manière seulement abstraite les déterminations du concept et d'exposer la réalisation complète du particulier à une déterminabilité extérieure.» Plus loin: «dans l'impuissance de la nature à conserver fermement le concept en sa réalisation complète, se trouvent la difficulté et l'impossibilité, dans de nombreux cercles, de trouver, à partir de l'examen empirique, des différences sûres pour les classes et les ordres» (*PhN*, *ESPh*, § 250, p. 190-191; IX, 34-35). La nature est une épreuve pour le concept, un moment d'aliénation par lequel l'esprit passe nécessairement, où il prend la mesure de la nécessité de retourner auprès de lui-même pour se réconcilier avec lui-même.

118. Allusion à une comparaison usuelle en Allemagne entre les poèmes antiques indiens (*Mahabharata*, *Ramayana*) et les épopées homériques, depuis les travaux de William Jones.

119. « Cercles » : « chacune des parties de la philosophie est un tout philosophique, un cercle se fermant en lui-même, mais l'idée philosophique y est dans une déterminité particulière ou dans un milieu particulier. Le cercle singulier brise, par le fait qu'il est aussi totalité en soi, la borne de son milieu et fonde une autre sphère ; le tout se présente comme un cercle de cercles, dont chacun est un moment essentiel, de telle sorte que le système de ses milieux propres constitue l'idée entière, qui apparaît de même dans chaque milieu singulier » (*SL*, *ESPh*, § 15, p. 181 ; VIII, 60) – l'idée étant celle de l'État dans les *Leçons sur la philosophie de l'histoire*.

120. « Histoire du monde » : « l'histoire du monde n'est pas le simple tribunal de la puissance de l'esprit universel, c'est-à-dire la nécessité abstraite et dépourvue de raison d'un destin aveugle, mais, parce que l'esprit universel est en et pour soi raison et l'être pour soi de la raison, savoir dans l'esprit, alors l'histoire du monde est, à partir du seul concept de la liberté de l'esprit, le développement nécessaire des moments de la raison et donc de la conscience de soi et sa liberté, – l'explicitation et la réalisation effective de l'esprit universel » (*PPD*, § 342, p. 388 ; VII, 504). Puis : « l'histoire de l'esprit est son acte car il est seulement ce qu'il fait, et son acte est de se faire lui-même, et certes ici comme esprit, l'objet de sa conscience et de se saisir lui-même en s'explicitant pour lui-même » (*ibid.*, § 343, p. 388 ; VII, 504).

121. À savoir l'État rendu effectif, quand le peuple accède à la conscience de soi comme peuple constitué en État.

122. « Genre » : « le genre, dans l'individu, ne parvient certes pas à l'existence libre, il ne parvient pas à l'universalité ; mais s'il est ici, d'un côté, encore immédiatement identique avec l'individu, il s'agit cependant, d'un autre

côté, aussi de la différence entre la subjectivité singulière et le genre. Cette différence est un procès dont le résultat est que le genre, comme universel, vient à lui-même et la singularité immédiate est niée. Cette chute est la mort de l'individu ; la nature organique se termine avec le fait que, alors que le singulier meurt, le genre vient à lui-même et devient pour lui-même objet, ce qui constitue le surgissement de l'esprit » (*PhN*, *ESPh*, addition au 367, p. 690-691 ; IX, 499).

123. Zeus, dans la *Théogonie* d'Hésiode.

124. Tritogénie, dans la *Théogonie* d'Hésiode.

125. « Le temps est le négatif dans le sensible ». Les dernières lignes de la *Phénoménologie de l'esprit* s'achèvent, dans le *Savoir absolu*, sur le devenir esprit de l'esprit. Une face de son devenir est la nature, tandis que « l'autre face de son devenir » est « l'histoire ». Celle-ci est « le devenir qui sait, le devenir qui se médiatise – l'esprit désapproprié dans le temps ; mais cette désappropriation est en même temps désappropriation d'elle-même ; le négatif est le négatif de soi-même » (trad. J. Hyppolite, *op. cit.*, II, 311 ; III, 590). Pour ce qui est de la nature, celle-ci « s'est produite elle-même comme idée dans la forme de l'être autre. Parce que l'idée est le négatif d'elle-même ou elle est extérieure à soi, alors la nature n'est pas seulement extérieure seulement relativement à cette idée (et relativement à l'existence subjective d'elle-même, l'esprit) mais encore l'extériorité constitue la détermination dans laquelle elle est en tant que nature » (*PhN*, *ESPh*, § 247, p. 187 ; IX, 24). Puis l'addition de ce même paragraphe, dans son commentaire, fait intervenir les notions d'espace et de temps : « la philosophie est l'acte atemporel de conception, du temps aussi et de toutes choses en général, selon leur détermination éternelle. Si on a écarté le commencement absolu du temps, alors la représentation opposée d'un temps infini entre en scène ; mais temps infini, s'il est encore représenté en tant

que temps, non en tant que temps dépassé, est encore à différencier de l'éternité. Le temps n'est pas ce temps, mais de nouveau un autre temps, et toujours un autre temps, si la pensée ne peut pas résoudre le fini en ce qui est éternel. De même, la matière est divisible à l'infini ; ceci est sa nature, à savoir que ce qui est posé en tant que tout est, en tant que ce qui est Un, absolument extérieur à soi-même, quelque chose de multiple en soi-même. Mais la nature n'est pas en fait quelque chose de divisé, de telle sorte qu'elle consisterait en des atomes ; mais au contraire, c'est une possibilité qui est seulement possibilité, c'est-à-dire cet acte de diviser à l'infini n'est pas quelque chose de positif, d'effectif, mais seulement un acte subjectif de représenter. De même, le temps infini est seulement une représentation, un sortir de soi qui reste dans le négatif ; un acte nécessaire de représenter aussi longtemps que l'on reste dans la considération de l'infini comme infini » (*ibid.*, p. 348 ; IX, 26) face au fini, dans un pur en dehors du fini, si on s'en tient au point de vue de l'entendement. Or, pour Hegel, « l'être hors de soi se décompose en deux formes, une fois en tant que positif, l'espace, puis en tant que négatif, le temps. Le premier concret, l'unité et la négation de ces moments abstraits, est la matière ; alors que la matière est rapportée à ses moments, ils sont eux-mêmes rapportés l'un à l'autre, dans le mouvement » (*ibid.*, addition au § 253, p. 358 ; IX, 41). La *Philosophie de la nature* se consacre ensuite au temps lui-même. Ainsi, « la négativité qui, en tant que point, se rapporte à l'espace, et qui développe en lui ses déterminations comme ligne et surface, est dans la sphère de l'être hors de soi aussi bien pour elle-même et y posant ses déterminations, mais elle est en même temps posant ses déterminations dans la sphère de l'être hors de soi mais en y apparaissant comme indifférente vis-à-vis de l'acte d'être en repos l'un à côté de l'autre. La négativité ainsi posée pour soi est le temps » (*ibid.*, § 257, p. 197 ; IX, 47-48). Et, dans l'addition : « l'espace est la quantité étant immédiate, en laquelle demeure tout ce qui subsiste, dans laquelle même la limite a le mode d'être de subsister ; c'est le défaut de l'espace. L'espace est cette contradiction, d'avoir en lui la négation mais de telle sorte que cette négation se décompose en un acte indifférent de subsister. Puisque l'espace est seulement cette négation intérieure de soi-même, alors l'acte du dépassement de soi de ses moments est sa vérité ; or le temps est lui-même l'existence de cet acte du dépassement de soi, dans le temps, le point a donc réalité effective. La différence est sortie de l'espace, cela signifie : elle cesse d'être cette indifférence, elle est pour soi dans son entier non repos, elle n'est plus paralysée. Cette pure quantité en tant que différence existant pour soi est le négatif en lui-même, le temps ; le temps est la négation de la négation, la négation qui se rapporte à soi [...] Dans la représentation, espace et temps sont bien l'un en dehors de l'autre ; nous avons l'espace et ensuite aussi le temps ; la philosophie combat cet "aussi" » (*ibid.*, addition au § 257, p. 361 ; IX, 48), en portant l'espace et le temps à leur vérité spéculative. Si on poursuit avec le temps, ce dernier, « en tant qu'unité négative de l'être hors de soi, est de même quelque chose d'absolument abstrait, d'idéel. [...] Dans le temps, dit-on, tout naît et tout passe ; si on fait abstraction de tout, à savoir du remplissage du temps comme du remplissage de l'espace, alors il reste seulement le temps vide comme il reste l'espace vide – c'est-à-dire ces abstractions de l'extériorité sont posées et représentées comme si elles étaient pour soi. Mais tout ne naît pas et ne passe pas dans le temps, mais le temps lui-même est ce devenir, ce naître et ce passer, l'acte d'abstraire qui est, le Chronos engendrant tout et détruisant ce qu'il a engendré. – Le réel est bien différent du temps mais il est tout autant essentiellement identique au temps. Le réel est borné et l'autre pour cette négation est hors de lui ; la déterminité est donc extérieure à lui-même et donc la contradiction de son être ; l'abstraction de cette extériorité de sa contradiction et le non repos de cette contradiction sont le temps lui-même. C'est pourquoi le fini est passager et temporel, parce qu'il n'est pas, comme le concept, en lui-même la totale négativité mais il a en lui-même celle-ci comme son essence universelle, mais il n'est pas conforme à cette essence, est unilatéral, donc se rapporte à cette négativité comme à la puissance sienne » (*ibid.*, § 258, p. 197-198 ; IX, 49). Dans l'addition : « le temps n'est pas pour ainsi dire un contenant, dans lequel tout est posé comme dans un courant qui flue et par quoi il est emporté et englouti. Le temps est seulement cette abstraction de l'acte de consumer » (*ibid.*, p. 361 ; IX, 50) : il est le lent labeur de l'esprit pour devenir ce qu'il est, raison consciente de soi et se connaissant dans sa vérité, raison réalisant sa liberté par et dans l'histoire.

126. Kant, dans son cours de *Géographie physique* (publié par Rink en 1802) – dont il est le créateur et qu'il donne quarante-neuf fois entre 1756 et 1796 – établit un lien entre histoire et géographie. Ainsi, « l'histoire de ce qui arrive en des temps différents, et qui est l'histoire proprement dite, n'est rien d'autre qu'une géographie continue » (Ak. IX, 161, 3-5). En effet, pour Kant la géographie doit occuper une position de fondement dans son rapport à l'histoire. Elle se « tient au fondement » de l'histoire parce que « les événements » dont veut s'occuper l'histoire « doivent nécessairement se rapporter à quelque chose », le chemin pour penser l'histoire passant par la prise en compte et la considération des changements qui affectent les choses : « l'histoire est en incessante progression ; mais les choses se transforment, elles aussi, et donnent à certaines époques une tout autre géographie » (Ak. IX, 163, 4-8). Le rapport entre histoire et géographie ne peut donc pas se penser indépendamment

du rapport entre temps et espace : la géographie et l'histoire étant à la raison ce que l'espace et le temps sont à l'entendement chez Kant.

Hegel, lui, « parce que l'histoire est la figuration de l'esprit dans la forme de ce qui arrive, de la réalité effective immédiate et naturelle, alors les degrés » du développement de la raison et de sa conscience de soi et de sa liberté à partir du concept de la seule liberté de l'esprit « existent comme principes immédiats naturels. Ces derniers, parce qu'ils sont naturels, sont les uns en dehors des autres comme une multiplicité, de telle sorte qu'un seul de ces principes revient à un peuple – son existence géographique et anthropologique » (*PPD*, § 346, p. 390 ; VII, 505) : ce dont il va être très exactement question dans ce « Fondement géographique de l'histoire du monde » – l'une des sources de Hegel étant, ici, l'ouvrage de son collègue, à Berlin, Carl Ritter : *Die Erdkunde im Verhältnis zur Natur und zur Geschichte des Menschen*, Berlin, 1817-1818 (parue du vivant de Hegel, la première édition contient deux volumes, l'un sur l'Afrique et l'autre sur l'Asie).

127. *Métaphysique*, A, 2.

128. Hésiode, *Théogonie*, v. 117.

129. L'actuelle Australie.

130. Hegel s'appuie, non sans ironie, sur des récits de voyage, de naturalistes, des comptes rendus plus ou moins scientifiques, et diffusés en Europe durant toute la seconde moitié du XVIIIe siècle.

131. Le conflit commercial entre la Grande-Bretagne, qui détenait le Canada, et les États-Unis persistait.

132. Hegel s'appuie sur l'ouvrage de Carl Ritter, mentionné dans la note 125.

133. C'est l'exacte position contraire que Hegel va développer, en suivant Carl Ritter.

134. Source, Carl Ritter.

135. *Histoires*, II, 33

136. Voir Hegel, *Leçons sur la philosophie de la religion*, éd. H. Glockner, *Sämtliche Werke. Jubilaeums-Ausgabe*, t. XV, Stuttgart, Fr. Frommans Verlag, 1928, 2e éd., I, 284 et 289, p. 319 et 345.

137. « Noir sensible » : « l'homme sensible peut se jeter dans tous ses désirs pour en faire le tour, mais il n'en sort pas pour se saisir en tant que pensant l'universel » (*PhN*, *ESPh*, addition au § 350, p. 638 ; IX, 431). Le § 350 est consacré à l'individualité organique comme subjectivité ou nature animale.

138. Source, Carl Ritter.

139. Voir Thomas Edward Bodwich (1791-1824), *Mission from Cape Coast Castle*, Londres, 1819, 1re éd.

140. Voir Capitaine William Snelgrave, *Journal d'un négrier au XVIIIe siècle. Nouvelle relation de quelques endroits de Guinée et du commerce d'esclaves qu'on y fait. 1704-1734*, trad. D. de Coulange [1735], introduction et notes de Pierre Gibert, Paris, Gallimard, 2008.

141. Qu'est-ce à dire ? Pour Hegel, « le combat de la reconnaissance et de la soumission est le phénomène à partir duquel le vivre en commun des hommes, en tant que commencement des États, est produit. La violence qui est au principe dans ce phénomène n'est par pour autant fondement du droit, bien que ce soit le moment nécessaire et justifié dans le passage de l'état de la conscience de soi engloutie dans le désir et la singularité à la conscience de soi universelle » (*PhE*, *ESPh*, § 433, p. 231 ; X, 223). En effet, « alors que l'homme en servitude travaille pour le maître, donc non dans l'intérêt exclusif de sa propre singularité, son désir reçoit l'extension de ne pas être seulement le désir de celui-ci mais de contenir en même temps en soi le désir d'un autre. L'homme en servitude s'élève donc au-dessus de sa singularité, celle du soi, de sa volonté naturelle et se tient,

dans cette mesure, suivant sa valeur, plus haut que le maître emprisonné dans son égoïsme, intuitionnant dans l'esclave seulement sa volonté immédiate, reconnu de manière formelle par une conscience non libre» (*ibid.*, addition au § 435, p. 534-535; X, 224-225). Ce que la situation d'esclavage impose, de fait, c'est une contrainte extérieure qui arrache, ici, le Noir à sa singularité, et qui l'élève au-dessus d'elle, en un mouvement qui le conduit vers la conscience de soi universelle, celle de la liberté – vers l'humanité, du point de vue de son essence. Et ce qui vaut dans le phénomène, ici très singulier de l'esclavage et du Noir, vaut de fait, pour tout homme individuellement considéré.

142. «État de non-droit»: «le point de vue de la volonté libre, avec lequel commencent le droit et la science du droit, est déjà supérieur au point de vue sans vérité à partir duquel l'homme, comme être de nature et concept qui est en soi, est susceptible d'esclavage. Ce phénomène primitif sans vérité concerne l'esprit qui n'en est qu'au point de vue de sa conscience. [...] Que l'esprit objectif, le contenu du droit, ne soit pas lui-même à nouveau seulement dans son concept subjectif et donc que ceci, que l'homme en et pour soi ne soit pas déterminé à l'esclavage, ne soit pas de nouveau saisi comme un simple devoir, ceci arrive seulement dans la connaissance que l'idée de la liberté est véritable seulement en tant qu'État» (*PPD*, § 57, p. 133; VII, 124).

143. Source Carl Ritter.

144. «Domination et servitude»: «le rapport de domination et de servitude contient seulement un dépassement relatif de la contradiction entre la particularité réfléchie en soi et l'identité réciproque des sujets conscients de soi différents. Car, dans ce rapport, l'immédiateté de la conscience de soi particulière est d'abord dépassée seulement du côté du serviteur, elle est en revanche conservée du côté du maître. Alors que la naturalité de la vie demeure des deux

côtés, la volonté propre du serviteur renonce à elle-même pour la volonté du maître, elle reçoit pour contenu la fin de celui qui ordonne et qui pour sa part n'accueille pas dans sa conscience de soi la volonté du serviteur mais au contraire seulement le souci pour la conservation de la vitalité naturelle de ce dernier, en sorte que l'identité posée de la conscience de soi des sujets référés l'un à l'autre n'est effective que de manière unilatérale» (*PhE*, *ESPh*, § 433, p. 534; X, 223). Or ce rapport de domination et de servitude est moment, celui d'un commencement, d'un mouvement qui conduit à la conscience de soi universelle: mouvement amorcé par le serviteur.

145. Opposition entre d'un côté, le haut pays et son principe, l'autonomie patriarcale, et, de l'autre, les plaines fluviales et leur principe, la propriété et le rapport entre domination et servitude.

146. *Akzidenz*: «les accidents en tant que tels – et ils sont plusieurs alors que la pluralité est une des déterminations de l'être – n'ont pas de pouvoir les uns sur les autres. Ils sont le quelque chose qui est ou qui est pour soi, la chose existante de propriétés multiples ou des touts qui consistent en des parties, des parties autonomes qui ont besoin de sollicitation par une autre partie ou qui ont une autre partie pour condition. Dans la mesure où un tel accidentel semble exercer un pouvoir sur un autre accidentel, c'est le pouvoir de la substance qui comprend en soi les deux, qui pose en tant que négativité une valeur dissemblable, l'un en tant que passant, l'autre avec un autre contenu et en tant que surgissant, ou celui-là dans sa possibilité, celui-ci déterminé comme passant dans sa réalité effective – substance qui éternellement se coupe en deux dans cette différence de la forme et du contenu et éternellement se purifie par cette unilatéralité, mais est renvoyée, dans cette purification même, dans la détermination et la séparation. – Un accident chasse

donc un autre accident seulement parce que son propre acte de subsister est cette totalité elle-même de la forme et du contenu dans laquelle il tombe tout aussi bien que son autre» (*Science de la logique*, 1812, 1831 ; VI, 221). La *Philosophie de la nature*, de l'*Encyclopédie des sciences philosophiques*, en donne une illustration, dans un développement sur l'assimilation : la digestion, précisément. Ainsi, «le processus de nutrition est ici l'affaire principale ; l'organique est en tension avec la nature inorganique, il la nie et la pose identique à lui. Dans ce rapport immédiat de l'organique à l'inorganique, l'organique est pour ainsi dire la fusion immédiate de l'inorganique vers la fluidité organique. Le fondement de toute relation mutuelle entre les deux est même cette unité absolue de la substance, par quoi l'inorganique est pour l'organique absolument transparent, idéel et non en tant qu'objectif. Le processus de nutrition est seulement cette transformation de la nature inorganique en une affaire corporelle qui appartient au seulement, seulement de telle sorte que le processus n'est plus cette transformation immédiate mais au contraire semble être un moyen à utiliser. La nature animale est l'universel face aux natures particulières qui, dans cette nature animale, sont dans leur vérité et idéalité ; car la nature animale est de manière effective ce que ces formations sont en elles-mêmes. De même, parce que tous les hommes sont en eux-mêmes rationnels, alors a pouvoir sur eux *l*'homme qui fait appel à leur instinct de la raison, car, ce qu'il leur révèle, a également dans cet instinct quelque chose qui correspond et qui marche conjointement avec la raison explicite ; tandis que le peuple adopte immédiatement ce qui lui arrive, alors la raison apparaît dans ce peuple comme diffusion et infection, et avec cela disparaît l'écorce, l'apparence de la séparation qui étant encore présente. Ce pouvoir de l'animalité est le rapport substantiel, l'affaire principale dans la digestion. Si donc l'organisme animal est la substance, l'inorganique est seulement l'accident dont ce qui lui est propre est seulement une forme qui cesse immédiatement» (*PhN*, *ESPh*, addition au § 365, p. 677 ; IX, 483). C'est une précision capitale pour le passage qui a motivé cette note : les sujets demeurent comme accidents, comme formes seulement, en tant qu'ils sont, en quelque sorte, digérés en un sujet unique : celui, libre, qui gouverne.

147. « Liberté subjective » : « la philosophie assure de comprendre la réalité effective à ceux en qui l'exigence intérieure est venue et de conserver la liberté subjective dans ce qui est substantiel aussi bien que d'être debout avec la liberté subjective, non pas dans ce qui est particulier et contingent mais dans ce qui est en et pour soi » (*PPD*, Préface, p. 75 ; VII, 27). De sorte que, du point de vue de la philosophie, moment spéculatif du penser, « la constitution d'un peuple déterminé dépend en général du mode et de la formation de la conscience de soi ; en celle-ci se trouve sa liberté subjective et donc la réalité effective de la constitution » (*ibid.*, § 274, p. 332 ; VII, 440).

148. La réalité effective barbare est une réalité dépourvue de raison : barbare étant ici entendu au sens aristotélicien du terme. Par ailleurs, pour Hegel, l'« idée » de liberté est « venue dans le monde par le christianisme, suivant lequel l'individu comme tel a une valeur infinie tandis qu'il est objet et fin de l'amour de Dieu, qu'il est déterminé à avoir son rapport absolu à Dieu en tant qu'esprit, à avoir cet esprit qui habite en lui, c'est-à-dire que l'homme est déterminé en soi à la liberté suprême » (*PhE*, *ESPh*, § 482, p. 279 ; X, 301-302).

149. Ainsi, les quatre moments de l'histoire du monde sont-ils passés en revue : ils nous conduisent de l'Orient à l'Occident, avec le monde germanique. L'État est le fil conducteur de lecture, de ressaisie et de pensée de ces moments dans une philosophie de l'histoire.

Pour le premier moment, celui de l'Orient ou de l'enfance de l'histoire du monde, un centre fait valoir ce qui est moralement effectif et substantiel. L'État y est la morale effective immédiate, dépourvue de loi. L'État ne va pas plus avant vers la singularisation de la subjectivité, vers la liberté subjective : un seul est libre. Dans le deuxième moment, celui du monde grec ou de la jeunesse de l'histoire du monde, l'éthique s'identifie au libre vouloir des individus : c'est le règne de la belle liberté, mais en tant que liberté unie à l'immédiateté des mœurs effectives et à l'habitude des lois de l'État – chaque État étant tourné, dans ses rapports extérieurs, contre un autre État, en monde grec. Ce n'est pas encore la libre subjectivité de la morale effective : la liberté n'est pas réfléchie. Dans le troisième moment, celui du monde romain ou de l'âge adulte de l'histoire du monde, l'État commence à se détacher de manière abstraite et se former en vue d'une fin à laquelle les individus prennent part comme à la conscience de quoi ils sont liés, par quoi ils vivent, en quoi ils agissent : mais en s'y perdant et en s'y sacrifiant. Dans le quatrième moment, celui du monde germanique ou de la vieillesse de l'histoire, la liberté trouve le moyen de réaliser son concept comme vérité, par la réconciliation entre ce qui se manifeste avec le christianisme – lentement, il est vrai – à l'intérieur de la conscience de soi et de la subjectivité – et se manifeste comme intériorisation de la subjectivité infinie grâce à la Réforme luthérienne – et l'État, dernière figure en laquelle l'esprit du monde s'objective : État qui doit vivre sa propre réforme, comme la religion, la sienne, et non l'une sans l'autre. En effet, pour Hegel, c'est « une sottise des temps modernes de changer un système de morale effective corrompue, la constitution politique et la législation de cette morale, sans changement de la religion, d'avoir une Révolution sans Réforme, de se figurer qu'avec l'ancienne religion et ses choses saintes, une constitution politique qui lui serait opposée pourrait avoir en elle-même repos et harmonie » (*PhE*, *ESPh*, § 552, p. 338 ; X, 360). Au contraire, « la morale effective de l'État et la dimension religieuse de l'État, en ce qu'elle relève de l'esprit », comme intériorisation de la subjectivité infinie, « sont de solides garanties réciproques » (*ibid.*, p. 341 ; X, 365).

Les nations germaniques, avec le christianisme, en sont venues, comme Hegel le dit à ses étudiants dans son « Introduction » aux *Leçons sur la philosophie de l'histoire*, à la conscience que l'homme est libre, libre de la liberté de l'esprit, dont elle est l'essence : conscience apparue dans la religion mais qui exige un lourd et lent labeur de formation et de culture – dont celles de l'État. Un lent labeur dont la longueur requise du temps n'atteint pas l'éternité de l'esprit.

Le monde germanique ouvre-t-il pour autant une ère qui s'achèvera avec une « fin des temps » (*Vorlesungen über die Philosophie der Geschichte*, Suhrkamp, XII, 414), où le périple de l'histoire parvient à son propre terme ? On se reportera à l'article de Gilbert Gérard, « Hegel et la fin de la philosophie », *Archives de philosophie*, LXXIII/2, avril-juin 2010.

Table

RÉALISATION : PAO ÉDITION DU SEUIL
IMPRESSION : NORMANDIE ROTO IMPRESSION S.A.S. À LONRAI
DÉPÔT LÉGAL : OCTOBRE 2011. N° 101142-3 (1901993)
IMPRIMÉ EN FRANCE